富士伸太
人間不信の冒険者たちが世界を救うようです
3
～ミナミの聖人編～

Characters

ナルガーヴァ
オリヴィア
エイダ
レイナ

『さて、第三ラウンドと行こうか』
神秘的な声が朗々と廃工場に響き渡る。
そして白銀の騎士がぱちりと指を鳴らした。
浮遊している絆の剣が清らかな光を放ち、
廃工場の中を照らし出す。
その光が味方全員を包むと、カランや
ティアーナに残っていた傷が癒やされていった。

contents

採集依頼

筋肉が躍動する。

いや、正確には筋肉ではない。

それは人ではなく、獣でもなく、樹木だからだ。

人間のような手と足を持ちながらも、その体は肉ではなく薄い茶色のコルクのような——より正確に言えば、コルク層そのものでできている。その上に硬質な樹皮を鎧《よろい》のように身にまとい、頭には毛髪のように葉が生い茂っている。

その体の各部位が、光と水と迷宮に満ち満ちている魔力を吸い込んで爆発的に肥大し、あたかも人間の筋肉のような動きを見せる。ぎりぎりと音が聞こえるほどに拳を強く握れば、上腕二頭筋と前腕筋にあたる部位が美しくも凶悪に隆起する。膨らみきった筋肉が今、正拳突きという形で爆発しようとしている。

「グゥアアアアラァー！」

彼の名は、木闘王《ぼくとうおう》。

迷宮『木人闘武林《ぼくじんとうぶりん》』を支配する魔物だ。

この迷宮では木人という魔物が数多く生まれる。不思議なことに彼らは皆、格闘を好む。殴り合い、蹴り合い、あるいは投げ、極《き》め、徒手空拳での強さに謎のこだわりを見せる。その木人たちの闘争において頂点に立ったチャンピオンこそが木闘王だった。

そして今、木闘王は新たな挑戦者と立ち会っていた。

だがその挑戦者は、同じ木人ではない。

今この瞬間、木闘王の正拳突きを受け止めたのは竜人族――つまりは魔物ではなく、人間側の種族であった。

「ふぅ……なんとかなるナ」

赤髪の女戦士が、大剣を盾のように構えて正拳突きを正面から受け止めていた。

凄《すさ》まじい衝撃によって踵《かかと》が土に深くめり込んでいるものの、女戦士は一歩も引き下がることはなかった。

女戦士に比べて木闘王の方が頭二つ分は大きく、横幅、重量、腕力、どれ一つとして女戦士に劣る要素はないはずだ。しかしそれでも、木闘王の必殺の拳は、完全に防がれた。

「《堅牢《けんろう》》はちゃんと効いてますね」

見れば、長身の神官風の男が女戦士の後ろに控えていた。

女戦士はその男から強化魔術を付与されており、木闘王の正拳突きを凌《しの》いだのだ。

「で……これで終わりカ？」

女戦士の燃え盛るような瞳に、木闘王は一瞬怯《ひる》んだ。

だが負けてはいられないとばかりに再び拳を握る。

魔術による強化など粉砕してやる。そんな意志を込めて。

そして今度は左の拳を放ち、それも防がれるとまた右の拳を放つ。

滅茶苦茶《めちゃくちゃ》に銅鑼《どら》を叩《たた》くような耳障りな音が森に響き渡った。

「カラン！　ゼム！　準備できたわ！」

木闘王の耳障りな音と音の狭間《はざま》に、別の少女の声が差し込まれた。

女戦士は聞き逃すことなく素早くその場を飛び退《との》く。

おい、待てよ、俺とお前の勝負だろう——とでも言いかけるように、樹木の拳が空を切った。拳を放ち終えて弛緩《しかん》した筋肉、もといコルク層に、何本もの氷柱《つらら》が突き刺さる。

「ガアアアアッ!?」

「こいつ、どこに喉があるのかしら。声出すってことは喉があるはずよね」

氷柱を放ったのは、大きな帽子をかぶった魔法使いの少女だ。

彼女のすっとぼけた呟《つぶや》きに、黒髪の青年が答えながら駆け出した。

「木のうろが震えて声を出してるらしいぞ。理由はよくわからねえが……そらっ！」

向かった先は当然、木闘王のいる場所だ。

木闘王は体に氷柱が突き刺さったまま、これ以上の攻撃を防ごうと太い腕を振り回す。

だが少年は俊敏な動きでかいくぐりながら懐へ忍び込む。

吐息が混じり合いそうな距離で殺意が交錯する。

しかし、このとき木闘王は奇妙なものに気付いた。

青年は武器を手にしていない。

その手にあるのは、刀身のない、柄《つか》だけの剣だ。

『よしよし、たまには剣らしい振る舞いもよいものじゃな』

だが、男とも女ともつかない声とともにぶぅん……という奇妙な音が響いた。

白く輝く不思議な刀身が、空っぽの剣の柄から伸びてくる。

「グオアアアアッ…………！」

その剣の恐ろしさに木闘王が気付いた瞬間、すでに真っ二つに体が引き裂かれていた。

『……うむ、よくやったぞニック』

不思議なことが起こった。

青年の手にした剣が仄《ほの》かに光ったかと思うと、人の姿に変身したのだ。

少年とも少女ともつかない不思議な雰囲気を漂わせた、銀髪の子供の姿であった。

これこそが聖剣『絆《きずな》の剣』。

人の姿をしているときの名前はキズナ。仲間の力を結集させて膨大な力を生み出す聖剣であると同時に、人間としての体と意志を持った古代文明の遺産であった。

「たまには前衛らしいこともしねえとな……。でもキズナ、次は人間体で戦えよ」

「なんでじゃ！」

「使う機会が増えたらバレやすくなるだろ。パラディンの噂《うわさ》とか流れてるんだからな。ただイザってときに不慣れでも困るから、特別にならしをしただけだ」

そして『絆の剣』の所有者がこの黒髪の青年、ニックだ。

彼が、竜人族の戦士カラン、魔術師のティアーナ、元神官で治癒術士のゼムと共に迷宮都市で活動する冒険者パーティー【サバイバーズ】のリーダーである。

迷宮『木人闘武林』を攻略したニックたちは、迷宮都市に戻る途中の『粘水関《ねんすいかん》』付近のテラネ川のあたりで空腹を覚え始め、休憩を取ることにした。

「そろそろ昼飯にするか」

「ウン！」

カランが元気に頷《うなず》き、河川敷に向かうことになった。ここでは綺麗《きれい》な飲み水を補給できる。旅や冒険の途中で休憩するには打って付けの場所だ。

「今の手持ちは野草、タマネギ、鴨肉《かもにく》。あとは干しトマトか……。迷宮チキンでも作るか」

ニックが河川敷で用意していた食材を広げながら呟くと、キズナが呆《あき》れ気味《ぎみ》に反応した。

「それチキンじゃないじゃろ」

だがニックは気にせず準備を続ける。

「いいんだよ。トマトと肉がありゃなんでも迷宮チキンだ。鴨とか鳩《はと》でも十分じゃねえか」

「適当じゃのう」

「適当でも美味《うま》けりゃ全然いイ」

ニックのすぐそばではカランがうきうきとした様子で石を積み、拾った枝を放り込む。できあがった簡易なかまどに、カランが吐息で火を起こした。

「しかしニックさん、今回は素晴らしい冒険でしたね」

「嬉《うれ》しそうだな、ゼム」

「魔物を倒すよりも、こういう薬草摘みや鉱石掘りのほうが性に合ってますよ」

ニックの視線はゼムの顔ではなく、その背中にある。

今日のゼムは、普段通りの黒いカソックやメイスに加えて大きな籠を背負っていた。その中にあるのは多種多様な薬草だ。すべて『木人闘武林』で採取したものである。

「そりゃこっちも助かる。迷宮に生えてる薬草は質がいいし種類も豊富なんだが、野草や薬草の知識がなけりゃ難しいんだよな。この迷宮が宝の山になるか、木と殴り合うだけの場所になるかは冒険者次第ってところだ」

「薬草摘みは昔取った杵柄《きねづか》ですからね、任せてください」

【サバイバーズ】が探索した迷宮『木人闘武林』は迷宮都市の北部に広がる大森林地帯の一部であり、中堅冒険者向けの迷宮である。出現する魔物は先程ニックがとどめを刺した木闘王を筆頭に、木人という魔物しか現れない。

魔術を使わず、シンプルな徒手空拳を好む魔物ではあるが、一体一体が確かな実力を持っている。樹木ではあるが生木である上に硬い体は、火属性の魔術に対しても物理攻撃に対しても確かな防御力を持っており、彼らを倒すためには純粋な攻撃力や突破力が問われる。『小鬼林《しょうきりん》』や『粘水関』とは一線を画す難易度の高い迷宮であった。

だがその難易度に応じた恵みは得られる。

この森には様々な薬草が自生しており、冒険者ギルドで高く売れるのだ。

「しかしもったいない。採集専門のパーティーなどがいれば儲《もう》かるとは思うのですが」

「いることはいるが、ほんの一部だな」

「なんででしょうね？」

ゼムが首をかしげたところに、ティアーナが口を挟んだ。

「薬草をきっちり鑑定できるのなんて、医者や学者くらいのものよ。自分の足で冒険する人は少ないんじゃない？」

「ああ、なるほど」

「ゼムも論文とか出してみたら？　迷宮の薬草や野草の研究は需要あると思うわよ」

「神殿から追い出された身分でできるんですかね？」

ゼムが苦笑するが、ティアーナはむしろ不敵に笑った。

「魔術学校や研究所は気にしないわよ。神殿と仲悪いもの。破門された神官が病気の治療の研究をしてて、その治療法の評価が高くて破門した方の神殿がざわつく……なんてこともあったもの」

「へえ、色々あるんですねぇ……」

「やる気になったら論文指導してあげる。迷宮をフィールドワークできて学がある人間は貴重だから、どこかの研究所にスカウトされるかもしれないわよ」

「遠慮しておきます。冒険者稼業の方が楽しそうです」

「あら、残念」

ティアーナは、言うほど残念そうでもなかった。予想していた答えだったのだろう。

「薬草とか野草摘みが儲かるのはわかるけど、美味《おい》しいものはなさそうだっタ。食べられる果物も山菜もないシ。お腹《なか》すいたゾ」

満足げなゼムとは対照的に、カランは少しばかり不満そうだった。

山菜摘みのようなものを想像していたらしくアテが外れた様子だった。

「まあ美食家向けの迷宮もあるんだが、オレたちのランクじゃ出入りできないんだよな……それ以前に辿《たど》り着《つ》けるかどうか」

「え、そんな場所あるのカ!?」

「大森林地帯は各ブロックに分かれてて、ただの森と迷宮としての森が混在してる。今探索した『木人闘武林』とか『小鬼林』とかもそのうちの一つだし、他にも幾つか森林タイプの迷宮があるんだが……そのどこかに『冥王桃源郷《めいおうとうげんきょう》』っていう迷宮がある」

「どこかって、場所がわからないのカ?」

「特殊な結界が張られてて普段は視認できない。だが何十年かに一度だけ、結界の一部が解けて中に入れるようになる。そこで採取された桃……白銀神桃《プラチナピーチ》は、オークション落札価格二千万ディナ。食品カテゴリじゃ史上最高額だ」

ごくり、とカランが唾を飲んだ。

「ど、どんな桃なんダ……?」

「一口食べるだけで涙が出てくるとか感動のあまり気を失うとか、とにかく派手に褒められてたな。実際は桃の甘みとメロンの爽やかさが合体した感じだそうだが」

「売ったお金で美味しいものを食べようとかではないのね」

ティアーナが苦笑するが、ニックが更にティアーナに向けて苦笑する。

「それが『冥王桃源郷』に挑むのは一攫千金《いっかくせんきん》を狙う探検家気質の奴《やつ》より、美食家が多いんだよ。一番美味しい食べ方が採取した瞬間に皮を剥《む》いて生のまま食べること……らしい。オークションに出されたのも三個採取したうちの一個だけだって話だ」

「よ、四千万ディナ分その場で食べたってこと……!?　ばかじゃないの!?　どこの誰よ!?」

ティアーナが絶句した。他のメンバーも目を丸くしている。

「【二人飯】のフィフスだ」

「あいつヤバいわね……」

ティアーナの呟きは、限りなく罵倒に近かった。

「流石《さすが》にフィフスが四千万ディナ分独り占めしたわけじゃないみたいだがな。当時は臨時でパーティーを組んでたはずだ」

「へえ、珍しイ」

カランが興味深そうに呟いた。

「ああ。【グランシェフ】ってパーティーに一時的に加入してたな。探索や採集専門のパーティーで変な冒険者ばっかりだった。料理長のジェイク、ソムリエールのエイダ、あとは……」

「エイダさん……ですか？」

ゼムが、ニックの出した名前に妙な反応を示した。

「ん？　知ってるのか？」

「別人とは思いますが……元は上級冒険者だったというふれこみの女性が、たまに行く酒場《キャバクラ》で用心棒をしてるんですよ。ただ酒癖が悪くって」

「なんだ、たかられたのか？」

「されましたね。用心棒なのに客に酒をせびったり、喧嘩《けんか》することもしょっちゅうです。なので別人とは思うのですが……」

「どうだろうな……冒険者が一度にデカく金を稼ぐと身持ちを崩すことも珍しくねえし。案外本人かもな」

「世知辛いですね」

ニックとゼムがなんとも微妙な表情を浮かべた。

だが、ティアーナがぶっきらぼうに口を挟んだ。

「金を稼いだ後のことを心配してどうするのよ。数千万ディナを溶かして平気なくらいの上級冒険者になってから心配することよ」

「そうダそうダ。ワタシその桃、食べてみたいゾ」

二人の素直な欲求の現れに、ニックは苦笑を浮かべた。

「その白銀神桃ほど霊験あらたかではありませんが、よいキノコが手に入ったんですよ」

するとゼムが不敵に微笑んで背嚢《はいのう》から奇妙なキノコを取り出す。

「……なんだそれ？」

ニックがゼムが持ってきたキノコを凝視する。

それは、少々見た目が悪かった。まるで人間の手のように、石突きから五本の突起が生えている。

「『栄光のキノコ』ですね。森林型の迷宮に稀《まれ》に生えるそうですが、食べると魔力が回復します。さっき拾いました」

「え、本当カ!?」

「『栄光のキノコ』ですって!?」

カランとティアーナが身を乗り出してまじまじとキノコを見つめる。

「二人は知ってるのか、この不気味なキノコ」

「ウン、高級品だゾ。これだけ大きいと五万ディナはすると思ウ」

「宮中晩餐会《ばんさんかい》で出るようなものだからね。魔力回復するってのも本当だし……」

「そ、そうなのか……？　見た目なんかグロいんだが」

ニックが若干引きながらキノコを眺める。

「でも美味しいゾ」

「細かく刻めばいいじゃない。流石にそのまま齧《かじ》ったりはしないわよ」

「そ、そこまで言うなら食うが……換金しなくてもいいんだな？」

ニックが全員の顔を見て確認する。

一瞬ティアーナに迷いが生まれたような、微妙な顔をした。

「い、いや、二千万の桃ならともかく五万ディナなら……食べちゃうわ。一度食べてみたかったし」

「ニックはこういうところが無粋じゃのー」

キズナがけらけら笑うが、ニックは無視してナイフを握った。

「これは普通のキノコと同じく、切って茹《ゆ》でればいいんだな？」

「毒とかはなイ。汚れを落とせばいいダケ」

ニックはキノコの石突きを取り、一口サイズにカットしながら鍋に投げ入れた。

香《かぐわ》しいキノコの香気が漂い、ついでとばかりに野草や干しトマトを炒《いた》めていく。

十分に火が通ったあたりで、水を鍋に入れて煮込んでいく。

ニックは味見をしつつ、塩や香辛料を加えた。

「火、大丈夫カ？」

「ああ、問題ない。……つーかカラン、料理にブレス使うとか気にしないんだな」

「ン？　気にする奴いるのカ？」

「魔術は料理なんかに使うもんじゃないって言う奴はけっこういるぞ」

「便利なのにナ。ブレスも魔術も」

そうこう雑談する内に料理はできあがったらしく、ニックは各々の器に料理を盛った。

「それじゃ食うか。酒はないから乾杯はなしだぞ」

ニックが言うと、各々が各々の食事の挨拶を唱えた。

宴会などでは酒を飲む前に杯を打ち合わせるという様式が身分や出身を問わず定着しているが、平時の食事の挨拶は出身によって微妙に異なっている。

「いただきまス」

カランは両手を合わせてぺこりと一礼した。竜人族特有の仕草らしく、迷宮都市周辺で信仰されるどの神の礼儀作法とも違う。だが何故《なぜ》か、「頭を下げる」という動作は謝罪や礼を意味するものとして実にわかりやすく、竜人族の真似《まね》をする者も割と多い。

「天と地の恵みに感謝を捧《ささ》げます」

ゼムは人差し指と中指を立てて、ぐるりと円を描くように手を動かす。天啓神メドラーの、「世界は循環しており、自分が世界の一部であることを自覚すべし」という教えからくるものらしい。

「調和と喜びに満ちた食卓を」

ティアーナは、王侯貴族の礼儀作法にある挨拶を唱えた。宮中晩餐会などでは様々な宗派や部族が集まることもあるために、「調和」が尊ばれるらしい。そこで生まれた言葉が、今ティアーナが唱えた言葉だった。

「聖王歴四三九年、雨月十二日。テラネ川の河川敷にて昼餐。迷宮チキンとパンを食す、と……」

キズナは挨拶はしないものの、何故か自分に内蔵された情報宝珠に料理の画像と日付、一言コメントを記録するという癖がある。ニックがその理由を尋ねると、「昔からそういうものじゃ」と言われて話が終わった。

ニックも特にそうした仕草を持たない。

持たないが、なんとなくカランの真似をして両手を合わせていた。

一番しっくりくる気がしたからだ。

「あら!?　今日はいつもより美味しいじゃない」

「キノコからもいいダシが出てるな……高級品って本当だったんだな」

「そうだゾ。なかなか市場に出回らなイ」

「高級品として扱われてるのは、そこらの魔力回復薬よりも効果があるって理由からなんだけどね」

ティアーナがそう言いながら、美味しそうにスープを飲む。

「へぇ、それじゃオレも魔術を使えるようになったりするか？」

「キノコを食べて即パワーアップなんて都合のいい話はないわよ。でも魔力をまったく持たない人間もいないから可能性はゼロじゃないわ。魔道具を起動させる分には不自由はないでしょうし」

「なんだ、そんなもんか」

「食事が終わったらちょっと確かめてみましょうか」

ティアーナはそう言って、食事が終わったあたりであるものを出した。

イグナイターという、《着火》の魔術を発動させるための魔道具だ。ティアーナはこれを普段から愛用しており、パイプに詰めた煙草《たばこ》の葉に火をつけたりしている。

「これ、カジノの件のお礼でもらったやつじゃなかったか？」

「違うわ。こっちは自分用に改造したやつ。リミッター外してるから魔力を込めれば込めるほど火が強くなるわ。大雑把《おおざっぱ》に人より多いか少ないかくらいはわかるから、魔力を込めてみて」

「つっても、どうやるんだよ？」

「脱力して、へそのあたりに意識を集中して深呼吸。剣や体術のトレーニングしてるときの気分を思い出しなさい」

「意外と精神論なんだな……」

「これでできなかったら、軽く汗が出るくらいに運動してから座禅を……あれ？」

ティアーナが驚きの声を上げた。

イグナイターの先端から出された火は、普通に使用しているときよりも大きい。松明《たいまつ》ほどの大きさはないが、ランプの灯《あか》り程度の火力はある。

他の仲間も驚いて火を眺めているが、もっとも驚いていたのはニック自身だった。

「マジかよ……魔術、使えないと思ってたのに……」

ニックは高揚した声を漏らした……が、少々ぬか喜びであった。

まったく魔術の使えない人間よりは魔力を備えているにしても、実用的な魔術を習得できるほどではないとすぐに判明したからだ。ティアーナが基礎的な魔術をニックに仕込もうとしたが、ほとんどが失敗であった。

「唯一使えそうなのは……《魔力感応》か」

ニックが自分の手のひらを見ながら呟くと、ティアーナが頷いた。

「《魔力索敵》を覚えるのに必要な基礎魔術よ。触れたものの魔力の有無や大きさを感知するってものなんだけど……これを鍛え上げてニックが《魔力索敵》を覚えるのは無理ね」

「いや、いい。これはこれで使いどころがありそうだからな。欲を言えばゼムの強化魔術とか覚えられたらよかったんだが……」

「多分無理でしょうね」

ティアーナが残念そうに首を横に振った。

だが、ゼムは意外な反応を示した。

「……いや、もしかしたら弱めの強化魔術ならば使えるかもしれませんよ。少し調べてみます」

「本当か？」

「ええ。自分だけを強化する魔術ならば、他人を強化するよりずっと消費魔力は少ないと聞いたことがあります。格闘家が使っていることもあるとか」

「そんなもんがあるのか。聞いたことがな……」

ない、とニックは言いかけて止《や》めた。

ニックは【武芸百般】にいたときに、仲間の冒険者や他パーティーの先輩冒険者を見て「体軀《たいく》に見合わない剛力を出している」、「体重に見合わない身軽な動きをしている」と思った瞬間がある。

そのときは、技術を極めていけばそうなるのだろうと思っていたが、ゼムの言葉を聞いて「もしかしたら魔術を使っていたのかもしれない」と思い始めた。

「……マジであるのか？」

「あまり外に漏れることはないそうです。学校や神殿で学ぶ体系的な魔術ではなくて、どちらかというと武術や剣術といった流派の中でひっそりと教わるものだとか」

「となると、教えてくれる人がまず少ない気がするな。武術家は基本、秘密主義なんだよ。オレがいた【武芸百般】も他人に教えるなってうるさかった。一応は武芸の流派って扱いだったからな。免状が許されないとどういう技術があるかさえも教えちゃくれなかったし」

「なるほど……」

ゼムが興味深そうに頷いた。

「ともかく、一つだけでも魔術を覚えられた時点で十分収穫だよ。まずは無事に街に帰って、羽を伸ばしてからにしようぜ」

「そうダそうダ。帰ってゼムとティアーナからみっちり特訓してもらえばいイ」

「ティアーナはスパルタそうだな」

「あら、そう思う？」

ティアーナが微笑む。

それは、「もちろん、しごけるだけしごきますけど？」という悪戯《いたずら》っぽい微笑みであった。

「さーて、そろそろ街に戻るか」

休憩を終えたニックたちが立ち上がろうとしたあたりで、なんとも共感を覚える有様の冒険者たちが現れた。

「こんなにべちょべちょになるなんて聞いてない！　それにけっこう強いじゃんか！」

「やっぱ僕らじゃ無理だよ。いきなり冒険者になるなんて。もっとちゃんとした冒険者に指導を受けるとかさぁ」

「体洗ったら帰ろうよ。もう疲れた」

新人冒険者らしき若者たちが、スライムの粘液まみれになっていた。

いや、若者と表現するのは語弊がある。

全員、まだ初等学校を卒業したかしないかくらいの背格好の子供だった。

「え、で、でも、まだボス倒してないです……！　冒険、ちゃんと終わってません！」

「無理だって！　俺たち大人じゃないんだから。ていうかレイナが一番、怪我《けが》がひどいだろ！　このまま迷宮に行ったら怪我じゃ済まないぞ！」

「そーよそーよ！」

「いいから帰ろうよぉ」

「そ、そうですど……！　でも……！」

子供たちは五人。

一人だけまだ冒険を続けるつもりの少女がいるが、ほとんどがやる気をなくしている。そんな様子が遠目でもはっきりと確認できた。

ニックは、ありがちな光景だと思った。

冒険者に憧れた勢いで友達を巻き込んでパーティーを結成し、実際に迷宮を探索したものの大失敗した……というところだろうとすぐに見当が付いた。迷宮都市においては華々しく活躍する冒険者に憧れる子供も多く、勘違いして冒険に出かける者もたまに現れる。

「あっ、誰かいるよ」

「こっ、こんにちは……」

子供たちは、ニックたちと目が合うと気まずそうに挨拶した。

「おう、こんにちは」

ニックが軽く挨拶を返すと、子供たちは安心して河川敷で腰を下ろした。先輩冒険者に難癖をつけられないか冷や冷やしてたんだろうなと、ニックは子供たちの内心を想像する。

「ああいうの、みんな経験するのねぇ」

自分が粘液まみれになったことを思い出したのか、ティアーナが小声でニックに話しかけた。

「ま、そういう意味じゃここは諦めさせるにゃもってこいだからな」

「で、先輩冒険者としてはどうなの？」

「そうだな……」

ニックは改めて、口論をする子供たちを眺めた。

そしてすぐに、自分たちが粘水関で躓《つまず》いたときとは少し状況が異なると気付いた。

子供たちは皆、それなりの怪我をしていた。青あざを作った子もいれば、火傷《やけど》を負った子もいる。

迷宮都市に徒歩で帰るだけならばあまり問題ないだろう。

だが、その道中で凶暴な野良犬や野良の魔物にでも出会ったとしたら話は別だ。あるいは、よからぬことを考えた大人が声を掛けることもありえる。迷宮の魔物ばかりが人々の脅威ではない。

「ゼム」

「ええ、もちろん」

ゼムはすぐにニックの意を汲《く》み、子供たちのところへ向かった。

「きみたち。怪我は？」

「なっ、なんだよ!?」

威勢のいい剣士風の少年が、ゼムに警戒心を剝《む》き出《だ》しにした。

「ふうむ……きみは火傷か。軽傷だが痛むでしょう。そこのきみは……滑って膝をすりむいた？　早く傷口を洗いなさい。それと……きみは少々酷《ひど》い。痺《しび》れはある？」

子供たちの文句など意に介さず。ゼムは問診と確認を続ける。

有無を言わせないゼムに、子供たちは逆らう隙を見いだせなかった。

「《快癒》」

「あっ……」

ゼムが魔術を唱えて、子供たちの怪我を治療していく。

子供たちは呆《ほう》けたような顔をして自分の怪我が治るのを眺めていた。

「あくまで応急処置ですから、街に戻ったらちゃんと手当てはするんですよ。患部は清潔にして、無理をしないように」

「……な、なんだよ！　治療してくれたのは助かるけど……か、金はないぞ……！」

戦士の格好をしている子供が警戒心剝き出しにゼムに食ってかかった。

「子供から金を巻き上げようとは思いませんよ。金を返せる程度に稼げるようになったら治療代を返しにきなさい」

「なんだと!?」

剣士風の少年が、いきりたってゼムに食ってかかる。

だがそこに、ニックが口を挟んだ。

「いいからさっさと帰れ。スライムの中には、毒を持ってる奴がたまにいるんだよ。スライム経由で感冒とか黄鬼病《おうきびょう》みたいなタチの悪い病気に罹《かか》ることもあったな。だからさっさと治してもらえなかったら死んでたかもしれねえぞ」

「ほ、本当なのか!?」

「ああ」

驚く少年に、ニックはしっかりと頷いた。

嘘《うそ》ではない。

沼地や洞窟に住んでいるスライムは時々、毒や病気を持っている。だがそれは、周囲の毒性のある植物を食べたり、あるいは鉱物や重金属を体に蓄積した結果として、あたかもスライムが毒を持つような振る舞いをすることもある……という話だ。外敵を倒すために毒を攻撃に利用するということもなく、体についた粘液が口に入らないようにすれば特に問題はない。

そして、粘水関に出てくるスライムは基本、無毒である。

ここは魔物がはびこる迷宮であると同時に、古代文明が建造した水道施設でもある。今現在では施設としての機能は失われているが、流れ出る水は清らかで飲み水として申し分ない。迷宮としてよりも休憩所として使う冒険者もいるくらいであり、そこに住むスライムもまた、毒性を持つことはまずありえない。

つまるところニックが口にしたのは、ただの脅しに過ぎない。

粘水関さえ攻略できず、簡単な嘘にさえ引っかかる人間が冒険者になるのは死にに行くようなものだ。だからさっさと諦めて欲しいという気持ちを込めた、優しい脅しだった。

「どーしても冒険者やりてえっていうなら、ギルドに戻ってもっと年上で腕の立つ奴を探して頭下げな。つーか冒険者なんてやんなきゃいけない理由がないならやるな。もっとひでえ目にあうことも珍しくねえ。魔物に食われちまうとか、ステッピングマンに攫《さら》われちまう、とかな」

「ス、ステッピングマンなんて本当にいるのかよ」

剣士風の少年が笑いながら反論した。

だがその声はどこか震えている。どこからどう見ても虚勢だった。

「おっ、疑うのか？」

「だ、だってそんなのいるわけないじゃん。ただの脅かしだよ」

ニック以外の【サバイバーズ】の面々は「ステッピングマン」という言葉の意味がわからず、きょとんとしていた。だが子供たちは、全員ニックの言葉を理解している様子だった。なにか恐ろしげなものを想像している。子供たち全員の表情がそんな恐怖に彩られていた。

「……います」

「うん？」

「ステッピングマンはいます！」

しかし、一人だけ反論してきた子供がいた。

冒険を続けようと言い張っていた少女だ。

「い、いないよそんなの！」

「そうだそうだ！」

「大体、お前のママがステッピングマンと戦って怪我したって話だって嘘くさいよ！　どうせ酔っ払って転んだとかだろ！」

「ち、違うもん！」

そして、口論が始まった。

いや、口論というより糾弾というべきであった。恐らくステッピングマンがいると言い張っている少女が中心となって冒険者として登録したのだろうが、当然ながら冒険は大失敗。少女以外の子供たちは暗に「お前のせいだぞ」と責めている。

やれやれと思いながらニックは口を挟んだ。

「ステッピングマンがいるかいないかはどうでもいいんだよ。けど子供を攫って売っぱらう悪い大人が、ステッピングマンのせいにしてるかもしれねえ。特に、子供だけの冒険者パーティーなんかは狙い目だ。迷宮から帰ってこなくったって、なんの不思議もねえからな」

ニックの言葉に、少女を責めていた子供たちが押し黙る。

しかし、ニックは少々失敗したと感じた。

責められていた少女だけは、自分の言動に自信を持ったようだった。

「そうです、悪い大人っていますよね！」

「あー、まあ、そうだな」

「じゃ、じゃあ、お願いします！　冒険の仕方、教えてください！　年上の冒険者に頭を下げて頼めって言いましたよね!?」

「お、おいレイナ、やめろって。これ以上迷惑かけるな」

「どうかお願いします！」

レイナと呼ばれた少女は、仲間の子供の制止も無視して頼み込む。

「駄目だ」

「なんでもします！　下働きでも小間使いでもなんでも！」

「駄目だっつってんだろ。帰るぞ」

ニックは強引に少女の話を打ち切り、帰り支度を始めた。

ティアーナたちも、仕方ないという顔をして片付けを始める。

「あ、あなたはどうですか！　治療代を返せるようになったら返しに来いと言いましたよね！」

「……確かに言いましたね。ですが、その、もう少し距離を取ってください」

「距離？」

ゼムが後ずさり、その様子にレイナが首をひねる。

そして、ぽんと納得するように手を叩いた。

「神官さん！」

「な、なんですか？」

「とても紳士なんですね！　冒険者って子供であっても見境のない大人が多いって聞いてましたけど、誤解されないように離れる人なんて初めて見ました！」

「いや、そうではなく……誤解されたくないという気持ちはありますが！」

「ですが、私はまったく問題ありません！　怪我をした人を助けて、恩を売ろうともしないなんて感激しました！」

レイナが、ゼムが後ずさった分だけずいずいと歩みを進める。

そしてたおやかな美しい手で、ゼムの震える手を取った。

感謝や親愛の表現のつもりなのだろう。

「ぜひ私を弟子に！　……あれ？」

だがゼムの方はといえば、青い顔をして今にも呼吸が止まりそうな有様だ。

「あちゃー……そういえば、ゼムはアレがあったな……」

ニックが、やれやれという顔で崩れ落ちそうになるゼムに肩を貸した。

ゼムは特異な体質、あるいは病気とでもいうべきものを持っている。

それは、失神してしまうほどに可憐《かれん》な少女が苦手というものだった。


「はぁ……ようやく落ち着きました」

ニックたちは冒険者ギルド『フィッシャーメン』に戻ると、空いているテーブルに陣取ってどかりと座った。ゼムが重々しい疲労が滲《にじ》んだ溜《た》め息《いき》をつく。

「大丈夫か、ゼム」

「失礼。ご心配をおかけしました」

ゼムが少しやつれた顔でニックに返事をした。

「美少女が苦手だなんて難儀ねぇ……」

「最近はそこまで動じなくなってはきたのですが、三つ編みで顔立ちの整った少女を見ると、どうしても昔を思い出して」

ゼムにはトラウマがある。

それは、か弱い少女を手込めにしたという冤罪《えんざい》をなすりつけられ、神官としての資格を剥奪《はくだつ》されて投獄、最終的に街から追放された……という過去によるものだ。それ以来ゼムは、十歳前後の美しい少女を恐ろしいと感じるようになった。

事務的な受け答えをしたり、あるいは治療魔術を掛けたりする程度であれば問題ない。だが手を握られたりボディタッチをされたりすると、途端に気分が悪くなってしまう。

一方で、大人の女性は大好きだった。

街を追い出されて放浪しているときにたまたま泊まった宿の女主人と一夜を共にしたことがきっかけで、ゼムは立ち直ることができた。それ以来、夜の店に足繁《あししげ》く通うようになっている。

「あの様子だとまた押し掛けてくるんじゃないかしら。思い込みの強そうな感じの子だったし」

ニックたちは、ゼムが倒れかけたため急いで街へ戻った。レイナという少女に説明する暇も惜しんだため、恐らく自分が原因だとはまだわかっていないはずだった。

「また来られてもオレは断るつもりだぞ」

ニックはさも嫌そうな表情を浮かべて首を横に振った。

「ニックは弟子を作りたいとかは思わないのカ？」

カランが興味深そうに尋ねる。

「面倒だよ。いい師匠になれるとも思わねえしな」

「面白そうだけどナ。ニックが子供に振り回されてるのって想像しやすイ」

「確かにそうじゃのう」

キズナがカランの言葉に追従するが、ニックは辟易《へきえき》しながら肩をすくめた。

「勘弁してくれ。つーかキズナ、オレはお前に振り回されてるっつーの」

「なんじゃとう！　面倒見てるのは我のほうじゃわ！」

キズナがご立腹とばかりに抗議し、皆が忍び笑いを漏らす。

なんとなく空気が弛緩したところで、ティアーナが口を開いた。

「そういえばニック。さっき言ってた『ステッピングマン』ってなに？」

「うん？　知らんのか？」

ニックが聞き返すと、ティアーナ、カラン、ゼムの三人とも首を縦に振った。

「全然」

「ワタシも初めて聞いタ」

「僕も」

それを見て、キズナだけは自信満々にへらっと笑って肩をすくめた。

「なんじゃなんじゃ。それでも迷宮都市の市民か。素人じゃのー。なあニックよ」

「別に知ってたからってどうってこともないんだがな。つーかなんでキズナが知ってるんだよ」

「オカルト雑誌に書いてあったのじゃ」

「あー、なるほどな」

「二人だけで納得してないで説明しなさいよ」

ニックが頷いていたところ、ティアーナは不満そうに口を挟んだ。

「なんつーかな、ステッピングマンっていうのはお化けとか幽霊みたいなもんだよ。例えば夜遊びするとか、大人に黙って迷宮に行くとか、そういう勝手なことをする子供に『悪い子はステッピングマンに攫われちまうぞ』って脅かすためのやつだな。そういうの、お前らの地元にはないか？」

「あー、それで子供たちがビビったってわけ」

「お化けにビビる子供に対してはちょっと意地の悪い脅しだったがな」

「ふふん、必ずしも実体のない幽霊とも限らぬぞ。なにせ実際に懸賞金が懸かっておるからの」

キズナが自信満々な様子で言うが、ティアーナは疑ってますという視線を隠さずに反論した。

「懸賞金？　見つけた人に粗品とかじゃないの？」

「いやそれが本当だ。冒険者ギルドが賞金を懸けてる。百万ディナくらいだったたな」

「……なんで？」

ティアーナは、意味がわからないといった様子だった。

「ステッピングマン伝説は昔からあるからなぁ。子供の家出とか行方不明事件が起きたときに『ステッピングマンのせいです』って言い張ってギルドに金を払って頼み込むケースがあるんだ。他にも捕まえる以前に実在さえ怪しい賞金首はけっこういるぞ」

「ほれ、本当じゃろうが」

キズナがえへんと胸を張るが、ニックが手を横に振って否定する。

「だからって、実際にいるって証明にはならねえぞ。目撃情報も酔っ払いの与太話《よたばなし》みたいなのばっかりだしな」

「それを信じちゃうくらいの子供は、確かに冒険者としては頼りないわね」

「そういうことだ」

ティアーナが苦笑し、ニックも頷いた。

「ニックの脅しくらいで冒険者辞めるなら正解だったでしょ。ていうかギルドの受付は止めたりしないわけ？」

「止めない。理由があって本気で冒険者目指すしかねえ子供もいるからな。そういう子供に限って上手《うま》く事情を説明できなかったりするし、冒険者になる理由を深く聞かねえようにしてんのさ」

「世知辛いものねぇ……」

「見るからに興味本位で冒険者目指す子供は止めてやった方がいいとは思うんだがな」

「そこはベテラン冒険者の務めなのでしょうね。ニックさんのような」

「やめてくれ、ベテランぶった奴にはなりたくねえよ」

ゼムの言葉にニックが手を横に振るが、他の仲間はにやにやとそれを眺めた。

「いいじゃない。子供を攫う悪の化け物がいるなら、子供を守る冒険者がいたって。なんたってこの街にはパラディン様がいるんだから」

「そうだゾ。案外近くにいるかもしれないゾ」

ますますニックが弱ったという顔をして皆が笑った。

「さて、今日はそろそろ帰ります。冒険も終わったしゆっくり休むとしますよ。僕の安眠もパラディン様が守ってくれるかもしれませんからね」

「皮肉を言えるくらいなら大丈夫だな」

ゼムの顔色も悪くなさそうで、ニックはほっと胸をなでおろした。

そんなとき、唐突にニックたちに話しかける人間が現れた。

「ちょいとニック。パラディンの話はここでしないでおくれ。面倒なのに目を付けられるよ」

「なんだ、ヴィルマか。フィッシャーメンに来てたのか？」

話しかけてきたのはヴィルマだった。冒険者ギルドの受付をしている、元冒険者の老婆である。

「あたしゃどの支部にも顔を出すのさ。それと忠告は聞くもんだよ。善意で言ってやってるんだ」

ヴィルマの言葉に、はてとニックは首をひねった。

パラディンの噂は冒険者たちの間にも流れている。雑誌や新聞でも取り扱われているニュースであり、口外を禁止されるような話でもないはずだった。

そもそもの話、パラディンの正体とは絆の剣の力を使ってニックとティアーナが合体した姿だ。ニックたちは当然それを秘密にしている。仮にヴィルマが正体に気付いていたら、こんな話題の出し方などしないだろう。まさかカマかけじゃあるまいなとニックはいぶかしむ。

「別にパラディンに興味があるわけじゃないからいいけどよ。なにか問題でもあるのか？」

ニックが探りを入れるような質問をすると、ヴィルマが苦い顔をする。

まさか正体がバレたのかとニックは内心冷やりとしたものを覚えたが、ヴィルマはまったく予想外の言葉を出してきた。

「取材がうるさくて困ってるんだよ。ここの雑誌コーナーにオカルト雑誌置いてるだろ？　そこの記者が……」

「ややっ、今、パラディンのお話をしましたか？」

今度はまた別の甲高い声がニックたちの会話に割って入ってきた。

「……誰だ？」

ニックが、その甲高い声の持ち主を見る。

メガネをかけ、耳にペンを挟んだ女だった。緑色の髪を短く切《き》り揃《そろ》えていて一見真面目そうに見えるが、薄汚れつつも無骨でがっしりしたコートからは妙な凄《すご》みが放たれている。冒険者のような風格と、ニックのドルオタ仲間のうさんくささを混ぜ合わせたような、なんとも珍妙な気配を漂わせていた。

「ちょいとオリヴィア。所構わず取材するのはおよしって言ってるだろう！」

「いいじゃないですかぁ堅いこと言わなくても。私だって冒険者なんですから」

「副業だろ。あんたの本業は雑誌記者。違うかい？」

「どっちも安定雇用じゃないから本業も副業もないいんですってば。で、あなたたちもパラディンを追っているんですか？」

ヴィルマのお叱りもスルーして、オリヴィアと呼ばれた女はニックに食ってかかる。

「あんまり近付くナ」

そこにカランが割って入り、オリヴィアを引《ひ》き剝《は》がそうとする。

が、一瞬カランの目が泳いだ。

「お前……けっこう重いナ？」

「んまー!?　なんと失礼な！　いやまあダイエットも疎《おろそ》かにしてはいますけどね」

「ご、ゴメン」

オリヴィアが怒り、かと思いきやガッカリと肩を落とした。

せわしない奴だなとニックは呆れ気味に眺める。

「ともかく、あなたたちに乱暴するつもりとかじゃあないんですよ。ですが私もこの手の話には目がなくてですねぇ……。あ、どうぞ。名刺です」

懐からオリヴィアが一枚の紙を出した。

名刺だ。

ニックがそこに綴《つづ》られた名前を読み上げた。

「……月刊レムリア編集部、記者兼冒険者、オリヴィア・テイラー？」

オリヴィアがうさんくさい微笑みを浮かべる。

「ええ！　最近はパラディン絡みの記事をいくつか書いてましてね！　他には人面猫のウワサとか、迷宮都市の地下に迷宮があるというウワサの検証とか！」

「ウワサ話ばっかじゃねえか」

「まあ、そういう雑誌を発行してますので」

「ほ、本当にレムリアの記者なのか……!?」

オリヴィアの言葉に反応したのはキズナだった。

「あら、ご存《ぞん》じでした？　もしかしてファン？」

「愛読してるのじゃ！」

「お前そんな雑誌読んでたのか？」

ニックが呆れ気味に呟くと、キズナはやれやれとばかりに大仰に肩をすくめた。

月刊Lemuria ヘンシュウ部
記SYA兼BOU険SYA
Olivia Taylor

「まったく、こないだ見せたばかりの本のタイトルも忘れおったのか？　月刊レムリアじゃよ」

「お前、雑誌の存在を知って一月も経《た》ってないだろ」

ニックが横から指摘をすると、キズナがさも馬鹿にした風に肩をすくめた。

「はぁ……。愛に時の長さを問うても意味がないのじゃ。詩人偏愛家《ドルオタ》ともあろう者が風情のないことよのう」

「ぐっ……！」

キズナに言い負かされたニックが悔しそうな顔をした。

「ご存じでしたなら助かります。迷宮都市のうさんくさいお話があればいつでも駆けつけますよ。謝礼も少々ですがお渡しできますので」

「謝礼？」

ティアーナがぴくりと反応した。

だがそこに、ヴィルマがうおっほんとわざとらしい咳払《せきばら》いをする。

「謝礼ってのは現金や商品券であるとか、人様にお出しできる菓子とかであって、売れ残った雑誌や有効期限間近の割引券を謝礼と言わないと思うんだがねぇ」

「それは言いっこなしですよぉ」

なるほど、とニックは察した。

オリヴィアという記者はこんな風に冒険者につきまとって取材しているのだろう。そして冒険者ギルドとしても、ギルドとまったく関わりのないパラディンを勘ぐられても迷惑ということだろうと大体の見当がついた。ヴィルマが迷惑そうな顔をしているのもよくわかるとニックは思った。

「んじゃ、そろそろ解散するか。おつかれ。次の冒険は三日後だから遅れんなよ」

「ありがとうございました。ではまた」

「またナ」

「それじゃおつかれー。今から競竜場行けばレース間に合うわね、急がなきゃ」

ニックの言葉に、キズナを除くパーティーメンバー全員がニックの意を汲んで席を立った。

「ああん、もっとお話ししましょうよぉ！」

「そうじゃそうじゃ！」

「雑誌を読むのはいいが不審人物と仲よくするな」

ニックは名残惜しそうなキズナの首根っこを捕まえ、オリヴィアから引き剝がす。

こうしてニックたちはギルドを後にした。


アンコール曲が終わった。

次回ライブの予告とともに、ライブ会場の緞帳《どんちょう》がしめやかに降りていく。

「次のライブは大感謝祭！　でっかいハコでやるからちゃんと来るんだよー！」

「ジュエリープロダクションの吟遊詩人《アイドル》勢揃《せいぞろ》いだからな！　楽しみにしてろよ！」

「わたしたち頑張るから、よろしくね！」

その声が響き渡る頃には緞帳が完全に降り、壇上からこぼれる光は完全に閉ざされた。

闇に包まれた客席に向けて「本日の演奏は終了しました」と無機質な館内アナウンスが流れる。

詩人偏愛家《ドルオタ》たちは、興奮冷めやらぬ状態でライブ会場を去っていく。

「さいっこーのライブでしたね！　ありがとうございます！」

会場を出た後の道端で、少年が目をギラつかせて大喜びしていた。普段のニックならテンションの高すぎる友人をたしなめるところだが、今はニックのテンションもひどく高かった。

「おう、ジョナサンも楽しめたならよかった」

「ニックさんはアゲートちゃん推しでしたっけ？　僕はアンバーちゃんにティンと来ました！」

ジョナサンと呼ばれた少年が、今見たばかりのライブに思いを馳《は》せながら言った。

「あの子もいいよな。ダンスやモーションにキレがある」

「あんな女に入れあげてた僕は愚かでした！　本当の愛はここにあったんだ！」

「お、おう」

そのジョナサンの言葉に、ニックは苦笑しつつも頷いた。

この少年とニックの付き合いは浅く、ごく最近知り合ったばかりだ。しかし二人は不思議な縁で結ばれている。同じ女に騙《だま》された、という縁だ。

少し前、ジョナサンがとぼとぼと道端を歩いていたところ、吟遊詩人《アイドル》のライブへ行く途中のニックと偶然出会って意気投合し、ニックはついついライブへと誘った。それ以降ジョナサンは、ニックに劣らないほどの詩人偏愛家《ドルオタ》になってしまっていた。

「キズナくんは誰推しなんだい？」

「特に推しとかはないのー。ただ、アゲート、アンバー、トパーズという三人からは魂の輝きを感じる。恐らく時代が異なれば祈禱師《シャーマン》として信仰を集めていたことじゃろう」

「シャーマン？　お前、うさんくさいの本当に好きだな」

「魂の輝きってすごい言葉使いますね。キズナくん実は詩人偏愛家《ドルオタ》上級者ですか？」

ニックとジョナサンが若干引きつつ言うと、キズナがぷんすかと怒る。

「シャーマンはちゃんとした職業じゃわい！　精神感応は立派な魔術の一形態なんじゃぞ！」

「へぇー、キズナくん物知りなんだねぇ。魔術学校とか行ってるの？」

「いや、冒険者じゃぞ」

「格好《かっこ》いいなぁ……。僕は多分向いてないから憧れます。怖い人も多いし騙されやすいし」

「つっても、冒険者だって冒険者に騙されたりするしな」

「あはは、まったくですね」

ニックの自虐的な言葉に、ジョナサンがつられて笑った。ニックに誘われてライブへと足繁く通っているうちに、クロディーヌに付けられた傷はすっかり癒えた様子だった。

「あっ、そろそろ帰らないと。それじゃあニックさん、ありがとうございました！」

「おう、またな」

ジョナサンが手を振って去っていくのを、ニックは満足げに眺めた。

「じゃ、オレたちも帰るか」

「うむ。意外に楽しかったぞ。次はゼムについていくかのー」

「おいおい、そりゃ控えとけよ。コブ付きで酒場《キャバクラ》なんていけるのか？」

「それがのう、ゼムの方から頼まれたのよ」

「マジか」

「正確には、あの少女の目くらましをしてくれないかとな」

「あの少女……？」

「ほれ、こないだ粘水関で出会った冒険者の少女じゃよ。レイナとか呼ばれてた子じゃ」

ニックはそこまで説明されて、ようやく誰のことか思い出した。

同時に、しかめっ面を浮かべた。

「おいおい、まずいんじゃないのか」

「流石に少女の方も酒場《キャバクラ》の営業妨害してるようなものでガチめに怒られてるらしいが、なかなか頑固らしくてのう」

「やりたかねえが、一度ガツンと言った方がいいのかもな。つーか……もしかして今も追われてたりするのか？」

「ちょっと調べてみるかの」

キズナがツバをつけて指を天にかざした。

遠く離れても仲間として登録した人間の心拍数や体温といった肉体的な情報を把握できる、というキズナの特殊能力を使っているのだ。

特にポーズに意味はないが、キズナ自身は「なんとなくアンテナが立つ気がする」とニックに説明していた。

「どうだ？」

「……ゼムが危ないぞ」

キズナが、渋い顔をして答えた。

「またあの子に追われてるのか。仕方ねえなぁ」

「それどころではない。体温、心拍上昇。恐らく戦闘中じゃ」

「おいおい、それじゃ別件か？　女を巡って酒場《キャバクラ》でトラブったとかじゃあるまいな」

「今、出血したぞ。相手は鋭利な刃物を持っておる」

「……どっちの方角だ」

ニックの声色が変わった。

吟遊詩人《アイドル》のライブに興じていたときの弛《たる》んだ表情も消えている。

もっとも、アゲートのファンを示す青い法被《はっぴ》は着たままだったが。

「ここから東じゃな。迷宮都市の南東部の入り口あたりじゃ」

迷宮都市の大雑把な知識として、東部は貧民街だ。そして冒険者が多い南部と接する南東部は、人間の粗暴さと貧しさが合体して恐ろしく治安が悪い。

更に建設が放棄された建物や、倒壊して修繕されず放置されている家屋などが多くあり、そこに様々な浮浪者や冒険者くずれがたむろって独自の社会を形成している。そこで戦闘状態にあるということは、たとえ一端《いっぱし》の冒険者であったとしても危うい。

「助けに行くぞ！」

「まっ、待て！　ちゃんと案内するから闇雲に走るな！」

「あーもう！」

ニックはキズナを脇に抱えて走り出した。

真夜中の迷宮都市は、他の町や村と違って明るい。

宵《よい》っ張《ぱ》りが多く、ゼムが通うような夜の店は今がまさに書き入れ時である。

特に、今ニックが向かっている南東部は迷宮都市の中でも更に猥雑《わいざつ》な場所だ。道端に倒れた酔っ払いもいれば、客を羽交い締めして店に引きずり込む怪しげな店もある。路地裏からは汗と血の混じった喧嘩の香りが漂う。道行く者たちは急いで走るニックを迷惑そうに見るが、そこまで珍しい姿でもない。

人々はどうせ借金取りに追われているか痴情のもつれにでも巻き込まれているのだろうと鼻で笑うだけのことだ。ニックの方もそんな嘲笑交じりの視線などに構っていられなかった。

「キズナ！　まだか！」

脇に抱えられたキズナがむむむむと指先を前へ前へと伸ばす。

そして、叫んだ。

「……いたぞ！　あそこじゃ！」

「なんだありゃ!?」

ニックの目に見えたのは、ゼムが何かに追い詰められている姿だった。「戦闘状態にある」という説明を聞いていなければ酔っ払っているのかと思っただろう。

だがゼムの表情も真剣そのものだ。

ニックは一目で異常な状況にあると気付いた。

「あれは……認識阻害系の魔術じゃ！　見えない敵に追い詰められていると思え！」

「影狼《えいろう》みたいなもんか!?」

影狼とは、暗闇に身を潜めるのが得意な狼《おおかみ》の魔物だ。

自分の速さと洞窟の暗がりを利用して人間に襲いかかる魔物だが、肝心の戦闘力は高くない。その程度であればよいのだが、という期待を込めての問いかけだったが、キズナは首を横に振る。

「そんなものより遥《はる》かに狡猾《こうかつ》じゃぞ。周囲に自分自身を意識できぬような暗示を振りまいておる。実際、見えないじゃろ？」

「ならどーすんだよ！」

「我ならばなんとか認識できる。いくぞ！」

「頼んだ！　オレはゼムをカバーする！」

キズナがしゃらっと音を立てて剣を抜き払った。きぃん、と何もない場所にぶつかり音を立てる。

「なっ……見えるのか……っ!?」

奇妙な声が響いた。男のような声でもあり、女のような声でもある。

なんなんだこいつは、という気持ちを抑えてニックはゼムの救助に向かった。

「おいゼム！　大丈夫か！」

「僕は問題ありません、それより子供をお願いします！」

「子供、って……こいつは……」

ゼムは、とある少女を庇《かば》っていた。

すうすうと寝息を立てて呑気《のんき》に寝ている。だがこの状況で熟睡しているのはひどく不自然だ。

「この子は、ええと……レイナだっけ？　付きまとわれたのか？」

「僕を探して夜の街を歩いていたようですが、そこであの透明人間に連れ去られるところでした。薬を嗅がされたか、幻惑系の魔術に掛かったかしたのでしょう。よく寝ています」

「くそ、本当にステッピングマン伝説みてえじゃねえか」

「オカルトには興味ないんですが、現実に襲ってくるとなれば認めざるをえませんね」

ゼムが忌々しく呟く。

「しかし、よく庇えたな……。オレにはキズナが踊ってるようにしか見えないんだが」

ニックの視線の先では、キズナが剣を振るってくるくると動き回っていた。

見たところ、劣勢だ。

「ばかもん、さっさと助けぬか！　つよっ……けっこう、強いんじゃが……！」

「ニックさん、この葉を噛《か》んでください。薬草です」

「わかった……うっわまっず!?」

「我慢してよく噛んでください。本来は酔い覚ましですが、幻惑魔術を解く効果があります」

眠気が吹き飛ぶほどの苦さとえぐみがニックの口中に広がる。

そして遅れて清涼感がやってきた瞬間、おぼろげな姿が目に入った。

フードを目深に被った人間が、鎖をじゃらつかせてキズナに襲いかかっている。

顔は、よく見えない。

なんとなく顔の輪郭はわかるものの、なぜか特徴が頭に入ってこない。

「認識阻害とか言ってたな。薬草だけじゃ完全には防げないってわけか」

「そのようですね」

「間合いが測りにくいな、ありゃキズナも苦労するだろうよ」

そう言って、ニックは深く呼吸をしてから戦闘に突っ込んでいった。

「遅いぞニック！」

蛇のようにぬるりとした動きで鎖がキズナに襲いかかる。

だがその瞬間、ニックが短剣でそれを防いだ。

「わりい、待たせたな」

「こやつ妙じゃ。魔道具っぽいようじゃがそこまでの魔力は感じぬ。その割に威力が大きい」

「魔道具だって剣や拳と同じだ。使いこなして極めりゃ変態じみた使い方をする奴もいる」

「そんな熟練者がロリコンの真似事するかの？」

「さあな……ところであんた、まだ続けるかい？　天下の往来で喧嘩してたら騎士団も集まってくるぜ。オレぁそれでも構わないんだがな。弁護士の知り合いもいるし大したことにゃーならねえ。お前さんは？　医者と弁護士の友達はいる？」

ニックがカマを掛けた。

ローブの人物はニックの言葉が届いたのか、動きを止める。

鎖がしずしずとローブの袖の中へと戻っていく。そしてくるくると腕に巻き取られ、最終的に丸腰の人間と見分けが付かなくなった。

ニックは少々ホッとした。二合が三合打ち合っただけで、相手が格上と認めてしまっていた。流石に本気を出したアルガスほどではないが、他の【武芸百般】の元仲間は上回っている。そしてニック自身やカランよりは確実に強いと肌で実感していた。

そんなニックの油断を見抜いたのか、一瞬の隙を突いて凄まじい動きでローブの人物が真横にすっ飛んだ。

その勢いのまま、ゼムの背後にいた少女を攫おうとする。

「くっ……」

「違うゼム！　奴はお前が狙いだ！」

ローブの人物は、とっさに少女を庇おうとしたゼムに痛烈な蹴りを浴びせた。

「ぐはっ！」

ローブの人物の動きは、迅速かつ狡猾であった。

ゼムが少女を庇おうとするとみるやゼムに狙いを定め、だがゼムの手が弛むとすかさず少女を攫おうとする。ニックたちがその背後を突こうとしても、自在に動き回る鎖が周囲に転がっていた木樽やゴミを絡め取って投げ飛ばしてくる。

「こいつ……手慣れてやがる……！」

「どうするニック！」

ニックは迷った。迷えば迷うほどゼムの傷が増えていく。

相手は狡猾だが、それ以上に執拗《しつよう》な完璧主義者だ。

目撃者をすべて殺す覚悟があると気付き、ぞくりとした。

「キズナ、剣に戻れ！」

「おう！　それでどうするのじゃ！」

「こうすんだよ！」

剣形態へと変身し、光の刃を出す。その状態のキズナを、ニックは思い切り投げ飛ばした。

反射的にロープの人物はキズナ……正確には絆の剣を弾《はじ》き飛ばす。

「かかったのう！」

「なっ……なんだとっ!?」

ローブの人物が、声を漏らして驚愕《きょうがく》を露《あら》わにした。

その驚愕に乗じるように、弾き飛ばされたキズナが人間の姿へ変身した。

「まだまだここからじゃぞ！」

そして、キズナの体が二つに分身した。

《並列》というキズナ特有の魔術だ。人間としての体を複製し、二体とも自在に活動する。一体はローブの人物に斬りかかり、もう一体はゼムを守るように防御に回る。そして動揺したローブの人物の背中に、ニックが斬りかかる。

「ちっ」

だが、一太刀入れようとした瞬間にローブの人物は凄まじい跳躍力でその場から飛び跳ねた。腕に仕込んだ鎖を使い、建物の屋根や柱に引っかけて器用に移動していく。まるでバッタかなにかのような不気味なまでの身軽さであった。

「……予想外の攻撃が来た瞬間に引いたな。やべえなプロだ」

今までの執拗さなど忘れたかのような鮮やかな逃げ方に、ニックは感嘆さえ覚えた。

ニックは対人での拳闘や喧嘩においてはそれなりに自信があるが、今回は完全に敗北していると認めざるをえなかった。これが引くに引けない命の取り合いであったら確実に殺されていたという実感がある。

かといって、助かった命を無駄にするつもりもない。

「おいゼム、大丈夫か！」

「自分を治癒するのは得意ですからね」

ゼムが皮肉っぽい笑みを浮かべる。

ゼムの言葉通り自力で怪我を直したようで、傷は塞がっていた。

しかし消耗が激しく、今にも倒れそうな顔色をしている。

「ゼム、こういうときは気にせずこっちに任せろ。こっちを殺しにかかってくる奴に正々堂々と戦おうなんて思うな」

「しかし、僕だけ背を向けて逃げるというのは……くっ」

「魔力を使いすぎだ。ともかく摑《つか》まれ」

「僕は大丈夫です、それよりもこの子を頼みます」

「……そうだな、わかった」

ニックはレイナを背負い、夜の街を歩き出した。


「あのねぇゼムちゃん、ニックちゃん。ウチは酒場であって弁護士事務所でもあるけど、病院じゃないの。そもそも慈善事業じゃないのよ？」

レッドが溜め息をつきながら、酒場『海のアネモネ』に転がり込んできたニックたちを眺めた。

「悪い。他のゼムの馴染《なじ》みの店はどこも忙しそうだったもんでな」

「どうせウチは客が少ないわよ！　今日だって商売あがったりだったし！　酔って喧嘩する馬鹿もいるから包帯も薬もあるわよ！」

レッドがぷりぷりと怒りながらも、濡《ぬ》れタオルや包帯を投げつけてきた。

ニックが取り落とさないように器用にキャッチする。

「ほらあなたも、女の子なんだから顔は綺麗にしておくものよ」

「あっ、ありがとう、ございます……」

レッドが、レイナに濡れタオルを渡す。

レイナはニックが運んでいる間に目を覚ましていた。だが、どこかうつろな顔をしている。

「え、えっと……助けてくれた……ってことですよね……すみません」

「まず、自分がなにをして、どうなったのか、理解していますか？」

「え、ええと……」

レイナは訥々《とつとつ》と自分のことを喋《しゃべ》り始めた。

どうやらレイナは、ニックたちへの弟子入りを断られた後も諦めなかったらしい。

迷宮都市に戻ったあとに【サバイバーズ】の動向を調べ、どうやらゼムが酒場《キャバクラ》によく出入りしていることを知り、待ち伏せしていた。

そしてレイナは夜の街を歩き、再びゼムにお願いをした。冒険者として弟子にして欲しい。召使いの真似でもなんでもしますから、と。

当然、ゼムはレイナの申し出を改めて断った。

だがそのとき、レイナは妙な話を切り出した。自分と同じ年頃の子供が狙われている、と。

「狙われてるって、さっきの奴か？　いったいなんなんだありゃ」

ニックが尋ねるが、レイナはうつむいてなにも答えなかった。

どうしようかとニックが考えあぐねたところに、酒場の副店長のレッドが口を挟んだ。

「ちょっとニックちゃん。そんな風に詰問しちゃダメよ。怖がってるじゃない」

レッドが肩をすくめながら言うと、ニックは焦って反論した。

「オ、オレは怖がらせてねえよ!?」

「そうじゃなくても萎縮するわよ。怖い目にあったばかりなんでしょ？」

「まあ……それもそうだな」

言われてみればその通りだ、とニックは納得した。どんな原因があったかはわからないにしても、誘拐されかかったところなのだ。冷静に話をすることさえ難しいだろう。

そもそもニック自身、別に太陽騎士団などのような治安を守る仕事をしているわけでもないのだ。巻き込まれたからといって、それ以上なにができるわけでもない。

「おまえさん、親はいるのか？　いるなら親のところに帰ってゆっくり寝ろよ。色々と疲れただろう。腹減ったならなにか食ってくか？」

レッドが後ろでそうそうと頷いている。

だが、レイナは意を決したように顔を上げた。

「マ、ママは……いるけど、入院してます。家は私一人だから、帰らなくても大丈夫です」

「入院？」

「あいつと戦ったんです。夜に紛れて人を攫うあいつと……」

「あいつってのは、あの姿を消す変な奴か」

レイナはニックの問いかけに、こくんと頷く。

「あいつは……ステッピングマンなんです……！」

少女の名はレイナ。

そして、その母の名はエイダという。

エイダは元々冒険者であり、C級パーティーに在籍する実力者だったそうだ。男顔負けの腕力もあると同時に獣のように勘が鋭く、前衛としても斥候としても実力者として知られている。

ただ素行も酒癖も悪く、ついでに言えば貞操観念もあまりなく、悪名轟《とどろ》くトラブルメーカーだった。色んなパーティーを転々としていたが、冒険者生活において最後に加入したパーティーのリーダーがしっかりした人物で、上手くエイダの手綱を引いていたらしい。

そんなあるとき、エイダの妊娠が発覚した。相手はその手綱を引いていたはずのリーダーだった。リーダーは責任を取ろうとして求婚した。

だがエイダは断った。冒険者などその日暮らしの人間の荒くれ者ばかり。まともでない人間同士でまともな家庭を築けるとは思えず、また結婚したくらいで自分がよき妻になれるとも思えなかったのだそうだ。そこでエイダは、レイナを一人で育てると決意した。自分も母親一人に育てられたので父親がいるという状況がよくわからなかった……という理由もあったらしい。

それでもパーティーの男と別れるということはなかった。男はなんだかんだで父親のような役割を果たそうとした。男はエイダとレイナに頻繁に会い、養育費や生活費を援助した。裕福ではないがそんな小さな幸せに満ちた環境は、レイナをまっすぐに育てた。

だがあるとき、男は冒険の最中で死んだ。エイダは、夫だなどと思っていなかったはずの男の死を悲しみ、そこから酒びたりになった。

冒険者も辞めて酒場の用心棒として雇われたり、日雇いの仕事をしたりと、その日暮らしの生活をしている。「粗暴だが根が悪いわけじゃない」というなんとなくの信頼も失われつつあり、「娘のバイト代に頼り切りのダメ女」というレッテルを貼られている女性。それがエイダであった。

……という娘の口からの説明に、ニックは少々あっけにとられた。

「お前、けっこう母親に辛辣だな」

「い、いや、悪い人じゃないんです！　本当です！」

率直すぎる性格なのだろうとニックは思った。この娘はこの娘でトラブルメーカーの気質があると感じつつも、そこは口には出さなかった。

「ええと、それで……そのお母さんがどうしたんだ？　今回の件とどういう関係がある？」

「……ママが最初に気付いたんです。最近、行方不明になる子供が多いって。しかもそれが、屋根や塀の上を歩くステッピングマンの仕業だって」

「ステッピングマンの仕業、ねぇ……」

ニックがいぶかしむように、レイナの言葉を繰り返し呟いた。

「それと、ママがニックさんと同じことを言ってました」

「同じこと？」

「子供を誘拐する悪い人が、ステッピングマン伝説に自分の悪事を押し付けて誤魔化《ごまか》してるんじゃないかって」

「なるほどな……」

「ママがステッピングマンを倒してやろうって夜の街を見回ってたんですけど、逆に倒されちゃって……。まだ病院で眠ってます」

「……仲間はいないのか？　元冒険者なんだろう？」

ニックは、エイダという冒険者に心当たりがあった。『木人闘武林』で雑談したときに名前を挙げた冒険者である。直接話したことはないが探索や調査については凄腕《すごうで》と聞いたことがあった。一方で、気性は荒く一匹狼な性格とも聞いている。すべてレイナの説明とほぼ一致していた。

「いえ、パーティーはとっくの昔に解散したみたいで、私もメンバーの顔は知らないんです」

「だろうな」

ニックが頷く横で、ゼムとレッドが口を挟んだ。

「そういうことでしたか……。しかしあなたがエイダさんの娘とは驚きました」

「わたしもびっくりよ」

まるで、よく知っている人間に対しての反応だ。

「……前にオレとゼムが思い浮かべたのは、同一人物だったみたいだな」

「ですね」

ええ、とゼムが苦笑しながら頷いた。

「前も言ったように、このあたりの酒場《キャバクラ》ではあまり評判はよろしくありません。恐らく周りの人に相談してても相手にしてもらえなかった……そんなところでしょう？」

「そこまで評判が悪いのか」

「根は悪い人じゃないんだけどねぇ……」

ゼムとレッドが苦笑まじりに頷く。

そこに、レイナが半泣きの顔で言葉を続けようとした。

「そ、そうです！　確かにそうなんですけど、でも……！」

だが、黙った。

レイナには反論ができない。事実だからだ。

しかし、ニックにはその気持ちがなんとなくわかる。

過去にニックが在籍していた【武芸百般】も、実力こそ評価されつつも馬鹿にされていた。というか、事実として馬鹿の集団であった。気のいい奴らではあったが、欠点は欠点として認めざるをえない。そのときに反論できない自分が悔しいという気持ちに、ニックは懐かしさすら感じた。

「まあゼム、いいじゃねえか。酔っ払いくらい珍しくもなんとも……」

ニックは重い空気を払拭しようとした。

だがゼムの目は、大丈夫ですよと優しく、そして強く訴えている。

「別に疑ってなどいませんよ。あなたのお母さんのこと、誤解していたようですね」

「え？」

「少なくとも僕らはあの謎のローブの人物と戦った。お化けや幽霊などではなく、確かにそこに存在していた。僕の傷。ニックさんとキズナさんの目。あなたのお母さんが病院にいることがその証明でしょう」

「あ……」

レイナは、呆然《ぼうぜん》とした顔でゼムを見つめる。

「奴は狡猾で、そして強い。そんな相手に立ち向かったということは、なによりも優しさを証明している。あなたのお母さんは巷《ちまた》で言われるような人物ではない、ということです」

「あっ……ありがとうございます……！」

レイナがすっくと立ち上がり、そして初めて会った日のようにゼムの手を握ろうとした。

「配慮しろ」

「配慮しなさい」

「えっ、えっ？」

それをニックとレッドが華麗にブロックし、レイナは困惑した様子だった。

ゼムがその後ろでホッと胸を撫《な》で下ろしている。

「ともかく、最近の迷宮都市にはあのステッピングマンみたいな誘拐犯がいて、レイナの母親がそいつに怪我をさせられたってわけだ」

「ふん、あんなのステッピングマンじゃないわい」

今まで沈黙を保っていたキズナが口を開いた。

「周囲からの認識が阻害される結界を張っているだけ。不思議でも神秘でもなんでもないわ。飛び跳ねているのは風魔術か身体能力の向上。ないとは思うが、重力魔術の可能性もある。ま、なんであれ、既存の魔術や技術でできるものばかりよ、少々難易度が高いだけで」

「おお、キズナ。すげえな、もうそこまで分析したのか」

ニックが珍しくキズナを褒《ほ》め称《たた》える。

が、キズナはつまらなそうに溜め息をつく。

「なーにがステッピングマンじゃ。もっと夢のあるものを想像してたのに……。こんな人攫いの犯罪者など雑誌投稿できぬではないか。普通にとっ捕まえるしかあるまい」

「そこかよ。いやまあ、人攫いって時点で洒落《しゃれ》になってねえのは確かだが」

ニックの言葉に、レイナが拳を強く握っていきり立った。

「そ、そうです！　あんな悪い人がいるなんて、許せなくて……！」

「ははーん、それで冒険者になろうとしたり、師匠になってくれる人を探してたってわけか」

「はい……今まで誰も信じてくれなかったから、だったらいっそ自分でやろうって思って」

「それはお前のお母さんには言ったのか？　後で説明したとして、納得してくれるって思うか？」

レイナはニックに問われて押し黙った。

それこそが雄弁な答えだった。

「ま、そんなところだろうと思ったよ」

「で、でも、誰に言ってもまともに取り合ってくれなくて……！　いなくなった子供も、夜に一人で出歩いたり、ちょっと不良っぽい子だったりするから、家出したんだろうとか言ってちゃんと調べてもくれなくて……」

「で、大人は頼りにならねーから子供だけで冒険者パーティーを組もうとしたわけか」

ニックはようやく納得がいった。

粘水関で出会ったときに妙に頑固なまでに冒険を続けようとしたことも、ゼムに弟子入り志願したことも、すべてはこの、ステッピングマンをなんとかしたいという思いからだった、と。

「はい……。信じてくれる人がいなくて。友達も、話は聞いてくれたけど半信半疑でパーティーは解散になりました。もう誰も、助けてくれません」

「そうだな。ついさっきまではな」

えっ、という声が漏れた。

それはレイナだけではなく、ゼムも同様だった。そして一番嬉しそうにしているのはキズナだ。

「ニックよ、勇者の心に目覚めたのか!?　うむ、聖剣の持ち主としての自覚が出てきて我も鼻が高いぞ」

「いや別に」

「別にってなんじゃい、別にって」

「義侠心《ぎきょうしん》だのボランティアでやるつもりはねえさ。だが本当に子供を誘拐して、しかも騎士団さえも状況を摑めてない。しかも場所がここ、迷宮都市の南東部ときてる。仕事になる。それにちょうどいい機会だ。冒険者が金を稼ぐ三つ目を説明しそこねてたところだったし」

「聞かせてください」

ゼムが興味深そうに尋ねると、ニックが頷きながら言葉を返した。

「冒険者の稼ぎ、一つは迷宮探索。そしてもう一つは？」

「迷宮での採集ですね。で、最後の一つはまだ聞いておりませんでした」

ゼムの言葉に、ニックがにやっと笑いながら頷いた。

「賞金首や犯罪者を捕まえることだよ」

マンハント

冒険者ギルドは都市内に多くの拠点を持っているが、その中でも主要な場所は次の六つだ。

新人冒険者向けの『ニュービーズ』。

中堅冒険者向けの『フィッシャーメン』。

ベテラン冒険者向けの『パイオニアーズ』。

迷宮探索以外の、護衛依頼などを専門的に扱う『トラベラーズ』。

冒険者ギルドを運営する高官と、ごく一部の超一流冒険者が集うギルド本部。

「そしてもう一つ、冒険者ギルド支部に『マンハント』ってのがあってな」

ニックはその『マンハント』に向かう通りを歩きながら、仲間たちに告げた。

「物騒な名前ね」

「実際、他よりちょっと物騒だ。魔物を倒すよりも人間を相手取った方がいいって連中がいるわけだしな。まあ正義感に溢《あふ》れた奴《やつ》もいるんだが……」

冒険者ギルド『マンハント』は、犯罪者の首に懸けられた賞金目当ての冒険者たちが集うギルド支部だった。治安維持機構の一形態であるとも言える。

迷宮都市の治安を守るのは太陽騎士団であり、その威光は強いが、必ずしも迷宮都市のすべてを照らしてくれるわけではない。特にスラム街同然の南東部において、さほどの存在感はない。

騎士たちにとって南東部への配属はつまり左遷を意味しており、士気は低く規律は緩く、汚職がはびこっている。したがって見逃される犯罪も多い。

その状況を憂慮した迷宮都市の高官が、冒険者ギルドに助力を求めた。冒険者ギルドは賞金稼ぎ専門の支部を設置し、凶悪な犯罪者を取り締まらせるという対策を取ることにした。素行の悪い犯罪組織が台頭して治安が最悪のところまで転がるところを、これまた素行の悪い冒険者が水際で防いでいるのが迷宮都市南東部の現状であった。

「ガラが悪くてあんまり行きたくはねえんだが、知らないままってわけにもいかねえんだよな」

ニックが溜め息をつくと、ゼムが恐縮して詫《わ》びた。

「すみません、僕のトラブルでこんなことになってしまって」

「あ、いや、そういうつもりで言ったわけじゃねえんだ。乗りかかった船だし……それに、あそこは色々と情報が集まる。知っておいた方がいいってのはあるんだ」

「二人とも災難だったみたいねぇ」

ティアーナが、面白そうにニックとゼムを眺めた。

「つたく、未確認動物に会うとは思ってもみなかったぜ」

「夜道でそのステッピングマンとやらに襲われたのよね？」

「まあ実際にステッピングマンかどうかはともかく、そういう誘拐犯は実在してる」

「誘拐されそうになった子はどうしたの？」

「酒場《オカマバー》にいる」

「ニック、ゼム……あなたたちねぇ」

「誤解だ」

ティアーナのじっとりとした視線を受けて、ニックが焦った声を出す。

「大丈夫ですよ。むしろあそこが最善と僕は判断しました」

と、ゼムが言った。

「そうなの？」

「あそこのチーママは弁護士もしていますからね。もし弁護士が危害を加えられたら他の弁護士や懇意にしている人たちが黙ってはいませんよ。レイナさんは顔が見られている上に母親が入院中ですから、家に帰らせるよりは『海のアネモネ』にいてもらう方が遥《はる》かに安全です」

「なるほどね。……そういえばあなたの少女恐怖症、治ったの？」

ゼムはその問いかけに首を横に振る。

「だといいんですがね。レイナさんと話すのも一苦労ですよ」

「じゃあ、なんでお願いを聞いてあげるわけ？」

「ぼくは少女が嫌いですが、かといって少女を食い物にする人間は大嫌いでしてね」

ゼムの声は淡々としている。

だが、その内に秘めた熱いなにかを、ニックたちは感じ取っていた。

「それは同感ね」

ティアーナがにやっと笑った。

「つーわけで、迷宮探索、採集に続いて、冒険者の稼ぎどころの三つ目……賞金稼ぎにチャレンジだ。当面の目標は『ステッピングマン』の確保。いいな？」

そのニックの言葉に、全員が力強く頷《うなず》いた。

冒険者ギルド『マンハント』は、昼間でありながらまるで酒場のように暗く妖しい雰囲気に満ちていた。だが当然、給仕する女はいない。ぎらついた冒険者が、【サバイバーズ】たちに油断ならない視線をそれとなく送っている。

ニックも、『フィッシャーメン』のように誰かと雑談することはない。馴《な》れ合《あ》うこともなく迷わず受付のところまでつかつかと歩いていく。

「冒険者パーティー【サバイバーズ】だ。ステッピングマンの情報を確認したい」

「……趣味人の遊びかしら？」

「仕事だよ。賞金懸かってるんだろ？」

受付にいたのはピアスだらけの鹿人族の女だ。

女は、爪をいじりながら気だるそうにニックを眺める。

「ならなおさら駄目ね。そっちの三人、新入りでしょ？　高額賞金首の詳しいことは一応ここでの仕事の実績がなきゃ見せらんないの」

「あ、しまった」

と、ニックが思わず呟《つぶや》いた。

「悪い、忘れてた」

振り返って詫びるニック見て、ティアーナがにやにやと微笑《ほほえ》んだ。

「珍しいじゃない」

「賞金稼ぎはそんなにやってなかったんだよな……」

ぼやくニックに対し、受付のピアス女が同じようにぼやく。

「居着いて欲しかったんだけどねー、【武芸百般】。魔物の討伐だけじゃなくて人間相手の喧嘩《けんか》もきっちり強かったし」

「そりゃ悪かったな」

「でも今は新しいパーティーだからここは初めてってことになるわ。ルールはルールだから、実績作りを兼ねて何か仕事してきなさいよ。これなんかどう？」

ピアス女が一枚の紙を差し出してくる。

そこには人相とプロフィール、そして賞金額が書かれており、ニックがそれを読み上げた。

「ヘイル＝ハーディ、二十五歳。元は酒場勤務。現在は無職。迷宮都市南東部の建設放棄区域《ガーベージコレクション》に潜伏中と思われる。罪状は無届け娼館《しょうかん》の営業、詐欺、暴行。また未確定ではあるが殺人、奴隷売買の容疑もあり。賞金三十万ディナ……か」

「悪くないでしょ。賞金もそこそこあるし」

「そこそこの賞金なら新入りにあてるなよ。難易度高くないか？」

「いいじゃない、腕に覚えがあるならちょっとくらい難しいのやってきなさいよ。【鉄虎隊】を捕まえた【サバイバーズ】さん？」

受付の女がそう言った瞬間、周囲の目に変化が起きた。

侮りと好奇心だったものが別の二種類の感情へ。

一つは、敬意に近い親近感。

「ちっ……賞金稼ぎでもねえのにスカしやがって」

そしてもう一つは、嫉妬に近い敵意だ。

「どこのどいつよ。文句があるならハッキリ言いなさい」

「なんだと!?」

ティアーナがぴしゃりと言うと、荒くれ者の冒険者が前に出ようとする。が、それは冒険者の仲間に押さえられた。

「よせ」

「なんだよ止めるのか！」

「ああ、そうだ。……悪気はないんだ、こっちも抑えるから挑発はやめてくれ」

暴れそうになった男を押さえた冒険者がニックに向かって言った。

「わかった。ティアーナ」

「もう、しょうがないわね」

ティアーナが不承不承引き下がる。

ニックは、敵意を持つ冒険者がいる理由もなんとなくわかった。【鉄虎隊】は恐らく『マンハント』のナワバリで活動していた。もしかしたらここにも被害者がいるのかもしれないし、あるいは賞金が懸けられることを想定して先に狙っていた冒険者もいたかもしれない。ある意味、【サバイバーズ】がここの冒険者たちのお株を奪ったような形になるのだろう。

とはいえ、冒険者ギルドの職員がわざわざそれを喧伝《けんでん》する必要はないはずだった。

「おい、あんた」

ニックは受付のピアス女を睨《にら》む。

だがピアス女はへらへらと笑みを浮かべ、意に介さない様子だ。

「どうせ一日あればバレるわよ。ここの連中は貴族の奥様よりも人の噂《うわさ》が大好きな連中なんだから。このくらいの依頼をさっと解決してくれるなら変に突っかかってくる人も出てこないわよ？　……ま、もっと小者でもいいんだけどね」

ピアス女が追加で紙をまた出してきた。

報奨五万ディナ程度の泥棒やスリだ。先程のヘイルに比べれば賞金首としての格は落ちる。

「この程度の犯罪でも賞金ってつくのですか？」

ゼムの質問に、ピアス女が答えた。

「初犯や二回目くらいならつかないけど、悪質な常習犯ならつくわよ」

ニックは、賞金首の情報を見比べながら考えた。小者を何人か捕まえても仕方がないだろう、と。

それにどっちにやりがいを感じるかというとニックとしては前者であった。

ニックは確認するために仲間たちの方に振り向いた。

「お前らはどうする？　オレはどうせなら……」

「こっちダ」

「こっちね」

ティアーナとカランがびしっと指を差した。

それはどちらも同じく、最初に出された方の紙……ヘイルの人相書きを指している。

だよな、という言葉をニックはあえて言わなかった。

「よいのでは？　ぼくも賛成です」

「我もじゃ」

ゼムとキズナも頷く。

「よし、決まりだな」

「できれば今週中には解決してね。殺人が本当だったとしたら、迷宮都市から別のところに高跳びしかねないわ」

「……片付かずに終わりそうな依頼を押しつけてるだけじゃねえのか？」

「その分、達成できたならできたなりのお返しはできるつもりよ」

「こっちだってヒマじゃねえんだがな……ま、これも仕事だ。仕方ねえ」

ニックは渋々といった表情をしていた。

ピアス女はよろしくとばかりにウインクをする。

「へっ、尻込みするなら帰れよ！」

再びどこかから罵声が飛んできた。

さっき暴れそうになって、仲間の冒険者に押さえられた男だ。仲間の方はしかめ面で男の口を押さえている。馬鹿な仲間に振り回されている気苦労がありありと伝わってきた。

こりゃ一発喧嘩でもするしかないか……とニックが覚悟を決めかけた。ニックはトラブルを避けたい方ではあるが、売られた喧嘩をいつまでも放置するほど気が長い方でもない。そんな気配を察したのかどうか、カランがニックの袖を引っ張った。

「いいじゃないカ、こういう仕事。ワタシは嫌いじゃないゾ。それに……やることやって、見せつけてやればいイ」

カランが笑う。

その顔はただニックを宥《なだ》めるというだけではなく、強い戦意も満ちていた。

「そうね！　私達が解決してやるから、指くわえて見てるがいいわ！」

ティアーナがあえて大きな声で言った。

ギルド内の冒険者たちの間でざわめきが大きくなっていく。

「なんだと、なめやがって……新入り風情が」

「素人は迷宮でゴブリンでも相手にしてやがれ！」

「じゃ、賭けようぜ、あいつらがヘイルを捕まえられるかどうか」

しかも賭けを始める人間まで現れた。

はしっこそうな男が帽子に賭け金を集め始め、ニックたちを睨む男がニックの失敗に賭けた。

あ、やべえな、とニックが思った瞬間、ティアーナの手元から金貨が数枚跳んでいった。

「うわっ!?　あんた、もっと金は丁寧に扱えよ！」

「私たちが成功するのに五万ディナ賭けるわよ」

どよめきがギルド内を走った。

公営賭博でもないのに五万ディナも賭ける人間などなかなかいない。はっきり言えば馬鹿と見られてもなんらおかしくはない。なんなんだこいつ、という目がティアーナに集まった。

「あんたはどうなのよ」

ティアーナは因縁をつけてきた男を睨む。男は目を泳がせつつも、財布に手を伸ばした。

「お、おう！　お前らが失敗するのに賭けてやらあ！」

まったく、しょうがない奴らだ。

ここに来ることを心配して損したとニックは思う。

「いやはや、仕方ありませんね」

「博打《ばくち》好きにも困ったものじゃのう」

ゼムとキズナが肩をすくめ、ニックも苦笑した。

だが、舐《な》められっぱなしよりは今の空気の方が余程よいともニックは思った。

「じゃ、早速仕事と行くか。今の内に賞金と賭け金、用意しとけよ！」

ニックはそう言って、仲間たちを引き連れて『マンハント』を出ていった。

賞金稼ぎの仕事が始まる。


迷宮都市の南東部は総じて治安が悪いが、その中で最も危険な場所が、建設放棄区域《ガーベージコレクション》と呼ばれる一帯だ。

ここは迷宮都市の市庁舎を建てようとしたものの、担当した人間が建設業者に払うべき金を横領したり、あるいは手抜き工事ゆえに危険な場所があったりと、様々な不正や怠惰が積み重なって建設が放棄された場所であった。

手つかずの空白地帯となったそこに最初住み着いたのは、仕事を失った建設関係の労働者たちだ。

更に、他の迷宮都市での居場所をなくしたお尋ね者なども雪崩込んできた。

次第に人口が増えて建設途中の中途半端な建物では手狭になってくると、今度は住民たちが勝手に増改築を始めた。しかし建設の技術を持った人間は多いものの、全体を設計する人間が不在での増改築だ。無秩序で野放図な拡大が始まった。

その結果できあがったのが都市内迷宮とも言うべき名物であり恥部、建設放棄区域《ガーベージコレクション》である。

【サバイバーズ】は今、その建設放棄区域《ガーベージコレクション》の門の前に立っていた。

落書きだらけの門はまるで異界への入り口だ。

「悪いなゼム。回り道になっちまって」

「ん？　マンハントからここまで直行しましたよね？」

「そうじゃねえよ」

ニックはゼムの朴訥《ぼくとつ》な返事にくすりと笑った。

「大丈夫ですよ。ステッピングマンが本命であるとはいえ、目先の仕事も必要なことでしょう？　それに僕一人がステッピングマンを捕まえると息巻いたところで見つけられるわけでもありません」

「そう言ってくれるとありがたい」

「それに……」

ゼムはそこまで言いかけて、口を噤《つぐ》んだ。

「なんだよ？」

「いえ、なんでも。それよりまずここですけど……勝手に入っていいんですか？」

「……基本的にはな」

ニックが渋い顔をしながら言った。その様子に、カランが疑問を持ったようだった。

「ニック、詳しいのカ？」

「前のパーティーで賞金稼ぎの仕事を何度かやったんだよ。ただまあ、リーダーがあんまりこういう仕事は好きじゃなかったみたいですぐに迷宮探索メインに切り替えた。……っと、ここが入り口だな。まずはここの門番に話を通す」

「門番がいるって……もしかして、向こうが襲ってきたりするの？」

ティアーナが面倒くさそうな顔をした。

「そういうときもある。来る人間とか用件によって向こうの応対も違ってくる。大体三パターンくらいあるんだよ」

「どういうこと？」

「まず、太陽騎士団あたりだと向こうも全力で攻撃してくる。ここの連中が束になって襲いかかってくるんだ」

「けっこう過激ね……」

「そうでもしないと追い出されるだろうからな。で、次はここに住みたいって人間が来る場合だ。そういうときは普通に受け入れてくれる。甲斐甲斐《かいがい》しく面倒を見てもらえるわけじゃないが建物の中で寝泊まりはできるし、何かコネや能力があれば派閥に入って仕事やメシにありつけるんだと」

「……最後の一種類は？」

「賞金稼ぎとか、人捜しとか、そういう人間は一応通してもらえる。ただし」

「ただし？」

「……ま、すぐにわかる。行ってみようぜ」

ニックは皆を促し、落書きだらけの門をくぐる。

周囲には粗末な服を着た人間が座ったり横たわったりしている。

その中の一人の、不健康そうな痩せぎすの男がじろりとニックたちを眺め、声を掛けてきた。

「見ねえ顔だな……賞金稼ぎだな？」

「ああ」

「ならお前らの護衛はできねえな。そのかわり、賞金首になっちまった間抜けを助けたりもしない」

「わかってる、護衛も案内もいらねえよ」

ニックが首を横に振る。

それを、カランがきょとんとした顔で眺めていた。

「……護衛いるように見えるカ？」

「ここでの護衛ってのは別に身を挺《てい》して守ってやるって話じゃねえよ。身内だから襲いかかってこないでくれって橋渡しするだけだ。けど雇わねえなら中で何が起きようと知らねえ」

男が肩をすくめながら言うと、カランは納得したように呟く。

「魔物のかわりに人間が襲ってくるってことだロ。じゃ、どっちにしろ要らなイ」

「面白いな嬢ちゃん。情報はいるかい？」

男がへらへらと笑いながら手を伸ばす。

ニックがそこに、銅貨を何枚か置いた。

「大雑把《おおざっぱ》な話でいい、最近変わったことはあるか？」

「こないだ、バカが魔術を撃って議事堂の屋根に穴が空いちまった。おかげであのへんをナワバリにしてた連中が星見広場のバラックの連中と喧嘩になってる。巻き込まれたくなけりゃ星見広場を歩くのは避けな」

「わかった」

「もう一つ忠告だ。仕事中のナルガーヴァさんには手ぇ出すなよ」

「ナルガーヴァ？　誰だ？」

「神官だ。礼拝と治癒を邪魔しねえってのが最近新しくできたルールだ」

「へえ……平和になったたな」

ニックが驚くと、聞いていたゼムも感心したようだ。

「いるのですね、こういう場所にも」

「そういうことだ。わかったら行きな」

男は面倒そうに顎をしゃくった。

ニックたちは、そのまま歩みを進めた。


「クサいゾ」

カランが鼻をつまみながらげんなりした顔でぼやいた。

「換気も水回りもポンコツなんだよな」

ニックたちは建設放棄区域《ガーベージコレクション》の中を歩いていた。

どこも天井が低く狭苦しいが、全体としては意外に広大だ。建物と建物の間に放置された建材を組み合わせ、アーケードや通路、あるいは部屋などを勝手気ままに作り、拡張しているのだ。またここを清掃する人間もおらず、拡大していながらも住居としての機能不全を起こしている。

「待ちな」

さらに付け加えるならば、単純に住む人間のガラが悪い。

まるで気軽な挨拶を交わすが如き頻度で強盗が現れる。

「てめえら外から来たな？」

「こっから先は有料だぜ……げはっ!?」

強盗が剣や斧《おの》を懐から出そうとした瞬間には、すでにニックの拳とキズナの峰打ちが彼らの意識を断ち切っていた。

「余所者《よそもの》とみるや襲いかかる奴がいるから、みんな気をつけろよ」

「ちょっと想像を超えてましたね」

「流石《さすが》にこれはねぇ……」

ゼムとティアーナが疲れたとばかりに溜《た》め息《いき》を漏らした。

「まあ、刃物を持った人間が近付いたら我がすぐ察知するでの。頼りにするがよいわ」

キズナが自信満々に言う。実際、ここで活躍したのはキズナだった。優れた聴覚や視覚を使い、ならず者の接近をいち早く察知することで対応できている。

「あー、頼りにしてるよ。んで、ゼム。誰か起こしてやってくれ。ヘイルの居所を聞き出したい」

「あ、そうやって聞き出すのはアリなんですね」

「まあアリというか、最初に話をした門番に手を出すのだけはナシって感じだな。あとはもう自由っつーか、野放図っつーか……」

「なるほど。誰にします？」

「そこのモヒカンがリーダーっぽくないか？」

「ですね」

ゼムが失神したモヒカンの男に近寄り、治癒魔術を唱える。

「……う、うん？　な、なんだてめえ!?」

「なんだはこっちの台詞《せりふ》だ。ヘイルの居場所を知ってるか」

モヒカン男は意識を取り戻すと即座にニックに食ってかかろうとする、が、ニックはすぐに男の腕を取り、関節を極《き》めた。

「ぐあっ！　や、やめろ！」

「襲いかかってきたのはそっちだ、悪いとは言わせねえぞ」

「わかったわかった！　ヘイルって、女たらしのヘイルか!?」

「まあ、元ホストらしいからな」

「閨《ねや》らしい」

「ねや？」

「東側の、宿舎になる予定だった建物だ。閨って呼ばれてる。あそこでポン引きしてたはずだぜ」

「よし、そこまで聞ければ十分だ」

「じょ、情報料くれよ」

ニックは男の厚かましさに呆《あき》れた。襲いかかってきておきながら何を言ってるんだ、と口から出かかったとき、ゼムが前に進み出てきた。

「……きみ、遠からず死ぬよ？」

「はぁ？　何を……」

「よくないクスリをやってるでしょう」

「余計なお世話だ！」

「葉や種を噛《か》む種類ですか？　粉末を鼻から吸う？　飲むと気分が暗くなる？　楽しくなる？」

「な、なんだよお前」

「いいから答えなさい」

男はゼムの圧力に怯《ひる》み、後ずさる。

仕方なしにぽつぽつと自分の嗜好品《しこうひん》と状況を語り始める。

「ね、眠れねえんだよ。仕方ねえだろ！　こんなところに住んでるんだ。まともな生活ができるとは思っちゃいねえよ。てめえらにはわからねえよ」

「……そうですか」

ゼムは静かに、男の話を聞いていた。

そして、おもむろに懐からひとつかみの葉っぱを取り出した。

「鎮静効果のある薬草です。これを情報料としましょう。これは強い薬ではありませんが我慢しなさい。今まで飲んでいたクスリに頼らないように」

「わ、わかったよ」

「多めに渡しておきましょう。他の人が起きたら分けてあげなさい」

男は目を白黒させながら、ゼムから薬草を受け取る。

ゼムはそんな男の戸惑いなど気にもせずに仲間たちの方に振り向いた。

「さて、それじゃあ皆さん、行きましょうか」

ゼムが仲間にそう告げると、薬をもらった男が慌てて引き止めた。

「ま、待て待て。ヘイルは逃げ足が速いぞ。バレないように気をつけろ」

「ええ、気をつけます」

「それと他にも気をつけるところはあってだな……」

そして、壊れた蛇口のように知っていることをぺらぺらと喋《しゃべ》った。

闇の詳しい場所。見張りが現れるポイント。女は大体ヘイルに惚《ほ》れているから俺たちのように簡単には口を割らないから注意しろ……等々、必要以上なまでに情報が集まった。ゼムが肩を叩《たた》くと、男は嬉《うれ》しそうな顔をして手を振った。まるで子犬のようにゼムを慕っている様子だった。

ゼムの妖しげなカリスマの発露にニックたちは不思議な感慨を抱きつつも、ヘイルの捕縛のために歩みを進めた。

「……情報料にしちゃ大盤振る舞いだったんじゃないか？」

「そうかもしれませんね。……あまり、他人のような気がしなかったからでしょうか」

ニックの言葉に、ゼムが自嘲気味に微笑んだ。

「親近感あったか？」

「そりゃありますよ。冒険者にならなかったらここの住民だったかもしれませんし」

「……まあ、ありえん話じゃないな」

ニック自身、ここにいる仲間と出会えず冒険者稼業さえも諦め、ここにいるという未来を思い描くのは容易だった。そうなったときにゼムのような人間に出会えたら、引き込まれるだろう。心の内を何でも吐き出してしまうかもしれない。

「ほれ、行くぞー」

キズナに促されてニックとゼムは立ち話を止《や》めた。

キズナが先頭になり、【サバイバーズ】は闇と呼ばれる区域を目指して歩いていく。キズナの探索能力によって、ここの地理と存在する人間の居場所をほぼ完璧に把握していた。あとは迫り来る危機を回避しつつ……あるいは回避できない危機を撃退しつつ進むだけだ。

「ふむふむ……探査とさっきの男の話を総合すると……この鉄柱の上じゃな。等間隔に棒が生えておるじゃろう。避難梯子《ばしご》じゃぞ」

「ここを上れってか……」

階段ではなくメンテ用の梯子のような場所を上り、あるいは中腰でないと進めないような通気口のような道を進み、あるいは大きなゴミ箱の後ろに隠されている扉を開けてずんずんと先に進んだ。

窓は板が張られ、わずかな隙間も目張りされていて日の光がまったく入ってこない。その代わりに切れかけの淫靡《いんび》な色の魔術灯が明滅し、通路を妖しく照らしていた。昼か夜かもわからない。人工物でありながら巨大な魔物の体内のような錯覚さえ覚える。そんな場所だった。

「おっと、腰を低くして息を潜めよ。見回りがおるぞ」

「おう、わかった」

「あ、こっちに二人ほど来るのう……避けられぬコースじゃ。また失神させるしかなかろう」

「しゃーねーな……」

ニックが指と手首と肩と肘を奇怪な角度に曲げ、ウォーミングアップを始めた。ニックは格闘を嗜む以上、柔軟のトレーニングをずっと続けている。たまにティアーナから「軟体動物の生まれ変わりかしら?」などと言われたりする。


「しっ!」

その成果が今、現れた。

ニックは猫のように無茶《むちゃ》な体勢で物陰に隠れ、腕を鞭《むち》のようにしならせて敵の死角から顎を打ち据えた。もう一人の見回りは、仲間が倒されたことにも気付かずのんきに雑談を始めた。

「そういやウィリアム、見回りが終わったら酒でも飲もうぜ。かっぱらってきたヤツがあるんだよ」

「ウィリアムとかいう奴は酒を飲む前に寝ちまったぜ」

「だっ、だれ……!?」

ニックは背後からするりと腕を男の首に回し、一瞬で人間の意識を刈り取る。

こうして二人目も傷一つ付けずに制圧した。

「……ふう。人間を相手にするのは魔物とは違った緊張感があるな」

ニックが大きく息を吐いた。

「こういうとき、ニックとキズナがいると楽ねぇ」

「魔術を使ったり、大剣を振れる場所でもねえしな。たまにはオレにもこういう仕事させてくれ」

「たまに、だからナ」

カランは、ニックが戦闘で前に出ることについてときどき懐疑的な態度を取る。今は任せつつも、諸手《もろて》を挙げて賛成しているわけでもないといった体《てい》だ。

「大丈夫だよ、任せろ」

「べ、別に、心配してるわけじゃなイ」

「おう、ありがとな」

「だから違うってテ！」

カランが恥ずかしげにうつむきながらも、訥々かつ真面目に話を始めた。

「……こういう場所だとすごく頼りになるのはわかル。ていうか、頼っちゃウ。だからこそ気をつけて欲しイ。前も言ったけど、ワタシは倒れても皆なんとかなル。でもニックは倒れちゃダメ」

「うむ、正論じゃの。ここでニックが戦うのは正解じゃが、戦いたがるのは正解ではなかろう」

カランの言葉に、キズナが乗っかってきた。

ニックも、キズナの箴言《しんげん》には少しばかり思い当たるところがあった。

柔軟体操をしているときは実際、高揚感があったからだ。

「うっ……す、すまん」

「ふふ、心当たりがあったかのう？」

「……コブシでなんとかなる相手ならそうそう負けないって自信があるんだよな。だから仕事に役立てられるのはやっぱり嬉しいし充実感があるんだよ」

「実際、ニックは格闘ならなかなかの腕前じゃろうしの」

「ただそれだけだと迷宮ではどうしても本職の魔術師とか戦士には劣るからな。やっぱりちょっと、羨ましいんだ」

ニックが、頬《ほお》を指先でかきながら恥ずかしそうにそっぽを向いた。

「ふふん。我の《合体《ユニオン》》があればそんな気持ちは無用であろう？」

「そりゃお前の力じゃねえか。んで、合体する奴の力でもあるわけだし」

「そうじゃ。そしてチームの力はリーダーの力でもあるのじゃ」

「それを言われちゃ反論しにくいんだがな」

ニックは、今ひとつ納得していない態度だった。

そこにゼムが口を挟んだ。

「つまりニックさんは、独力で迷宮に通用する力が欲しい。そういうことですか？」

「迷宮、というより……」

「というより？」

「現実とか理不尽とか人生とか、そういう感じだな」

そうニックが言うと、場に妙な沈黙が降りた。

その沈黙に、ニックだけがうろたえている。他の仲間たちは若干呆れた様子だった。

「……な、なんか変なこと言ったか？」

「馬鹿ねえ」

「馬鹿ダ」

「馬鹿ですね」

「馬鹿じゃのう」

「な、なんだよ!?」

思わぬ一斉砲火にニックがうろたえた。

そこにティアーナが大仰に肩をすくめながら口を開く。

「自慢だけどね、私ってけっこう大したものよ。私の歳《とし》で雷属性の魔術を使える子なんてそうそういやしないんだから」

ティアーナがくるりと一回転して髪をかき上げる。あからさまに芝居がかった仕草でも、ティアーナは妙に似合う。

「そういうこと言っても嫌味《いやみ》にならねえところ、純粋にすげえと思うよ」

「うるさいわね。ともかく私は、あとカランもゼムも、ていうかニックも、凄腕《すごうで》って言っていいと思うわ」

「そりゃ知ってる」

「知ってるけど、わかってなイ」

そこでカランがニックを指さした。

「ワタシたちはそういうパワーがあっても、負けるときはめちゃめちゃに負けル。これでもかってくらい負けタ。どんなに凄くったって、一人の人間ってやっぱり弱イ」

「みっともなくて情けない。死にたいと思ったこともあります。ですが、負けた後の身の振り方を教えてくれたのはニックさんでしょう」

だがそう語るカランとゼムの顔には、敗北感とか、みっともないとか、死にたいなどというような暗さはなかった。むしろ、優しくニックを見つめている。

「ニックさん。あなたは決して弱くありません。ですが、まだ発展途上です。魔術の力にも目覚めつつある。もしかしたらちょっとしたことがきっかけで成長して、僕らの力など簡単に飛び越えて超A級の冒険者の実力を手に入れる日が来るかもしれません」

「だといいんだがな」

「もしそうなったときに、一人で何でもやろうとは思わないでください。信じろとか頼れとか、そういうことは言いません。将来何があるかなどわかりませんからね。……ですが」

ゼムは言葉を切った。

どぎついピンク色の魔道具のランプがニックの顔を照らしている。陽《ひ》が沈みきる直前の一瞬のような邪悪な色の光は不思議なほどに清涼だった。

「人間の弱さを知るあなたでいて欲しい」

それは、ニックに向ける言葉として全員の総意だった。

ニックは、格好《かっこ》つける性格だ。というか、冒険者とはそういうものだ。

格好いい冒険をしたい。格好いい冒険を自慢してちやほやされたい。格好いい啖呵《たんか》を切って拍手喝采を浴びたい。

だから【サバイバーズ】の仲間たちの言葉もたまに格好つけている。

格好つけて、励ましている。

そんな言動が自分に跳ね返ってきたような心持ちで、すさまじく恥ずかしく……だがそれを自分に向けてくれたことが、ひどく嬉しかった。

「そんなものは嫌と言うほど知ってるっての……。けどまあ。忘れねえようにするよ」

ニックは赤面する頬が弛みそうになる口を押さえつつ、あさっての方向を向いた。

その言葉を聞いた全員が、満足そうな表情を浮かべた。

「けどゼム、お前だって人のことは言えないだろう。普段はともかく、たまにとんでもない無茶をするからな。こないだステッピングマンに襲われたときもだ。ああいうときはまず自分の安全を確保してくれ」

「それを言われると僕は何も言い返せませんね。逃げることに反射的に戸惑ってしまって」

ゼムが苦笑しながら頷いた。

そして【サバイバーズ】は再び道なき道を歩み始めた。

「こら待たぬか。目的地が近いんじゃぞ、慎重に進むのじゃ！」

「だったらフォローしてくれ」

「まったく、剣使いの荒い奴じゃの……」


キズナの案内の下、うねるような道を歩いていった先に粗末な看板が立てかけてあった。

看板にはそう書かれていた。

「ここから先が闇か」

例えるならば、建材を組み合わせて昆虫の巣を再現したような場所だった。煉瓦《れんが》の建物に穴が開けられ、あるいは通路のはずの場所に木板やトタン、鉄骨などが組み合わさって壁となっている。天井にも壁にも床にも奇妙な絵や詩が描かれ、上下感覚が失われるような錯覚に陥る。

さらに、この場所に慣れきった人間が思わぬ場所に身をひそめていたりする。見張りの役目を果たしているであろう人間もいれば、そんなことも忘れて男女の営みに没頭している気配さえあり、薄汚れた湿度と温《ぬく》もりがほんのりと伝わってくる。

はっきり言って邪魔だが、かといってこちらが彼ら彼女らの邪魔をすれば悪目立ちする。ここで賞金稼ぎということが露見したら恐らくヘイルに連絡や合図が行く。ヘイルの息が掛かっている人間は大勢いるはずだった。

だがそれでも、所詮は現代の人間で実現できる程度の警戒網にすぎない。古代の聖剣たるキズナの持つ超感覚に勝てるはずもなかった。そしてニックも妙に格闘の技が冴《さ》え渡《わた》っている。倒すしかない見張りを音もなく圧倒していた。ニックは自分の実力が発揮できることで少しばかり浮わついていたが、今は気持ちが引き締まり油断も一切消えた。

「順調だな」

「うむ、その通りじゃ」

「う、ウン」

「そ、そうよね！」

……だというのに、どことなく空気がぎこちなかった。調子のよいニックとは対照的に、ゼムが少しずつ苛立《いらだ》ち始めていた。

その苛立ちは歩みが進む度に深まり、今や怒りに満ちた表情のまま無言を貫いている。全員がそれに触れられないでいた。ティアーナとカランが、「何か言って」という目線をニックに送ってくる。

「なあ、ゼム。ええと……」

「なんでしょう？」

「なんか怒ってるか？　もしかしてさっき何か怒らせるようなこと言っちまったか？」

「おっと、すみません。不機嫌が顔に出ていましたね」

ゼムは、恥ずかしそうに自分の眉間を指で揉《も》んだ。

まるで自分の表情を確認するかのような手つきだ。

「不機嫌ってのは……それとも倒してきた見張りの連中か？」

ニックはここに来るまで何度か見張りを殴り倒していたが、最初に襲いかかってきた連中と同様どいつもこいつも人相が悪く、そしてそれ以上に顔色が悪かった。悪いクスリと悪い病気が同時に蔓延《まんえん》している。

「連中というより、連中を取り巻く環境そのものですね。不衛生で治安も悪い。もしかしたら感染症が蔓延しているかもしれません」

「なんだって？」

「同じ空気を吸った程度では感染しないでしょうけれど、吐瀉物《としゃぶつ》や血には触らないでくださいね。ニックさんの手甲もあとで消毒しましょう。口や顎も触らないように」

「ああ、わかった」

「しかし、なんとも希望のないところですね、ここは……」

「……まあ、そういうところだからな」

「往々にして国や領主の目の行き届かない場所の治安が悪くなるというのは当然です。そういうときこそ神殿の出番だというのに、迷宮都市の神殿や神官がこの場所を話題にしていることを耳にしたことがありません。むしろ避けて見なかったことにしているのでしょう」

ゼムの重苦しい溜め息に、何故《なぜ》か空気が弛緩《しかん》した。ニックたちは微笑ましくゼムを見ている。

「な、なんです？」

「お前もなんつーか……職業病だな。そこらの神官より神官らしいぜ」

「破門されてますけどね」

「いいじゃねえか。お前が前に愚痴ってたみてえな手を汚さない神官より、こういう場所にずかずか入っていく奴の方が好みだ」

「もしかしてニックさんに口説かれてます？」

ゼムの言葉を聞いたティアーナがげらげらと笑った。

「あっはっは！　ちょっとそれは見てみたいわね！」

「勘弁してくれ。ただでさえ酒場の店員に変な目で見られてんだ」

「優しくしてあげればいいじゃない。お気に入りとかいないの？」

「まあ、レッドさんは生い立ちとか気になるけどな……」

「ニックそういうのがいいのカ？」

「いやそうじゃなくて。酒場で働く弁護士って時点で謎が多すぎだろ」

「いいじゃろ、職業選択の自由というやつじゃ」

「そりゃそうだがな」

と、ニックが反論したところでキズナが「しっ」と人差し指を立て、口に当てた。

「これこれ。そろそろ雑談はやめて仕事に集中するんじゃよ」

「おっと、もしかして見つけたか？」

ここまでしばらく歩いてきた。そろそろヘイルを見つけてもよい頃合いだ。

「うむ……と言いたいところじゃが」

「じゃが？　何か問題あるのか？」

ニックに聞かれても、キズナは妙に歯切れが悪かった。

「こっちとしては仕事がやりやすいんじゃが……その」

「なんだよハッキリ言えよ」

「向こうは取り込み中じゃ」

「取り込み中？」

「アレの最中ということじゃ！」

キズナが顔を赤らめながら叫ぶと、四人は「あー……」という呆れと納得の息を漏らす。【サバイバーズ】が追いかけているのは確かにそういう方面に強い男であり、ここはそういう場所である。

「まあ、うん、そういうことなら」

ニックは、にやりと人の悪い笑みを浮かべた。

「チャンスだな」

「「「「ええー」」」」


ヘイルを捕縛するのに、ものの五分と掛からなかった。

「くそっ！　なんなんだてめえら、お楽しみの最中だってのによぉ！」

「賞金懸けられてるのに油断するお前が悪い」

安宿の一人部屋のような部屋に潜伏していたヘイルと、ついでにヘイルの女を捕縛することはあまりにも容易《たやす》かった。キズナが《並列》を使って退路を塞ぎ、ティアーナが魔術を打ち込み、ニック、カラン、ゼムが二人同時にすぐさま捕縛した。

「流石に卑怯《ひきょう》くさくないかのう？」

「そこは安全第一だ」

キズナが微妙な顔をするが、ニックは毛ほども気にした様子はなかった。

「大体、へたな魔物より人間の方が強いし怖いんだぞ。器用な手足があって、知恵があって、魔術を使うこともある。弱そうに見えたって常に反撃を狙ってたりする」

「……それは、確かニ」

カランが意味深な顔で呟いた。他の仲間たちも似たり寄ったりの顔だ。

【サバイバーズ】の全員、人間の怖さというものを身に沁《し》みて知っていた。

「しかし……これで賞金三十万ディナか」

ニックが呟くと、ヘイルに抱かれていた女が目を剝《む》いた。

「ちょっとヘイル！　賞金懸かってたなんて知らないんだけど!?　あんた何やったのよ！」

「う、うるせえ！　そのくらい誰だってあんだろ！　つーか三十万ってなんだ、高すぎんだろ！」

「詐欺に奴隷売買に殺人。むしろ安いだろう。もっと高くったっておかしくはねえ」

ヘイルの怒号に、ニックが呆れつつ罪状を指折り数えた。

「さ、殺人!?　んなこたぁやってねえよ！」

「そりゃギルドで話してくれ」

「ほ、本当だ！　そりゃ殴ったり蹴ったり売り飛ばしたりはしたが、殺しまではしてねえ！」

「……あー、色々と余罪もありそうだな」

ヘイルの迫真の弁明は、「殺人以外は大体やっています」という告白に近い。

容赦する必要はあるまいとニックは縄でヘイルを縛った。

「ともかくついてきてもらうからな」

「見逃せよ！　頼む！　金ならはずむ……」

ここまで往生際が悪いと逆に話を聞く気もなくなってくるな……とニックは感じる。面倒だ、口に布でも噛ませて黙らせるか……と考えたあたりで、ばん！　と扉が開いた。

「貴様ら、儂《わし》の患者に何をしている！」

怒号と共に入ってきたのは、この場所には似つかわしくないカソックを着た、いかめしい顔つきの禿頭《とくとう》の男だった。

ゼムが着ているものとは違い、濃紺のカソックだ。ゼムとは違う宗派に属してることを意味する。

一方でゼムとの共通点もあった。

神官が首に掛けているはずのエムブレムがない。ゼムと同様、破門された証拠だった。

「……貴様ら、何者だ？　素人ではなさそうだが」

「そっちこそ、まともな神官には見えねえな」

だがそれら以上に目立つのは、驚くほどの力こぶだ。

カソックからちらりとのぞく二の腕や首筋からは、鋼鉄のように鍛え上げられた肉が見える。

これはまずい。

ぞくりという恐怖がニックの背中を走った瞬間、すぐ全員の目の前に大きく踏みしめた男の足があった。ニックの逡巡《しゅんじゅん》を見抜き、ほんの一瞬の隙を突いて距離を詰めた。魔術か体術かわからない。どちらにせよ恐るべき速力だ。上級の冒険者に匹敵するかもしれない。

「くっ……！」

反応できたのはカランだった。

攻撃を諦めて竜骨剣を盾のように構え、全員を守ろうとしている。

その竜骨剣に、男の手のひらがぴたりと貼り付いている。

お互いに静止した状態だが、極めて危険な状態だった。

手練《てだ》れであれば魔力や腕の力をそのまま伝え、カランに致命的なダメージを与えることができる。

だがそうなれば全員黙ってはいない。即座にニックは胸元にナイフを突き立てるつもりだ。ひやりとした沈黙が下りる。

「どこのシマの者だ。闇は中立だぞ。それに儂の治療中は口を出さぬ約定のはずだ」

「待て待て待て。オレたちはここの住民じゃない。賞金首の捕縛に来た」

ニックがそう言うと、男はヘイルを一瞥《いちべつ》する。ヘイルは気まずそうに目を逸《そ》らした。

「ヘイルが何をした」

「殺人以外は大体やったみたいだが。詐欺と奴隷売買は確実らしい。きっちり賞金も懸かっている」

「なんと……まったく、愚か者め」

男は吐き捨てるように呟き、緩やかに構えと戦意を解いた。

ニックたちにほっとした空気が流れる。

このまま戦闘に突入すれば負けはしないまでも、深傷《ふかで》や致命傷は覚悟しなければいけなかった。

「すまんな。最近抗争が多くて勘違いした」

「ナルガーヴァ先生、助けてくれよ！」

「儂は怪我《けが》や病気は治せるが、罪状までは綺麗《きれい》にできん。賞金の懸かった者を面と向かって庇《かば》えるわけもなかろう。儂まで捕まったら貴様、他の患者の連中に恨まれて殺されるぞ」

「ちくしょう！」

「それに貴様。約束を破ったな。女を抱くなと言ったはずだ」

「いや、誘われちまってよぉ……仕方ないだろ？」

「えーと、引き渡してくれるってことでいいのか？」

ナルガーヴァ、という名前に【サバイバーズ】の全員が聞き覚えがあった。

建設放棄区域《ガーベージコレクション》に入るときの忠告、「ナルガーヴァさんに手を出すな」という言葉だ。

「儂にはどうしようもないし、実際こやつが何か悪行をしたのだろう。ここに居着く者のほとんどは脛《すね》に傷がある。ツケを払わねばならないというのであれば引き留める道理もない」

ナルガーヴァは、ふん、とつまらなそうに言い捨てる。

「とはいえ、こやつは儂の患者だ。長く戻れないのならば最後に治療だけはしておきたい」

「はぁ……なんの治療だ？」

「黄鬼病《おうきびょう》だな。ヘイル、咳《せき》や吐き気は出るか？」

その言葉に、ゼムが顔をしかめた。

黄鬼病は、以前ニックが子供たちを脅すために挙げた感染症の名である。飛沫《しぶき》や粘膜を介して感染するため、家庭内や色街、あるいはこの建設放棄区域《ガーベージコレクション》のような不衛生な環境では蔓延しやすい。

症状としては、目が黄ばんで霞《かす》みがかった視界になる。そして重い風邪のような状態が長く続く。

大人なら命に別状はないが、子供や老人は死の危険がある、厄介な病だ。

ゼムも何度か治療したことがあり、決して軽んじてよい病気ではないとよく知っていた。

「へ、ヘイル！　あんた病気もらってたっていうわけ!?　ちょっと……！」

病名を聞いて怒ったのは、ヘイルに抱かれていた女だった。

「うるせえ！　てめえが俺に感染させたかもしれねえだろうが！」

「違う、違う！　あたしじゃない！　人になすりつけないでよ……！」

女は半泣きになって抗議する。ヘイルはそれを見てうざったそうに溜め息をついた。

その場に、じわりと怒りの気配が漏れ出た。

誰から、というわけではない。【サバイバーズ】の全員からだ。

「よせ。ここの連中はこんなものだ。賞金稼ぎならギルドに突き出せばそれでよかろう。そこの女は儂が診ておく」

その気配を、ナルガーヴァがいなした。

「ともかく二人とも、薬を渡しておこう。寒気を感じたらすぐに飲め」

「なら助けてくれよ……」

「往生際が悪い。儂にはどうにもならんと言ったはずだ」

だがナルガーヴァは、投げやりになるでもなく真面目にヘイルを診察した。

「……まあ、こやつの若さであればそうひどく悪化はせんだろう。好きに連れていけ」

そしてヘイルを、素直にニックたちに引き渡した。

思わずニックの口から疑問が湧き出た。

「本当にいいのか？」

「何がだ？」

「いや……オレたちがこいつを連れていったら治療が無駄になるかもしれないわけだが」

ニックの言葉に、ナルガーヴァがふふっと笑った。

「おい小僧。それは……」

「いえニックさん、それは違います」

そこに、ゼムが口を挟んだ。

「無駄かどうかなど誰にもわからないのですよ。もっとひどい罪状が明らかになって死刑になるかもしれません。あるいは牢《ろう》で他の囚人といさかいを起こして死ぬかもしれません」

「お、おい、不吉な話はやめろよ！」

ヘイルが慌てて抗議する。だがゼムは気にせずに話を続けた。

「ですが、冤罪《えんざい》だと判明して放免されることもあるかもしれませんし、運よく平穏な獄中生活を送るかもしれない。あるいは突然王が崩御して、新たな王が生まれて大赦が出ることもありえるでしょう。もっと極端な話をすれば、人間は誰しもいずれ死ぬものです。それを理由に目の前の治療が無意味だと言っても、それは詮ない話です」

「……なるほど」

ニックが感心する横で、ナルガーヴァが興味深そうにゼムに話しかけた。

「若いの。お前も神官か」

「破門されましたがね」

「儂もじゃ。ローウェル神殿から破門を食らった」

「ローウェル神殿から……」

ゼムは妙に驚き、ナルガーヴァの言葉を繰り返し呟いた。

だが失礼と思ったのか、すぐに表情に平静さを取り戻して話を再開した。

「しかし、なぜここで診療を？」

「娑婆《しゃば》は面倒だからな。おぬしは？　賞金稼ぎが本業か？」

「僕は神官としての仕事はしていません。冒険者ですので」

「それもよかろうな」

「あなたは神殿に戻るつもりなのですか？」

「……戻りたい気もするが、面倒という気もする。どちらにせよ、今までの生き方を変えられる歳でもない。神官の真似事《まねごと》をする生活からは逃れられん」

「ぼくはこりごりですね。日々を楽しく過ごした方が気が楽です」

「羨ましい。儂は無理じゃな……どうしても無理じゃ」

「それでここで治療を？　黄鬼病をすぐに見分けて治療できるなど、引く手数多《あまた》と思いますが」

「ここにいるからすぐに見分けられるようになったのじゃ。聞きたいのか？」

「教えてすぐにわかるものでもないでしょう」

「そうじゃな、経験と勘がものを言う」

どこか淡々としていながら、疲労の色が滲《にじ》む会話だった。

ニックは何となくゼムたちの会話に口を挟む気になれず、見守っていた。

「ところでナルガーヴァ殿よ。一つ尋ねたいのじゃが」

だがそこ、おもむろにキズナが口を挟んだ。

「なんじゃ？」

「ここのところ、巷《ちまた》で誘拐が頻発しておるそうなのじゃ。子供の被害者が多いらしい」

「誘拐じゃと？　ヘイル、貴様……」

ナルガーヴァに睨まれたヘイルは、慌てて首を横に振る。

「いやいや！　俺ぁ誘拐はしてねえ！　そ、そりゃまあ、借金で首が回らなくなった女と、女遊びしてえ奴を仲介してやったこたぁあるぜ？　けど無理矢理《むりやり》手込めにはしてねえ。そういう力ずくのやり方は俺にゃ無理だ」

「では、何か知っておらぬか？」

キズナの問いかけに、ヘイルは首をひねった。

「教えてもいいが、だったら縄をほどいてくれよ」

「それはお前が関係者だって理解でいいんだな？」

「ちげえって！　ったく、しかたねえな……」

ヘイルがニックの脅しに観念し、自分の記憶を探り始めた。

「しかし誘拐っつったってな……人が消えるのも建設放棄区画《ガーベージコレクション》では日常茶飯事だろうし。大体、ガキの身売りなんて……あれ？」

「何か知っておるのか」

「そういえば外の酒場で働くガキの姿が見えなくなったって聞いたな……。もしかしたらこのあたりに出入りする人間かもしれねえ」

「犯人に心当たりは？」

「どうだろうな……ガキが好きな変態はここにもいるぜ。けど、北側の坊ちゃん嬢ちゃんならともかく、貧乏なガキをわざわざ誘拐する意味がわかんねえな。はした金で釣りゃいいんだ」

「ふむ」

「外の娼館に飽きたっつってここで女や男を漁《あさ》ってる冒険者だっているんだぜ。こないだも飴玉《あめだま》一個でガキを釣ってるブン屋がいたしな」

「ブン屋？」

「最近いるんだよ。与太話《よたばなし》を書くために潜り込んでる変な記者が。そいつが小遣いを渡して子供だけのくだらねー噂話を聞き集めてるんだとよ」

「……なるほどのう」

キズナは、それだけを聞いて満足したようだ。

感謝するとだけ言って、後ろに下がった。

「して、他に用は？　体調が悪いなら診ても構わんが」

「いや、いいのじゃ」

「ならばさっさと連れていけ。賞金の懸かった人間をいちいち助ける奴もおらんが、かといって賞金稼ぎを好き好む奴もおらん。それに……そろそろ忙しくなりそうだ」

「忙しく？」

「ああ。ここはどうしても荒事が多い。怪我人も……」

ナルガーヴァがそう言いかけたあたりで再び、ばん！　と扉が開いた。

どやどやと数人の男が駆け込んでくる。

ニックは警戒してヘイルが逃げないように腕を摑《つか》んだが、男たちはニックをちらりと見た後、すぐに興味を捨てた。そしてここに来る賞金稼ぎは、賞金首か襲いかかってくる強盗でもない限り相手にしないのがルールである。賢明なことに、トラブルを避けるためにニックたちを無視するという選択をしたようだった。

なにより、目的は賞金稼ぎなどではなくナルガーヴァらしい。

「ナルガーヴァ先生、こんなところにいたのかよ！　怪我人だ。火魔術をもろに喰《く》らっちまってな」

「馬鹿者！　診療室の方に運ばんか！　水と布も持ってこい！」

「おおい先生、薬はねえか。青錆病《あおさびびょう》になった奴がいてな」

「すぐには悪化しないだろうが、少し待ってろ」

「歯が痛えんだよ、歯がよぉ」

「じゃから歯は専門外と言っておろうが！　給水塔に歯医者がおるわ！」

「あっちの先生は若い女しか診ねえんだよ！」

「だったら外の医者に行け！　今は痛み止めでも飲んでろ！」

【サバイバーズ】の全員がぽかんとした目で慌ただしい状況を呆気《あっけ》に取られて見ていた。

まるで野戦病院のごとき有様だ。

ということは、部外者がこれ以上居座っても邪魔にしかならない。

「……帰るか」

「ウン」

ニックのどこか疲れた声に、カランが真面目な顔で頷いた。

「お？　早いお帰りじゃねえか」

夕暮れにさしかかった頃、冒険者ギルド『マンハント』に戻ってきた【サバイバーズ】を出迎えたのは、ティアーナに難癖をつけた冒険者だった。顔も声もにやついていて、ひどく楽しそうだ。

「あー、えーと……」

そういえばこいつ、名前なんて言ったっけ。

ニックは目が泳ぎそうになるのを堪えつつ、ちらりと仲間たちの顔を見た。

ゼムたちも知らない様子で、小さく首を横に振る。

「流石の【サバイバーズ】さんも、建設放棄区域《ガーベージコレクション》にゃ手も足も出なかったみてえだな。よけりゃあ手取り足取り教えてやったっていいぜ？」

「あー、いや、結構だ」

「強がるじゃねえか。まだ賭けは終わったわけじゃねえが、ヘイルの野郎はすばしっこいぜ？　もたもたしてると逃げられちまうだろうよ。ここのベテランだって捕まえられてねえんだ」

ニックたちはしらけきった目で目の前の男を眺める。

反論したいところだが、あと一歩のところで名前が出ない。

見るに見かねたヘイルがそこに口を挟んだ。

「……こいつはアッシュだよ。建設放棄区域《ガーベージコレクション》によく出入りしてるが、足音も声もでけえからうるせえんだよな。女からの評判も悪いぜ」

「な、なんだてめえ!?」

「俺がヘイルだよ。ちっ」

ヘイルが舌打ちをすると、因縁をつけていた冒険者が驚きのあまり口をあんぐりと開けた。他の冒険者も同様のようで、あれが本当にヘイルなのかと疑い始めた。

だが、すぐにギルドの職員がやってきてヘイルの身元を確認し始めた。いくつか質問をして、人相書きと本人の顔を確かめると、奥の部屋へと連れていかれた。それが意味するところは一つ。ギルドは【サバイバーズ】が連れてきた男をヘイルと認めたということだ。

「間違いない。あいつが本当に一日で捕まるとはね。やるじゃない」

職員のピアス女の賛辞に、ティアーナが不敵に微笑んだ。

「あらそう？　こんなに時間が掛かったのって煽《あお》られるかと思ったわ」

「言うねぇ。降参だよ」

ピアス女が肩をすくめる。

それを眺める『マンハント』の冒険者たちは呆気に取られた。

「……さて」

ティアーナが振り向いて、そんな冒険者たちの顔を順繰りに眺める。

「ええと、胴元は誰だったかしらねぇ……ああ、いたいた」

「ひっ」

邪視のごとき視線に射すくめられた冒険者は驚きのあまり、飲みかけの葡萄酒《ぶどうしゅ》を自分のシャツにこぼした。そのまま動くこともできず、賭け金の入った袋を守るように抱えて震えている。ティアーナの威圧感によって完全に萎縮していた。

「あなたが胴元だったわよねぇ？　おいくらになったのかしら？」

「も、もう決着付くなんて思わなくってよ……まあ待ってくれ、すぐに計算を……」

「どれくらい集まったの？」

「いやそれがな、あの後もけっこう賭けに加わる奴がいてよ。八十万ディナ近く集まって」

「なら十分ね」

ティアーナは問答無用とばかりに、金の入った袋と蓋の開いた葡萄酒の瓶をむんずと掴み奪った。

受付の隣のバーカウンターに金の袋をどすんと降ろしながら、葡萄酒を瓶ごと呷《あお》る。

「ま、待て、待ってくれ、他にも賭けに勝った奴もいるんだからそりゃ流石に……」

「この金でありったけの酒を持ってきなさい！　タダ酒よ！」

そのティアーナの言葉はギルド内に沈黙をもたらした。

だが困惑に満ちた沈黙はすぐに、理解と納得、そして喜びの声へと変貌した。

「話がわかるじゃねえか、姉ちゃん！」

「ヒャッハー！　タダ酒だ！」

「おいおい、俺ぁお前らに賭けたんだぜ!?」

「どうせ酒飲んで消える金でしょうが。それとも私の酒が飲めないってわけ？」

ティアーナが一瞬で全員の心を掴んだ。

賭けに負けた者も、勝ったはずなのに金が返ってこない者も、「しょうがねえ」という顔をしている。前に一歩間違えたら侮られ、後ろに一歩間違えたら妬まれる、そんな絶妙なバランスの立ち

位置が一気に盤石な態勢へと変わった。

あまりにも上手《うま》いとニックは内心で舌を巻いた。ゼムとはまた違った方向性のカリスマだ。ニックはそんな称賛を抱きながらも、微妙な表情をしていた。

「……ヘイルを捕まえたの、大体ゼムとキズナの手柄なんだがな」

そのニックのぼやきに、ゼムがくっくと笑う。

「まあ、いいじゃありませんか。おかげで仕事がやりやすくなりますよ」

「お前がいいならいいんだけどな」

ニックは溜め息をつくと、キズナとカランがぽんとニックの肩を叩く。

「おつかれサマ、リーダー」

「やんちゃの面倒を見るのも大変じゃの」

「やんちゃはお前らもだよ」

ニックが憎まれ口を叩くと、二人がくすくすと笑った。


次の日、再び『マンハント』に現れたニックたちを、受付のピアス女が呆れ気味に褒めた。

「昨日の今日で慌ただしいね。ま、冒険者が勤勉なのは助かるけどさ」

「称賛は素直に受け取っとくぜ」

「しかし昨日は大変だったけどね……。酔っ払いを叩き出すの苦労したんだけど？」

「あら、ごめんなさい？」

ティアーナがまったく悪びれてない声で謝罪する。

とはいえピアス女も冒険者の性質というものをよく理解しているようで、それ以上責めることはなかった。すでにこのギルドの身内と見られ始めている。周囲の冒険者からの見る目も違っていて、最初来たときには感じなかった親しみと畏敬の空気が伝わってくる。

「お、【サバイバーズ】じゃねえか。仕事熱心だな、あいつらも」

「しかし、冷静に考えて連中、けっこうやるな……どうやってヘイルの野郎を捕まえたんだ？」

「ティアーナの姐御《あねご》！　パーティーからあぶれたら言えよ！」

「姐御って誰のことよ！」

ティアーナが野次《やじ》なのか応援なのかわからない言葉に即座に反論した。

げらげらという笑い声と、「お前だよ」という声がすぐに返ってくる。

「ティアーナ、まず仕事終わってからだ……。で、昨日受け取り損ねてた報酬を頼むぜ」

ニックが催促すると、受付の女は肩をすくめつつ金貨の入った袋を差し出した。

「ほら、受け取りな。次は馬鹿な使い方をするんじゃないよ」

「仕事の報酬ではやらねえよ……やらねえよな？」

ニックが一瞬不安そうな顔をしてティアーナを眺めるが、ティアーナが「やるわけないでしょ！」とぷんすか怒る。

「だ、そうだ。それで、まず調べ物がしたいんだよ」

「ああ、ステッピングマンだっけ？　今持ってくるよ」

受付の奥の棚からバインダーを引っ張り出すと、ニックの目の前にどさりと置く。

かび臭いホコリがふわっと舞い上がり、カランが顔をしかめた。

「今の懸賞金は……あら、上がってるじゃない。百万ディナになってる。最近懸賞金を懸けた物好きがいるみたいね」

「誰だ？」

「鍛治屋通りにいる質屋よ。ステッピングマンに質草を盗まれたってさ。ま、本当かどうかは知らないけどね」

受付のピアス女が鼻で笑った。

「……本当に活動してんのか？」

「さあねー」

ニックはピアス女の悪びれない返事を流しつつ、借り受けた資料をめくった。

賞金首の資料には、賞金額、これまでの賞罰、特徴などが記載されている。

が、ステッピングマンについては具体的なことなどさっぱりわからないと言っていい。「屋根には穴を開けるが、雨樋《あまどい》の壊れた場所を直してくれる」とか、「生木を炊いて煙を出せばその家には近寄らない」とか、フォークロアで語られる妖精のような特徴ばかりが列記されているだけ。賞金を懸けた人間も都市伝説が好きな好事家《こうずか》ばかりだ。本当に捕まえて欲しくて賞金を懸けたわけではない。

だがニックとゼムは、その中にあるいくつかの本物と思われる情報に気付いた。

「姿を誤魔化《ごまか》す何らかの道具を使っている」、「魔物や幽霊の類いではない。身軽になっているだけで、中身はただの人間族と思われる」、「子供が攫《さら》われた事例がある。目的は不明」などなどだ。

どれもニックたちが目撃したステッピングマンの特徴と重なっていた。

「……もっと普通の賞金首追った方がいいんじゃないの？」

「ま、手が空いてるときゃ普通の賞金首も捕まえる」

「そうしてよね」

「わかってる。けどこっちだって興味本位で聞いてるわけじゃねえんだ。それにステッピングマンを捕まえたいわけじゃなくて、今現在、ステッピングマンみたいな行動をしてる不審者や誘拐犯を捕まえたいんだよ。いないのか？」

「不審者ねえ。それこそ地道に足で探すしか……あ」

「心当たりあるのか？」

「誘拐犯じゃないだろうけど、子供に声掛けする不審者ならいるよ。ほら、あっち」

ピアス女が気だるげにとあるテーブルを指差した。

そこには妙にもさもさもっさりした女と、身なりは普通だが綺麗な顔立ちの少女、そして少女以上に美人の、スタイリッシュなスーツを着込んだ大人の女性の、計三人がいた。

もっさりした女は妙なハイテンションで二人の話を聞き取っていた。

「なるほど！　潰れた神殿の裏のキツネの石像の前でうどんを食べると祟《たた》りがあると！」

「そうなんです！　嫉妬深いキツネの精霊が出てきて、その人の家族を攻撃するんです。だから悪い夫と縁を切りたい人があえて祟りを起こさせようとするとも聞きました！」

「面白い！　縁切り神殿というわけですか！　他には他には？」

「そういえば知ってる？　トップ吟遊詩人《アイドル》の正体が実は人間じゃないって噂があるのよ」

妙に目立つ三人とも、ニックには見覚えがあった。

綺麗な少女はレイナ。

その隣にいるスーツの女性……と見せかけた男性は酒場の弁護士レッド。

そしてもっさりした女は、冒険者ギルドに出入りしてヴィルマに叱られていた雑誌記者のオリヴィアであった。

「あいつらなにしてんだ……」

「あのオリヴィアには困っちゃうのよね。前にもあんな感じで冒険者に話しかけてさぁ」

やれやれとピアス女が溜め息をつく。

「ニックさん。ヘイルの言葉を覚えていますか？　子供に飴玉をあげて誘い出す人がいるとか」

「ちょうどオレも思い出してたところだが……けどよぉ」

ゼムもニックも、なんとも言えない微妙な表情を浮かべた。

「アレがステッピングマンだったらイヤだぞ。つーかありえねえだろ」

「同感です。すみません言ってみただけです」

「せめて外見がもっと記憶に残っていればな……。鎖を持って戦ってたのとやたら身軽だったのは覚えているんだが」

「鎖？　そんなの武器にしてたのカ？」

カランがおもむろに尋ねた。

「袖口に鎖を隠してて、それを鞭みたいに使ってきたんだ。逆に袖の中に収納して腕や体に巻きつけて防具みたいにもしてた。自在に操ってたからあれは魔道具だと思う」

「……ウーン」

カランが腕を組んでオリヴィアに疑いの目を向けた。

「なにか気になるのか？」

「アイツ、前に触ったときに妙に重かったんダ。岩を触ってるみたいだっタ」

「岩？　背は小さいし、太ってるにしてもそんなことないだろう」

「ニックみたいに格闘技やってて体幹がしっかりしてる感触と思ったけド……。重い鎖を身体に巻き付けてるってこともあるのかなっテ」

ニックは、まさかなと思いつつも警戒を強めた。

「……カラン。ティアーナ。お前ら、入り口の方を抑えててくれるか？」

「え、捕まえる気？」

ティアーナが驚いてニックに尋ねた。

「念のためだ。四の五の言わずに直接聞く。予想が当たってたら暴れて逃げる可能性もあるだろ」

「わかっタ」

カランとティアーナが人混みの中に紛れつつ『マンハント』の扉付近に移動した。

ゼムとキズナは、ニックの後ろに控えている。

配置が終わったところで、ニックがオリヴィアのいるテーブルへと向かった。

緊張を隠し、何気ない表情を意識して声を掛ける。

「おう、なにしてんだお前ら」

「あ、ニックさん！」

「なにしにって、迎えに来てあげたのよ。そしたらこの人に捕まっちゃって」

「おや！　『フィッシャーメン』以来ですね！　どうもこんにちは！」

オリヴィアが無邪気な微笑みを向けてくる。

ニックにはどうも目の前の人間がステッピングマンとは思えなかったが、だがそうした思い込みもまたステッピングマンの思惑に騙《だま》されているという気がする。

「取材に応じたら謝礼が来るとか言っておったよのう。雑誌の最新号とかくれぬのか？」

キズナが興味津々といった様子でテーブルに割り込んでくる。オリヴィアとレイナの間に割って入った形だ。そしてゼムもレッドを守るような位置に付いた。レッドはなにかを察したのか、すぐにゼムに席を譲った。

「あははー、余ったバックナンバーならいくらでも大丈夫なんですけどねぇ。それに取材中は流石に持ってませんってば。会社に戻らないと」

「忙しいんだな。普段はこのあたりの界隈《かいわい》で取材してるのか？」

「もう少しお行儀のいい場所でも話を聞きたいんですが、なかなかガードが堅くって」

「一昨日の夜はどこにいた？」

「へ？　一昨日ですか？　確か……入稿が遅れそうになって印刷所と会社を往復してましたね。あと夜食を食べに酒場にも行きましたが」

「酒場はどこだ？」

「え、ええと……どこでしたっけねえ？」

「おかしくないか？　こんな危ない界隈を、女が、夜に一人で？」

「ふふん。こう見えても冒険者ですからね。腕には自信ありますよ。ほあー！　あちょーう！」

オリヴィアがおどけて拳で空を斬る。

いかにも大仰でわざとらしく、まるでコメディアンのような仕草だ。

だというのに、ニックはその拳に凄《すさ》まじい恐ろしさを感じた。

「き、気持ち悪っ」

「ええっ!?」

オリヴィアの下手糞《へたくそ》な拳は、あまりにも不自然であった。

普通はもう少しサマになる動きをする。

人間は上半身を動かす際に、ごく自然と腰、膝、踵《かかと》が連動して動く。剣を振るにしても、拳を打つにしても、関節や筋肉の無駄な動きを排してスムーズに動かすことが一つの上達の指標である。

だがオリヴィアの動きには、それが一切見えなかった。無駄な動きしかない。これは逆にひどく困難なことだとニックは直感的に察知した。

一切の無駄のない動きなどなんの訓練も積んでいない人間には到底できないことだが、すべてが無駄でちぐはぐな動きもまた不可能だ。人間は生きて歩いている限り、なにかしら筋肉を動かす。自然とバランスを取ろうとしたり、自然と力を発揮する動きを取ろうとする。そうした筋肉の合理性がゼロの動きができるということは、筋肉の合理性を理解していないとできない。

「な、なんだか尋問みたいでイヤなんですけど……。取材ばっかりする私が言っていい言葉じゃないかもしれませんけどぉ、それにしたってねえ？」

オリヴィアが上目遣いにニックに文句を付ける。

ニックはそれを見て、深々と溜め息をついた。

「そうだな、遠回しな尋問なんてガラじゃねえや。悪かった」

「いえいえ、気になさらず」

「だから率直に聞くぞ。お前はステッピングマンなのか」

「へぁ？」

「子供はどこにいる。なんのために子供を誘拐する。いやそもそも、お前はいったい何者なんだ。その技量はどこで身に付けた」

気付けばニックは更に一歩踏み込み、オリヴィアの吐息がかかるほどの距離にいた。

周囲の冒険者たちも、その異様な空気を察知しつつあった。

キズナがレイナやレッドを後方に追いやる。

「えっと……。なにを言っているのかよくわからないんですけどぉ……」

「オレの目を見て話せ」

「じ、尋問しないとか言いませんでした？」

オリヴィアが必死に目を逸らす。

なにか隠してます、と言わんばかりにオリヴィアは冷や汗をかいていた。

「おいおい、なんかトラブルか？　オリヴィアおめーなにやったんだよ」

「また変な取材でもしてたんじゃねえの？」

『マンハント』の冒険者たちが野次を飛ばす。

だが、ニックとオリヴィアの間に流れる空気はひたすらに重い。

やがて周囲の冒険者たちは様子がおかしいとようやく気付き始めた。

「あ、あの……」

「なんだ」

「会社の魔色灯つけっぱで来ちゃったんで帰ります」

その瞬間、テーブル席が真っ二つに割れた。

下半身まで覆うぶかぶかのコートから、仕込《しこ》み杖《づえ》のごとく白くつややかな足が上に伸びる。あまりの速度と勢いに、その蹴りは打撃ではなく斬撃となった。

「嘘《うそ》だろ!?」

真っ二つになったテーブルの片割れをオリヴィアは更に足で蹴飛ばしてニックに叩き付ける。

そして蹴飛ばした勢いでギルドの天井へ跳び、更にそこを足場にして鋭角的に飛び跳ねて一瞬でギルドから脱出した。酒瓶が転がり怒号が響く。

「なんだ、なんなんだ!?」

「なにやってんだ馬鹿野郎！」

「ちょっと」

一瞬で酷《ひど》い有様となっていた。

ギルドにいた冒険者たちは呆気に取られて、オリヴィアが逃げていった扉を眺めていた。

「ちょっと【サバイバーズ】、いいかい？」

声がした方をニックが振り返ると、そこにはピアス女の憤怒の顔があった。

「怒られたじゃないのよ！」

「いや、すまん……完全に予想外だった」

酒場『海のアネモネ』のソファーに座るや否や、ティアーナが怒りの声を上げる。

今回ばかりはニックも素直に頭を下げた。

オリヴィアを逃がしたニックたちはギルドの中の事務所に呼び出され、ピアス女から説教を食らっていた。もっとも実際に物を壊したのはオリヴィアであり、その本人がどこかへ逃げていってしまったのでニックたちはすぐ解放された。

「あいつがステッピングマンだと思う？」

「心当たりあるから逃げたんだとは思うが……うーん」

ティアーナの言葉に、ニックが顎に手を当てて唸《うな》る。

「オリヴィアから名刺もらったじゃろ？　あそこの住所に行ってみればよいのではないか？」

キズナの言葉に、ニックは首を横に振った。

「いや、ギルドの方がすでに捜索隊を出す手筈《てはず》になった。AランクやBランクあたりの上級の冒険者を駆り出すみたいだから、今更行っても無駄足だろうな」

オリヴィアはあのすっとぼけた顔の割に腕は存分に立つらしく、ギルド運営側でオリヴィアを探すことになったとピアス女が言っていた。ニックたちが早々に解放されたのは、その段取りを付けるためにニックたちに構っている暇がないというのがギルド側の本音のようだった。

「なら、どうするのじゃ？　このまま高みの見物か？」

「オレたちはオレたちでこのまま調査続行する。上級冒険者サマが出るから引っ込みましょうね、ってのも性に合わねえしな。それでいいか？」

ニックの言葉に、全員が「言うまでもない」とばかりに頷いた。

「お話は終わった？」

こっちは待ってるんですけど、という気配を匂わせてレッドが微笑む。

「ああ。オレたちを呼びに来たってのに災難だったな、すまねえ」

ニックはそう言ってレイナとレッドにも頭を下げた。

「あたしは別に荒事には慣れてるんだけどね。この子を連れてきたあたしも悪かったわ」

「びっくりしました……冒険者の人たちがたくさんいるのにパーッと逃げちゃうなんて」

「それがおかしいんだよな……。あの速さ尋常じゃねえ」

ニックは、魔術を使わない戦闘においては迷宮都市で最強格のアルガスに師事した。一流の剣技や武芸を見てきたため、観察眼も養われている。

そのニックの目からしても、オリヴィアの技量は異常であった。十年単位での研鑽《けんさん》を感じるほどの技の冴えであった。だがいかんせん、外見と職業がそれに伴っていない。

「あ、そうだレッドさん。少し話が」

「あら、どうしたのゼム？」

「建設放棄区域《ガーベージコレクション》で黄鬼病の患者がいました」

「うげ、マジで」

レッドの地声が出た。想像以上に渋く、低い。

普段は意識して女声になるよう努力してるのかとニックは思った。

「あらやだ恥ずかしい。アーアー、おほんおほん……で、黄鬼病って本当？」

「ええ。あそこの違法娼館のような場所で蔓延してましたね」

「やだわ、気をつけないと。みんなー、話聞いてたー!? 出入りするときは手を洗うのよー！」

はぁーい、という黄色い声が響く。だがゼムはその様子に首をかしげた。

「あれ？ こちらの繁華街では流行《はや》っていないのですか？」

「初耳よ。一度流行になったら厄介だからみんな気をつけてるはずよ。酒場の女《おんな》とか女《おとこ》が病気になったら絶対に話は出回るもの。店員が病気になったってこと隠したら、酒場の店長仲間からガチで制裁食らって店が潰れるからね」

「おや、対策が厳しいんですね」

「そのかわり、ちゃんと申し出たらみんなの積立金を崩して薬代や治療費が出るようにしてるの。大昔に病気が流行ったときの名残ね」

「なるほど……」

ゼムは感心したように頷いた。

「とりあえず情報ありがとうね。で、そろそろ本題に入っていいかしら？」

レッドがそう言って、店のカウンターに座っている女性を手招きした。そもそもレッドとレイナが『マンハント』に来たのは、とある人をニックたちに紹介するためだった。

「あんたたちが【サバイバーズ】だね」

松葉杖を持った金髪の女性が、店の奥から現れた。

黒いタンクトップに七分丈のパンツと、ラフな装いをしている。

右足が不自由なのか、杖《つえ》を使って歩いているが、その割に動作に淀《よど》みがなく機敏だ。

足が動かないことを苦にしていない、そんな不思議な佇《たたず》まいの女性だった。

「もしかして、あんたがエイダか」

相手が名乗る前に、ニックがそう呟いた。

「おや、知ってるのかい？」

「昔、『パイオニアーズ』で見かけたことがある。【グランシェフ】の軽戦士、ソムリエールのエイダだよな？」

「その名前も懐かしいね。やたらと鼻が利くってだけでつけられたあだ名だから、あんまり好きじゃないけど。最近じゃ酔っ払いのエイダさんさ」

「酒場の用心棒やるなら、普段から酔っ払ってないでちゃんとしなさいな」

レッドは顔なじみなのか、やれやれと肩をすくめた。

「うるさいな。ちゃんと用心棒をしてやってるだろう。名誉の負傷だよこれは」

そう言ってエイダは自分の怪我を見せびらかすように示した。

レイナから聞いた話が正しければ、エイダの弁はまったくもって正しい。あのステッピングマン相手に一人で立ち向かって足の怪我だけで済むとなると、エイダの技量は想像以上に高い。

が、外見からはそんな印象はない。

ゼムやレッドの言うような、少々傍迷惑《はためいわく》な酔っ払いだった。

「普段からそう見えるように行動しなさいって言ってるのよ。ねえニックちゃん」

「冒険者は見た目じゃわからんからな。酔っ払いが凄腕だったりするし、二千万の桃をぺろっと食う度胸を持ってたりする」

ニックの尊敬と揶揄《やゆ》の混ざった言葉に、エイダがにやっと笑った。

「生意気だが見る目はあるみたいだね。あたしゃまだまだ現役のつもりだよ。ちなみにあたしが食ったのは一切れくらいだから、お腹《なか》に入れたのはせいぜい五百万さ」

エイダはニックに握手を求め、ニックも快く応じる。

【サバイバーズ】のニックだ」

「まず、堅苦しい話を片付けようじゃないか」

「堅苦しい話？」

エイダはニックの手を離してソファーにどかりと座る。

ニックもそれにならい、エイダの対面に座った。

「まず、ウチの娘が迷惑を掛けた。色々と無茶もしたみたいで……。レイナ！」

「は、はい！　ママ！」

「謝りな」

「はい！　すみませんでした！」

レイナが勢いよく頭を下げる。

あの頑固な少女が、母親の言葉には素直に従っている。

ようやく【サバイバーズ】やゼムにつきまとうこともないだろうと、ニックは内心安堵《あんど》した。が、その予想はすぐに裏切られた。

「誓いな。もうステッピングマンの件には関わりませんって」

「いやです！」

真正面から、レイナは母の言葉を否定する。エイダがしかめっ面で言葉を重ねた。

「ダメだ。あんたにゃ手に負えない。あたしも無理だった。迷宮都市にゃ関わっちゃいけない連中もいるんだ。ステッピングマンもそういう手合いさ」

「で、でも……友達が……！」

「死ぬと決まったわけじゃない。案外楽しくやってるかもしれない。大体、みんながみんな、ステッピングマンに攫《さら》われたって決まったわけじゃない」

「そんなの嘘です！　ママだって、そんなことちっとも思ってないです！」

「いいから言うことを聞きな！」

母子喧嘩が始まった。

エイダが溜め息をついて、ニックに話し掛ける。

「誰に似たんだか、無鉄砲な子でね……。カタギの仕事をやりゃあいいのに、冒険者ギルドに憧れてるし」

「別に、ママみたいになりたいわけじゃないです！　私はゼムさんみたいに、他人を助けられる人になりたいんです！」

「僕を目指すなんてやめておきなさい。ろくなもんじゃありませんよ。エイダさんは僕のことをご存じですか？」

「あー……まあ、少しね」

エイダが曖昧な表情で頷く。

酒場《キャバクラ》で浮名を馳《は》せる破門神官の話は、酒場の用心棒をしているエイダもよく知っていた。

「でも、夜の街でも女の人に優しいって聞きました！」

「女の人に優しい人間が、世の中や子供に優しいとは限りません」

ゼムがエイダと似たような溜め息をついた。

「ともかく、ステッピングマンの件はおしまいだ」

「そうだな。レイナはもう関わらない方がいい」

「そうじゃない。あんたらもだよ。【サバイバーズ】」

「……うん？」

「あんたらも手を引きな」

その言葉に、ニックは穏やかならぬ気配を感じた。

「……そこを指図される謂《い》われはねえな。ステッピングマンは昔から賞金首だろう。誰が狙おうが文句言われる筋合いはねえぜ。獲物の横取りみたいな話にもならねえ。違うか？」

ニックは苛つきを隠さずに言い返した。

だがエイダはそれに怒ることもなく、自嘲の笑みを浮かべる。

「残念だけどあたしじゃ無理だ。殺されずに怪我で済んだのは偶然さ。あんたはステッピングマンと戦っただろう。どう思った？」

その質問に、ニックは冷静に答えざるをえなかった。

エイダが喧嘩を売っているわけではないと気付かされた。

「……少なくとも、腕自慢の冒険者が落ちぶれた、みたいな話じゃねえと思う。もっとちゃんとしたところで訓練を積んだか、あるいはもっとヤバいところで訓練を積んだか。そんなところだ」

「同感だ。証拠はないがそれこそ専門の暗殺者とか、カタギが手を出しちゃいけない部類さ。それこそ魔族の尖兵《せんぺい》だって言われても不思議じゃないね」

ニックは忌々しげに頷く。

エイダの持つ危機感には納得できるところがあった。

昔ニックが【武芸百般】にいたとき、リーダーのアルガスから似たようなことを聞かされたことがあった。手を出してはいけない脅威というものがあると。

S級冒険者や、それに比肩する化け物が迷宮都市には存在している。そうした人間に手を出してはただでは済まない。命を失う覚悟が必要だと。

「娘の恩人が死ぬのを見るのは流石に忍びないからね。いいかい、あたしは善意で言ってるんだよ。娘のことはあたしがよく叱っとく」

「レイナから頼まれたからやってるわけじゃねえ。これはもうオレたちの仕事だ。結果として死ぬかどうかはオレたちの責任だ」

逆に言えば、覚悟があれば喧嘩を売ったってかまいやしねえ。

ニックはアルガスから、そうした冒険者の流儀をよく教わっていた。

「って言ってもねぇ……」

はぁ、とエイダが溜め息をついてレイナをひょいと抱きかかえた。

「え、な、なに？　どうしたのママ？」

「相手はこういう幼い少女を攫っちまう変態野郎だ」

「野郎とは限らねえがな」

「で、そっちは少女が近くにいると弱っちまうわけだろう」

エイダは、なんとレイナをゼムの方に放り投げた。

ゼムは反射的にレイナが怪我をしないように受け止めようとして、レイナの肘が綺麗にゼムの鳩尾に入った。

精神的なショックと物理的なダメージを同時に食らい、ゼムは悶絶した。

「ぐっ……」

「なにしやがる！」

「その様子で誘拐犯を捕まえられんのかい」

エイダが、苦しんでいるゼムを眺めながら言った。

「別にフォローすればいいじゃない。適材適所ってもんがあるでしょ」

そこに、今まで黙って見ていたティアーナが口を挟んだ。

だがエイダは首を横に振る。

「そこの色男はこのへんの酒場じゃ有名だよ。熟女が好きで若い子や少女が苦手ってね。あたしだってすぐに調べられることだ、ステッピングマンだってとっくに知ってるだろうさ」

「む……」

「わかりやすい弱点がある以上、フォローするにも限度があると思うがね。子供を助けに行って、こういう不意打ちをされないって思うかい？　ちなみに今のはまだ穏便にやった方だと思うよ。もっとひどいことをやろうと思えばやれるだろ」

エイダの話に、ニックは内心「もっともだ」と思ってしまった。

ゼムの弱点は戦闘中において重大な欠陥となる。少なくとも、最初出会ったときのステッピングマンは非常に狡猾《こうかつ》だった。自分が誘拐した子供を盾にする程度のことはやりかねない。しかも場当たり的な誘拐犯の苦し紛れではなく、冷徹な戦術として採用してくる。

そもそも子供に対する恐怖症はなくとも、子供の命とステッピングマンの身柄のどちらを優先させるべきか、となったときに、どちらかを選ぶことができるだろうか。

それゆえに、ステッピングマンと戦うにあたって足りていないものがある。ゼムの体質の克服と、子供を一時的に守ることを放棄する非情さだ。

「大体あんた、子供が好きってわけじゃない……むしろ嫌いなんだろう？　命張るこたぁないじゃないか」

「そうですね、嫌いですよ」

「えっ」

レイナがショックを受けた顔をしていた。

どうやら今まで自分は嫌われていないと思っていたらしい。

ゼムは気にせずにレイナを優しくどかして、ゆっくりと椅子に降ろした。体には震えがあるが、目はどこか爛々《らんらん》とぎらついている。ニックはその危うげな気配に、ごくりと唾を飲んだ。

「あるいは……美しい少女が恐ろしいと感じています。怯《おび》えています」

「恐ろしい？」

エイダが尋ね返す。

「ああ、そのあたりは聞いていませんか。僕はね、少女を手込めにしたという罪で投獄されていたんですよ。ああ、やってはいませんよ。冤罪です。信じるかどうかはお任せしますが」

そしてゼムは、自分の身に起きたことをエイダに淡々と語り始めた。

自分を陥れた少女がレイナによく似た可憐《かれん》な美少女であったこと。

恐らくは少女の恋心や、自分を疎ましく思う同輩の神官の嫉妬が絡んだ果ての陰謀であったこと。

暗く、狭く、じめじめとした牢獄《ろうごく》に押し込められ、気まぐれに牢番《ろうばん》に罵声を浴びせられる以外誰とも会話できず、ときには水や食事さえ忘れられるような扱いを受けたこと。

今まで自分が救ってきた人間は誰も助けてくれず、むしろ手のひらを返して石を投げてきたこと。

エイダは今までの勢いを失い、ゼムの言葉に圧倒されていた。

「それで、小さい女の子に裏切られたから怖いってわけかい……そりゃ大変な経験をしたもんだね……」

「いいえ、裏切られたからではありませんよ」

ゼムは、エイダの言葉を否定した。

「穴蔵のような光の届かない牢獄に閉じ込められ、誰とも会話できず、時には食事の配給さえ忘れられて飲まず食わずの日さえありました。三週間ほど、牢の番人とさえ会話を禁じられたこともあってつらかったですね。罵声を浴びせて鉄格子越しに棒で叩く人間ですらキスしたくなりますよ」

小さく引きつった笑いが、不思議議と店の中に響いた。

誰かがごくりと唾を飲み込む音が聞こえた。

「もしあのとき、私を裏切ったミリルが現れたら、僕はひれ伏して靴を舐めて願ったことでしょう。『あなたの言うことならばなんでも聞きますからここから出してください』と」

底知れない闇が、ゼムの目の奥に広がっている。

闇に目をこらせば、狭く暗い穴蔵に繋《つな》がっていた。体を清めることも、髪を切ることさえも許されない、ぼろをまとったみすぼらしい男が、切々とした声で哀願している。なんだってします、だからどうか僕を助けてくださいと。その悲しい願いに誰も応えることはない。哀願する声を忍び笑いしている、無数の傍観者たちがこの世に存在している。

レイナは、それを幻視した。

想像以上のゼムの過去に震え、泣いてしまう寸前だった。

「僕は完全に心が折れていました。屈していました。信じる神も、なすべき善も、この世の愛も、自分が生き長らえるためであればどうだってよかった。美しい少女を見る度に牢獄の恐怖と屈辱を思い出す。どうか僕と話をしてくださいと懇願したくなる。首を吊《つ》りたくなる。自分の矮小《わいしょう》さをこれでもかと突きつけられる。だから少女が嫌いなんです」

ひっ、という言葉がレイナの口から漏れた。

「おっと、刺激の強い話でしたね」

「まあ……うん……もうちょっと手加減してやんなさいよ」

「少々大人げなかったですね」

ティアーナの言葉に、ゼムが自嘲の微笑みを浮かべた。

それはどこか蠱惑《こわくてき》的な気配が漂い、何かを感じ取った酒場の女《おとこ》が顔を赤らめた。

夜の街の女《おんな》や女《おとこ》がゼムに惹《ひ》かれるのは、誰にも話すことのできない苦悩と屈辱をつまびらかにして、同じ傷を持った人をどこまでも受け入れるからだ。

深い闇を抱えてなお、底なしの優しさを示すこの破門神官は、無垢《むく》な子供が恐れ、浮世のつらさを知った大人が惹かれる危険な芳香を漂わせる。それがゼムであった。

「ともあれ僕は、無実の人が誰かに否応《いやおう》なくどこかへ閉じ込められたり連れ去られたりするのが、とてもとても嫌いなんですよ。僕が味わった屈辱を他の誰かが味わうかもしれない。つらい。心が痛い。攫われる子供も僕と同じかもしれない。共感してしまう僕自身を救いたい」

まるで歌劇の主人公のように振る舞うゼムに、全員が目を奪われた。

誰もが言葉を失った。

「だからこそステッピングマンを捕まえたい。そのためには克服すべきところは克服しましょう。ご覧の通り、僕はレイナさんを投げつけられても平気だったでしょう？」

いやそれやせ我慢じゃねえか。

という指摘をニックは飲み込んだ。

「あるいは道を踏み外して暗い穴蔵で悪をなす大人もまた僕と同様、どこかで心を折られた人々ばかり。この世の不幸と悪はあまり他人事《ひとごと》とは思えないんですよね。能力不足というご指摘は甘んじて受け入れる必要があるでしょうけれど」

「……あたしがなにを言ったって無駄だってのはわかったよ。あとあんたは子供にゃ毒だ。あんまりレイナに近付かないでくれるかい」

エイダは、ゼムを劇薬か猛毒と判断した様子だった。

先程とは違って母親の顔でレイナを抱っこして別室に連れていき、またすぐ戻ってきた。

「お疲れ様です。僕自身、レイナさんには悪影響だと思います」

「そうだよまったく」

エイダが、はぁと溜め息をついた。

「あんたら、強くなるよ。上に行く冒険者ってのはどっかネジが外れてる。そういう気配があるよ」

「光栄ですと受け取っていいんですか、ニックさん？」

「知らねえよ」

ニックの投げやりな言葉に、ゼムがくっくと笑った。

「とにかくエイダ。あんたがオレたちの能力不足を心配してるってのはわかった。そしてあんたじゃ手も足も出なかった。オレたちも確かに力不足だ。だったらどうする？　道は二つに一つだ」

ニックが、指を二本立てた。

「二つに一つ？」

「オレたちとあんたの力が足りてないなら、もっと強い奴に任せる。それこそフィフスみたいな腕利きに。あるいは……」

「力を合わせる、じゃの」

今まで事の成り行きを見守っていたキズナが、自信満々に言ってのけた。

「お前そういうときにいいセリフかっさらうの好きだよな」

「なっ、なんじゃと！　言いにくいであろうから我が言ってやったんじゃろうが！」

腕をぶんぶん振り回して怒るキズナを、カランがはいはいと抱っこしてテーブルから引き離す。

はーなーせーと可愛《かわい》らしい声が酒場に響き渡った。

「なんであたしが協力するって思う？」

「手を引けって言ったのは半分くらい本気だが、半分は違うんだろう。命懸けの冒険となるとそういう覚悟があるかねえかが生き死にを分ける。それを知りたかったたってところだろう」

「お見通しってわけかい」

「そうだよ。お人好《ひとよ》しなのが丸見えだ」

「ちっ」

エイダが盛大に舌打ちをしながら立ち上がり、とある紙束をばさりとテーブルの上に投げ出した。

「これは……？」

ニックが尋ね返しながら紙束を眺めた。

紙束の正体は、様々なメモや矢印が記入された、迷宮都市の地図だ。ニックは、書かれた文字を追いかける内に自然とこの紙束の正体を掴んだ。これは、ステッピングマンの出没情報であった。

「おいおい……。いいのかよこんなの見て」

矢印はステッピングマンがどの方角から来て、どう移動したのかが書かれている。メモ書きの部分はエイダの推測が記述されている。どれもニックたちが喉から手が出るほど欲しかった情報だ。

「あたしは【グランシェフ】、ソムリエールのエイダ。酒が好きで鼻が利いて、おすすめの冒険をお客様に推薦するのが仕事でね。こういうのは得意なのさ」

ニックが、純粋な尊敬の目でエイダを見た。

久しぶりに尊敬できる先輩冒険者に会った、そんな気分であった。

「騎士団に持ち込もうかとも思ったんだけど、ここの騎士団にゃ袖の下を入れないとろくに仕事しやしないしね。誘拐されたのが金のない子供となると懸賞金を懸ける奴も少ない。金にならない仕

事だってのに相手は相当強いときた。困ったもんだよ」

　エイダが、あーあと肩をすくめて溜め息をつく。

「……もしかして、それで誘拐犯をステッピングマン扱いしたってわけか？」

「それならステッピングマンに懸けた懸賞金だって多少ぶん取れるかもしれないし、それにつられた冒険者が動くかもしれないと思ってね。あとは、そいつが頼りになるかどうかが問題だった」

「あんたの手のひらの上で都合よく踊ってたわけね。やるじゃない」

　ティアーナが白けた目を向けると、エイダは苦笑した。

「そう言わないでおくれよ。頼んだよ、【サバイバーズ】」

鍛冶屋通りのエテルナ食堂の火鰻《ひうなぎ》の蒲焼《かばや》きは美味《うま》い。

食通はそこに卵焼きと米酒《こめしゅ》を追加で頼む。今夜もそれなりに繁盛しており、店仕舞《みせじま》いする頃には外は真っ暗闇だ。そんな時間帯のことだった。

「ふぁーああ……ねむ……」

フィルという少女がアルバイトを終えて、帰路についていた。

年は十二歳。騎士の制服のクリーニングを請け負う洗濯工場の社長の娘で、つい二、三ヶ月前まで食堂で働くなど考えたこともなかった。だが父親が浮気してどこかへ駆け落ちした。

母は、会社の借金から逃げるためにフィルとその弟を連れて家から逃げた。なんとか借金取りの手からは逃れたものの、生活費に困ってしまった。

フィルは母親に言われるでもなく、学校が終わった後にアルバイトを始めた。

その境遇に、フィルは嘆きはしなかった。父の浮気性は昔からで、むしろ清々していた。母と弟のために働くことは喜びでさえあった。

そこでフィルがアルバイト先に選んだのがエテルナ食堂だ。

そこでの仕事に慣れてくると、次第に学校はサボりがちになった。学校に行くふりをして昼過ぎまで友達の家で寝て、その後は店に直接行った。店長はフィルの身の上に同情して何も言わずにシフトと給料を増やした。フィルの懐は子供らしからぬ勢いで潤っていった。

店長から今度串打ちを教えてやると言われて、フィルは「あ、もう学校に行かなくても生活できる」という手応えを摑《つか》み始めていた。

フィルは、まだ子供ながらも一人前の働き手になりつつあった。

大人がいなくったって一人で稼ぎ、生きていける。

そんな過信が、フィルに暗い夜道での独り歩きをさせてしまった。最近の夜道にステッピングマンが現れるという噂《うわさ》など一笑に付した。わたしはもう大人なんだからそんなの怖くないと。

それが間違いだった。

「んんー!? んっ、んんー!!」

フィルはあっという間に口を塞がれた。

パニックになって手足を振り回してもなんの意味もない。しかも、フィルの目にはなにも見えなかった。確実に後ろからはがいじめにされ、口を塞がれているにもかかわらず、腕も手も見えない。

「安心しろ、殺しはしない。大人しくしていればな」

後ろの人間からささやきが聞こえても、フィルはもがいた。

命の危機を目前にして冷静でいられるほど大人ではなかった。

「んんー！　んんんー！」

「くそ、眠らせるか……また邪魔が入られても困……」

「ぬわわわわーーー！　剣使いが荒いぞこなくそーっ！」

フィルの大人らしからぬところが、幸運をもたらした。

ほんの少しの迷いがフィルを捕らえている男――つまりはステッピングマンをわずか数秒ほど、その場に立ち止まらせた。それゆえに砲弾のように投げ飛ばされたキズナが間に合い、ステッピングマンの背中に直撃した。

「なっ……!? ぐはっ！」

ニックたちはエイダから得た情報を元に、迷宮都市の南東部に張り込んでいた。

ステッピングマンは戦闘力やその戦い方こそプロだが、長期的な行動においては意外と杜撰《ずさん》なところもあった。活動する時間帯がごく限られていたのだ。

調べたのはもちろんエイダだ。彼女は酒場の用心棒のくせに店の酒を飲んで絡み酒をする厄介者ではあるが、気風《きっぷ》のいい人柄でもあるため、なんだかんだ言って顔は広い。

様々な人間に酒場で聞き回り、行方不明になった子供の名前や人数、そして消息が途絶えたと思われる時間帯を詳細に調べ上げた。その過程でばったりとステッピングマンと遭遇して戦闘し、結果として敗北してしまったが、それでも有益な情報を割り出すことができた。

その結果、ステッピングマンが活動しているのは酒場が閉まる午後十時から午前一時にかけてのみという事実が浮かび上がった。

「くそっ……同じ手を食らわせてくるとはやってくれる……！」

「それはおぬしが間抜けということじゃ……いかん、力を使いすぎた、誰か頼んだぞ」

時間帯が絞られたとはいえ、迷宮都市は広い。

そこでキズナが《並列《パラレル》》と《探索》を駆使して迷宮都市の南東部一帯に感覚の網を張り、相手の姿を捉えることができた。

また、キズナを除く全員、ゼムの用意した幻惑避《よ》けの薬を飲んでいる。ステッピングマンの武器の半分……姿を誤魔化《ごまか》すことについてはある程度対処できている。

残る課題は、ステッピングマンの強さだ。

「あとは実力でなんとかするっきゃねえな。キズナ、お前はその子と逃げろ！」

ニックがステッピングマンと少女の間に割り込み、短剣を振るう。

ステッピングマンが素早くバックステップして避ける。攻撃は当てられていないが、時間稼ぎには十分だった。キズナが体勢を立て直し、少女の手を引いて離れていく。

「貴様……！」

ステッピングマンが怒りの形相でキズナを睨《にら》むが、すでに一手遅かった。

「いくらでも睨むがよいわ。我のスマイルは零《ゼロ》ディナじゃからの……！　ティアーナ、今じゃ！」

「わかってるわよ！　《氷槍》！」

ティアーナがガムのように咀嚼《そしゃく》した葉をぺっと吐き出しながら魔術を唱える。杖《つえ》の先から一本の杭《くい》のような氷柱《つらら》が放たれ、ステッピングマンに襲いかかる。

「ぐっ……《金剛盾》！」

だがステッピングマンはすぐに防御を張った。

土属性の魔術《金剛盾》。魔術で生み出した擬似的な金剛石の盾だ。冷気や電撃、単純な物理攻撃には強い耐性を持っている。その代わり、火や熱には弱い。

「カラン、火だ！」

「ガアッ！」

そこに、カランが《ファイアブレス》を吐いた。《金剛盾》は高熱を浴び、白く輝きながら燃え上がる。だがステッピングマンはすでに盾の後ろには隠れていない。盾の炎を目くらましにしつつ袖口から出した鎖を使い、鋭角的かつ幻惑的な動きでカランたちの追撃をことごとく回避した。

「くっ、ちょこまかと……！」

「上です、ティアーナさん！」

後ろに控えていたゼムが叫んだ瞬間、まるで雷光のような速さでステッピングマンが落ちてきた。同時に地面をえぐり取る勢いで鎖を鞭《むち》のように叩《たた》き付ける。

「危ねえ！」

「きゃっ!?」

そこにニックが割り込んでいた。ティアーナを突き飛ばしつつ鎖を避け、カウンター気味にステッピングマンを蹴った。

「あ、やべ」

足に伝わる感触は、ニックに失敗を告げている。

あまりにも手応えが軽い。だというのに、ステッピングマンは勢いよく吹っ飛ばされた。蹴りを受けた力を利用して後方に大きく距離を取り、そのままステッピングマンは背中を見せて走り出した。形勢不利と見て逃亡を選んだのだ。

「待テッ！」

カランが走りながら《ファイアブレス》を火球の形状で放つ。

ステッピングマンが気配だけで避ける。

巧《うま》い。後ろからの飛び道具も、勘だけで避けている。

だが、その避けた方向を狙い澄ましてニックが短剣を投擲《とうてき》した。

「……くそっ！」

だが、一歩遅かった。

ステッピングマンは大地を蹴り、鎖を建物の柱に巻き付け、建物の壁を跳ね、高々と飛び上がっていく。屋根へと飛び乗り、建物から建物へと飛び跳ね、あっという間に見せる背中が小さくなる。

「あーもぅ！　逃げるなーこんちくしょー！」

ティアーナが悔しそうに罵声をステッピングマンに浴びせかける。

だがもちろん、返ってくる言葉はない。

ふう、とニックが大きく溜《た》め息《いき》をついた。

「逃がしたが悪くねえ結果だ。出現した場所、逃げる方向、戦い方。手がかりは増えた。それに」

「誘拐は防げました。僕らは勝利こそしていませんが、向こうにとっては間違いなく敗北です」

ニックの慰めの言葉に、ゼムが補足する。

「んじゃ、ギルドに戻るか。ちょっと休もうぜ」

全員、落胆していた気持ちを切り替えて冒険者ギルド『マンハント』へと向かうことにした。バラバラになったときの待ち合わせ場所として指定していたためだ。少女とともに逃げたキズナと合流しなければいけない。

「……うん？」

その道中、ニックは歩みを止めた。

他の仲間もつられて足を止める。

「お嬢ちゃん二人に男が二人か。物騒な場所だってのにのんきだねえ」

「へへへ、しかもいいローブ着てるじゃねえか」

「なんでもいいや、金目のものを置いてきな。それとも遊びに付き合ってくれるかい？」

闇夜から男が十人ほど現れ、ニックたちを取り囲んだ。

どうやら先ほどの戦いを目にしてはいなかったようで、完全にニックたちを侮っている。

「恐喝に慣れてるな……賞金が懸かってるかもしれねえ」

「あ、やった。ゼム、知り合いとかいないわよね？」

「いるわけないですよ。そもそも、いても別に構いませんよ」

「んじゃ、やるカ」

カランが、ふうと息を吐いた。

全員に若干嬉《うれ》しそうな気配すらあった。賞金首を逃した消化不良の感覚が、全員を昂《たかぶ》らせていた。

その気配が男たちに伝わり、ぴしりと怒りを燃え上がらせる。

「生意気言いやがって！　強そうなのはそこの竜人だけだ、やっちまえ！」


「……何しとるんじゃ、おぬしら？」

「おう、キズナ。女の子はどうした？」

すったもんだしている内に、キズナの方が先にニックたちを見つけていた。

ニックは言うまでもないとキズナの問いはスルーしつつ尋ね返す。

「近くにあの子の家があったから送ってきたぞ。んで、なんじゃそれ」

「ちょっとな。手伝ってくれ」

キズナは呆《あき》れながらも、男たちを縛るニックを手伝った。七人は完全に失神しており、残る三人はたんこぶだらけの顔をしていた。すでに実力差を思い知ったのか、反抗する気などなさそうだ。

「いいか、縛るときはこうしてわっかを作ってここに通す。ティアーナ、やってみろ」

「わかったわ」

「これ覚えとくと旅で便利だぞ。プロの行商人なんかもこの結び方で荷物を固定してるからな」

縄の縛り方の練習台にされた男が、なんとも微妙な顔をしながらニックの顔を見た。

「お、俺たちで縛り方の練習とかしないでくれよ……」

「我慢してくれ。つーかその縛り方だと痛いだろ。結び直してやるから大人しくしてろ」

「そうだけどよぉ……」

返り討ちにされた男は弱々しい抗議をしつつも、ティアーナのされるがままになっている。

氷漬けか火だるまにならないだけよかっただろうとニックは密《ひそ》かに思っていた。

ニックはそんな風に全員に縄の扱い方を教授しつつ冒険者ギルド『マンハント』へ向かった。


「……ステッピングマンを捕まえるんじゃなかったっけ？　いやまあ、こういう普通の仕事してくれるのは大助かりなんだけどさ」

ニックが『マンハント』の受付で手続きを始めると、受付のピアス女がにやにやしながら不埒者《ふらち》の人相や身元を確かめ始めた。その内の数人は恐喝の常習犯だったらしく、少額ながら懸賞金が懸けられていた。

「身元確認終わりっと……夜遅くにお疲れ様」

「二十四時間営業の連中には言われたくねえや」

「あたしだってさっさと帰って寝たいのよ」

ピアス女が不満を呟きながら、賞金をニックに渡した。興味津々にティアーナが覗《のぞ》き込む。

「ところでいくらになったの？」

「全員合わせて十万ディナってところだな」

「あら、これはこれで悪くないわね」

ティアーナがむふふとほくそ笑みつつ金貨を撫《な》でてカランに渡した。現金を守るのはカランの仕事だった。

「高額賞金首を狙うようなヤマ師は長続きしないものよ。最初にあんたらに突っかかった連中だってアホなだけで腕が悪いわけじゃないの」

ピアス女が顎をしゃくって他の冒険者を見るようにティアーナを促す。

そこには、他の冒険者ギルドにはいないタイプの人間が多かった。

全員がどこか派手だ。ほぼ半裸の双剣使い。顔から爪先まで入れ墨だらけの魔術師。ゼム以上に堕落していそうな神官風の男。七色に髪を染めた犬人族の戦士などなど、他の冒険者ギルド支部ではまず見かけないヤクザな外見の者が多い。

「確かに、腕は立ちそうだな」

「ほんとぉ？」

「色物に見えるような高ランクの冒険者って何をやってくるかわからねえんだよな。それこそステッピングマンみたいな変態もいるし」

「オリヴィアも十分に色物だったわね」

「あ、そういえばあいつどうしてるんだ？」

ニックが尋ねると、ピアス女が深々と溜め息をつく。

「あいつのいる出版社はもぬけの空だし、どっかに身を隠しちまったみたいだね……。あいつそういうの得意なのよ」

「た、大変だな」

「厄介事持ち込んでくれたわねぇ。ま、仕事してる証拠でもあるからいいんだけどさ」

ピアス女からじろっと睨まれ、ニックはかなわんとばかりに肩をすくめた。

「こっちはステッピングマンを探してるだけなんだがな」

「あいつが子供の誘拐犯でステッピングマンねぇ……ちょっと信じがたいけど」

「そうは言っても、ステッピングマンの話題を出した瞬間にあいつが挙動不審になったんだ。それに、さっき戦ったステッピングマンも、顔や風貌はわからなかったが動きは似てた……気がする」

「さっき戦った？　どこで？」

「ここから東の、火鰻の店の近くだな。状況としては……」

ニックは状況を説明しながら、オリヴィアのことを思い出していた。

以前『マンハント』で見たオリヴィアの動きの冴《さ》えは常軌を逸していた。

同様に、ステッピングマンも鍛え抜かれた人間の動きだった。

あの無重力的な動きはどこか共通してる気がした。

「あんたらはこのままステッピングマン探しを続けるのかい？」

「ああ」

「じゃ、オリヴィアのことはこっちに任せな。そっちはそっちで動いた方がいいね」

「わかった。オリヴィア以外にはなにか情報はないか？」

「あんたたちが一番の情報源だよ」

「何もないんだな」

はぁ、とニックが溜め息をつく。

「夜中に足音だけが聞こえるとか、子供が攫われそうになったとか、そういう情報はあるんだけどね。どれが本命でどれが無関係かはわかんないよ。それを判別して一人の犯人を想定してるってのはあんたらだけ。こっちが教えて欲しいくらい」

「相手は魔術的に顔を隠しておるからのう」

キズナが呟《つぶや》いた。

「ああ、それがあったな。オリヴィアはそういう魔術は使えるのか？」

「あいつがまともな魔術を使ってるのを見たことはないよ。ただ魔術じゃなくて魔道具を使ってるってこともあるんじゃないかい？」

「言われてみりゃその通りだな」

ニックが納得するように頷《うなず》いた。

「あいつは変な魔道具の鎖を使うのと土属性の魔術を使ってたが……そこに更に幻惑の魔術まで使

うってのは万能すぎる。あんな強力な魔術を使いながら自由自在に格闘するってのは考えにくい」

「じゃ、魔道具の方面から調べてみたら？　そんな強力な魔道具なんて普通に出回っちゃいない。レア物の魔道具の出所を探せば自然と手がかりが得られるんじゃないかい？」

ニックは一瞬道が開けたような気がしたが、すぐに表情を曇らせた。

「普通に売ってるものならともかく、ああいうアーティファクト級のものはオレ程度じゃわからねえよ。詳しい知り合いでもいればいいんだが」

「魔道具に詳しい人？　いるじゃない」

ティアーナがだしぬけに答えた。

「へ？　誰だ？」

「ほら、あいつよあいつ。こないだ面会に行ったじゃない」

面会、という言葉でニックにもようやく心当たりが思い浮かんだ。

「……レオンか」

ニックは、因縁ある男の名前を口に出して顔をしかめた。

ティアーナはむしろ面白がって話を続ける。

「そうそう、レオンよ。魔道具を発掘したり売りさばいたり、色々と詳しいんじゃなかった？　聖剣だって隠し持ってたくらいなわけだし」

「太陽騎士団の留置場は辛気くせえし騎士は横柄だしあんまり行きたくねえんだよな……行くけど」

「あら、素直ね」

「こないだは面会時間が来て尻切れトンボみてえに会話が終わっちまったし。むしろ『そのうち行かなきゃ』って思いながら延ばし延ばしにしてた」

「そんなにイヤなら私が行ってもいいけど？」

「いや、いい。たぶん向こうもオレが一番話しやすいだろうしな……」

「まあ、ニック以外じゃレオンとの接点がないのよね」

「そうなんだよなぁ」

ニックとティアーナの会話に、他の仲間が頷く。

「じゃ、休んだ後にオレとカランで行ってくる」

「ワタシも？」

きょとんとした顔でカランが聞き返した。

「聞きたいことがあるだろう……例の件だ」

一瞬カランは困惑したが、すぐにニックの言っている話を飲み込んだ。

ニックたちが捕らえたレオンは以前、気になることを言っていた。カランの一族の秘宝である竜王宝珠を奪った犯人、カリオスの名前が、レオンとの会話の中で出たのだ。前回ニックが面会したときはその話を深く聞く前に面会時間の終了を迎えてしまっていた。

「わかっタ」

「んじゃ、方針も決まったし休もうぜ。眠くてしょうがねえや」

気付けば夜が白み始めている。

他の冒険者も三々五々と帰宅を始めており、逆にギルドに早くから顔を出す者もいる。不思議とここは冒険者が誰もいないという状況がない。賞金首や犯罪者もまた決まり切った時間などはなく、それを捕らえる者たちにも決まり切った休みなどはない。

　こうしてニックたちの長い夜が今日も終わりを迎えた。


次の日、ニックとカランは太陽騎士団の留置場へ向かった。

面会室は前回ニックが来たときと同様、薄暗くじめじめとした陰気な部屋だった。

そこに現れた男は、虎人族のレオンだ。

【鉄虎隊】という冒険者パーティーのリーダーであり、ニックによって詐欺の証拠を押さえられて投獄された男である。

　同時に、魔道具の発掘や売買を専門としていた冒険者パーティーに所属しており、つい最近まで『絆《きずな》の剣』と同様の聖剣、『滅《ほろび》の剣』を隠し持っていた男でもある。

「ほら、土産だ」

レオンは、ニックが差し出したものをつまんで怪訝《けげん》な顔をした。

「こういう場所に持ってくるならもう少し日持ちする菓子にするのが常識だろ」

「うるせえな、いらねえなら持って帰るぞ」

「いらねえとは誰も言ってねえだろうが……ったく」

レオンは、ニックが渡した饅頭《まんじゅう》を頬張《ほおば》った。

小麦粉の皮に細かく刻んだ柑橘類《かんきつるい》の皮が練り込んであり、爽やかな酸味がある。その中に卵黄と砂糖、牛乳を練った重めのクリームが入っており、軽やかな皮との相性がよい。

最近人気の菓子だとカランが勧めたので、ニックは迷うことなく買った。だが今は「もっと安物でよかったな」とニックは少しばかり後悔していた。

「ま、美味いんじゃねえの」

ぽつりとした呟きに、カランが自慢げに微笑《ほほえ》む。菓子を選んだのはカランだ。最近、『フィッシャーメン』の近くの菓子店が売り出した新製品らしく、カランはそれをいたく気に入っていた。

「煙草《たばこ》はあるか？」

「ねえよ」

「しゃーねえな……。ま、いいさ。煙草と酒はまだ我慢できるんだ。だが甘い物は駄目だな。別に菓子なんてガキの頃から好きも嫌いもなかったんだが、こういうところにいると猛烈に食いたいって瞬間があるんだよ。わかるか？」

「わかりたくはねえな」

「だろうな。ああ、そうだ。来月か再来月あたりに俺の裁判をやるらしいぜ。正式な日取りはまだ調整中みたいだが」

「他人事《ひとごと》みたいに言うなよ」

「そう思わねえとやってられねえんだよ。ったく、溜め込んだ魔道具は持ってかれるしな。オークションを開いて賠償金に充《あ》てるんだとよ」

レオンが大仰に溜め息をつきながら椅子の背もたれにふんぞりかえる。

「溜め込んでた？」

「俺の専門は魔道具やアーティファクトだしな。詐欺は、ま、サイドビジネスだ」

「格好よく言ったところで捕まってるじゃねえか」

「お前が捕まえたんだよ……。んで、何の用だ」

「まず一つ。こないだ、話が途中で終わったじゃねえか。カリオスって男の話の続きだ」

「構わねえが……一つってことは、他にもあるんだな？」

「今、追いかけてる賞金首のことで相談したい」

「ふーん……。ま、構わねえがよ」

「カリオスの話は後でいイ。先に仕事の話をしよウ」

そのカランの言葉に、ニックは驚いて振り向く。

「いいのか？」

「時間、限られてるんだロ。ワタシの用件は、急いでも仕方なイ」

「……わかった。それじゃあ」

そこでニックは、ステッピングマンの件をかいつまんで話した。

最初は興味なさげに聞いていたレオンだったが、「気配を隠したり、人相を覚えられなくする魔道具を使っている」というニックの説明を聞いて顔をしかめた。

「……ってわけでレオン。気配や人相を誤魔化す魔道具に心当たりはねえか？」

レオンは顔をしかめたまま目を瞑《つぶ》っている。無言のままニックに答えもしない。

「オイ」

痺《しび》れを切らしたカランが鋭い声を出すと、レオンは焦りもせずに目を開けた。

「悪いな、考え事をしてた」

「お前なあ……」

「幻王宝珠だな。正確には、それを利用した魔道具だ」

「え？」

突然具体的な言葉が出てニックは面食らい、間抜けな声が漏れた。

「古代、幻族っつー幽霊みたいに肉体を持たない種族がいたんだそうだ。詳しいことは俺もわからねえが、通信宝珠や念信宝珠みたいな情報のやりとりの中だけに存在した連中らしい」

「……なんだそりゃ？」

「だから俺もよくは知らねえって言ってんだろ。ともかく、そいつらは人間の認識に干渉する力が強かったらしい。そいつらの生み出した秘宝が幻王宝珠だ」

「それで気配や人相を誤魔化してるってことか？」

「……推測になるが、制御するための魔道具と合体させて『特定の魔術を簡単に使えるようにする』って機能に絞ってるんだろう。幻王宝珠みたいな種族を象徴する魔道具ってのは大体、『種族特性を増幅する』とか『他種族でもその種族の特技が使えるようになる』って特徴がある。応用の幅がやたら広いかわりに、自由自在にコントロールするのは難しいからな」

「弱点はないのか？」

「弱点、なぁ……」

レオンが意味ありげに微笑んだ。

「知ってるって顔だな。何が欲しい」

どうせ報酬を高くふっかけてくるつもりだろう、とニックは身構えた。

だが、レオンの口から出た言葉は意外なものだった。

「幻王宝珠をブン取ってこい」

「魔道具の差し入れはできねえし、できたとしてもするつもりはない。脱獄でもするつもりか？」

「そうじゃねえよ。進化の剣みたいにどっかに封印するなり、身元の確かなところに売るなり、キレイな始末をしろ。裏の商売人に流れるようなことはするな」

やけに落ち着いた声だと、ニックは感じた。

むしろ普段の振る舞いの方が演技がかっているのかもしれない。

「それと、どういうルートでそれを手に入れたかも聞き出せ」

「構わねえが……どうしてだ？」

「幻王宝珠は、俺の兄貴が見つけたものだ」

レオンはうつむきながらも、どこか遠くを見ていた。

「兄貴が死んで在り処《あか》がわからなくなったアーティファクトの一つだ。俺が探し始めたときにはもう手がかりが消えてた」

「……そうか」

ニックは、レオンのプロフィールを大まかに把握していた。太陽騎士団の取り調べにレオンの被害者として証言していたため、その過程でレオンが兄や仲間を失ったこと、元はアーティファクトや遺跡の発掘を専門に行う冒険者であったことを知っている。複雑な思いがあるのだろう。ニックは同情めいた言葉も、嘲笑めいた言葉も言わず、ただ黙っていた。

しばらく、無言の時が続いたが、レオンが再び差し入れた菓子を口に入れた。上品な甘さのある菓子だというのに苦みばしった顔で頬張っていた。

「それと次来るときはタバコ持ってこい。ああ、紙で巻いたヤツだ。ついでにマッチも」

「ダメだ」

「はあ？　なんでだよ」

「酒、煙草、麻の葉、ここの医者の許可が出ていない薬、一切持ち込み禁止だ。これぱっかりは袖の下を渡しても無理だから諦めろ」

「ちっ、つまんねえな。ブローカーや調達人らしい奴《やつ》もいないんだよな……」

レオンの愚痴に、ニックは引っかかるところがあった。

「……魔道具ってのは、そういうブローカーはいるのか。盗品とか発掘品を買ったり売りさばいたりするような奴とか」

「いる」

レオンが小さく、だが力強く頷いた。

「コレクターの貴族や金持ちとツテのあるような奴が、どこからか聞きつけてくる。だが一番厄介なのは裏稼業の人間だ。盗賊や賞金首に便宜を図ったり、あるいはこっそり貴族や騎士と取引してるような連中は、確かに存在してる」

「知り合いとかはいないのか？」

「なんだお前、売っ払いたいもんでもあるのか。何か欲しいわけじゃねえだろ？」

「違う。取り返したいものがある」

「盗品か」

その問いかけに答えたのは、ニックではなかった。

「……竜王宝珠」

カランは、普段とは打って変わって冷ややかな声で呟いた。

レオンはじろりとカランの顔を見る。だがすぐに目線をニックの方に戻した。

「竜王宝珠はそんなに珍しくはねえ。絶滅した種族の宝珠ならともかく、竜人族は数は少なくともちゃんと生きてるからな。それに火竜系とか水竜系とか、いくつかの氏族に分かれているから宝珠を作れる人間も多い。だから竜王宝珠の価値を決めるのは希少性じゃねえ。宝石の質とそこに秘められたパワーだ。そこはどうだ」

「族長が、イチゴくらいの大きさのルビーに何年か掛けて力を込めタ」

「……現代で作れる範囲じゃ最高級品じゃねえか。百万や二百万じゃ買えねえぞ」

レオンが呆れたように呟いた。

「どうすれば探せる？」

「そこまでの逸品となると、売る方も買う方も限られるな……。即金でいきなり売り買いはしねえだろう。オークションに出すと思う」

「オークション？」

「出所不問、盗品でもなんでもござれのオークションがあるんだとよ。場所は毎回変わるらしくて、いつどこでってのはわからねえが」

「参加したことはないのか？」

「ない。出品側は運営に全部任せて金だけ受け取るってルールだった。客として参加するのはちゃんとした身分や特別な紹介状が必要だ。そのうち貧乏貴族に金を積んで身分を売ってもらおうと思ってたが……」

このザマだ、とレオンは部屋を見せびらかすように手を広げた。

「迷宮都市からの出品を仕切ってるのは北部の煙草屋《たばこや》だ。『麒麟《きりん》の煙管《きせる》を探してる』って言えば盗品の密売所に通される。詳しいことはそこで聞くんだな」

「……もしかして、カリオスって男もそこのブローカーだったりしたのか？」

ニックの問いかけに、レオンは首を横に振った。

「多分違うな。迷宮都市のケチなブローカーなんかじゃねえ。もっと大物がバックにいる」

「大物……？」

「【銀虎隊】がアーティファクトを発掘してたときに色んなブローカーと接触してたが、カリオスは妙な奴だった。偽名を使うような舐《な》めた野郎だってのに、迷宮都市のブローカーどもは奴を恐れてたからな。身分や立場がすげえから礼節を弁《わきま》えたんじゃねえ。本気でビビってたんだ」

「じゃあ誰なんだ……？」

「わからねえ。ブローカーどももビビるとなると限られる。盗賊団の大物か、ヴィルジニ神殿の武闘派あたりか……。だが、闇のブローカーさえも怖がる偽名の男がいたら関わるなよ。オレみたいになりたくなけりゃな」

「関わらねえわけにもいかねえんだよな。そいつが竜王宝珠を奪ったんだ」

「そりゃ……また難儀なこったな」

呆れ気味《ぎみ》の言葉はカランに向けられたものだった。

ニックは心配そうにカランを見る。だがカランは何か言おうともしなかった。腕を組み、レオンの言葉を咀嚼するように静かにしていた。

「ともかく、情報は助かる」

「ま、上手《うま》くやれよ」

「ああ」

「……ちっ、もうねえじゃねえか」

レオンが饅頭の包み紙をくしゃくしゃと握り、ぽいと床に捨てた。

「行儀悪いゾ」

「いいじゃねえかよ。何も転がってねえ殺風景な部屋なんだ」

カランの言葉にレオンがへらへらと笑う。

「からかうなよ。それとまだ話は終わってねえ」

「ああ。……っと、そういえば話が飛んじまったな。ええと、幻王宝珠の弱点の話か」

「ああ、それを聞かせてくれ。魔道具の始末は付けるし、入手ルートも調べる」

「幻惑を破るのはさほど難しくねえ」

レオンはそう言って、指を二本立てた。

「一つは覚醒を促す薬草や治癒魔術を使うこと。だが特殊な治癒魔術を使える奴は限られるし、薬は短い期間に何度も使うと体に耐性ができちまう。あまり頼れるもんじゃねえ」

「それは知ってる。もう一つはなんだ？」

「一番手軽で確実なのは、幻惑を看破することだな。認識を曲げられちまったならば、正しく戻せばいい。そいつの目の前で、名前を呼ぶんだ」

そのあっけない対処方法に、ニックは驚いて目を見開いた。

「……そんなことでいいのか」

「ただし間違えんなよ。当てずっぽうで色んな名前を出せばいいってもんじゃねえ。これは敵への弱体じゃなくて自分への強化だ。『こいつは誰々に違いねえ』って確信を強化するものだから、自分の認識がぐらついたら効果は発揮しねえ。一発で当てろ」

「なんだよ結局は犯人捜しじゃねえか」

ニックの苦々しい顔を見て、レオンがくっくと笑った。

「そのくれえがんばれよ、名探偵」

「捕まった犯人が言うんじゃねえ」


面会時間の終了が来た。

太陽騎士団の留置場から『海のアネモネ』へ戻る途中、カランはふと道端で立ち止まった。

「どうした、カラン？」

「……ニック、ありがト」

唐突に、カランがそんなことを言った。

「うん？　何がだ？」

「ワタシの宝珠のこと、気に掛けてくれテ」

「ん、ああ」

ニックは、恥ずかしさを誤魔化そうとわざと生返事を返した。

カランはしょうがないとばかりに溜め息をつきつつ、話を続けた。

「ニックは凄《すご》いナ」

「なんだよ、くすぐってえな」

「……あんな風に、憎かった相手と普通に話してル。ワタシとは違ウ」

カランはそう言って、道端の壁に背中を預け、空を見上げた。

「違うって、お前……ちゃんとしてるじゃねえか。我を忘れるようなとこ見たことないし、手がかりがわかっても冷静だったじゃねえか」

「ううん、あの場じゃ我慢してただケ。竜王宝珠の話を聞いて、本当は叫びたいくらいだっタ。でも騒いで騎士につまみ出されたら困るだロ」

「そりゃそうだが」

「……ワタシは多分、ニックみたいに落ち着いてられなイ。昔の仲間を見たら噛《か》み殺《ころ》すかモ」

ふふっとカランは笑った。

尖《とが》った犬歯がちらりと口から覗く。白くつややかなそれは、魔剣の美しさだ。カランの言葉は冗談でも何でもない。

竜人が本気の殺意を込めれば、武器を持たずに生身の人を殺すことは可能だ。

「本当はさ、嬉しいんダ。手がかりも摑めて、仕事もちゃんとできて、勉強もして……前に進んでるって感じがすル。生き延びたときには想像もできなかったくらい、余裕も出てきタ。それでも、嫌なこと思い出すんダ。自分でもびっくりするくらい、残酷な気持ちになル。暴れたくなル」

「ああ」

「だから、冒険者になってよかっタ。冒険者にならなかったら、自分が捕まえてきた連中みたいに悪くない奴を殴って、金とか奪ってたかもしれなイ。ゼムも同じこと言ってたけど、ワタシはもっともっとひどくなってたと思ウ」

「オレも冒険者諦めてたら、どうなってたかはわかんねえな」

「もし、あのときニックが悪い奴だったら……一緒に悪いことして生きていこうって言われたら……ワタシも悪い奴になってタ。だからニックにはいい奴でいてほしイ」

「なあ、カラン」

「なニ？」

カランは遠くを見つめていた。

それは近くを見ていないということであり。

戦士としてあるまじき油断だ。

「てやっ」

「いっタ!?」

ニックが、少しばかり力をこめてでこぴんを撃ち放った。

「な、な、なにすル！」

「お前が馬鹿なことを言うからだ……なんてな」

カランは状況がさっぱりわからず、目を白黒させてニックの悪戯《いたずら》っぽい笑みを見ていた。

「オレたちって、似たもの同士だよな。悩むことも同じだ」

「う、ウン」

「オレは、お前のこと疑うから。ケチな悪党になったりしないよう、見ててやるから」

「ニック……」

「とりあえずは、噛み殺そうとしてたら止めてやる」

不安そうな目でカランはニックを見つめる。

だが、ニックはにやっと笑った。

「だって、絶対腹を壊すだろ。もっと美味いものを食え」

「食べるなんて言ってないだロ！」

「冗談だよ。好きにしろ。お前がなんかやらかして、やべーことになってもちゃんと味方してやるよ。でも」

「でモ？」

「世の中、楽しいこととか美味いものとか、色々あるじゃねえか。そういうの」

「ウン」

「オレは神官でもなんでもないから、復讐《ふくしゅう》なんてするなとは言わねえ。つーかオレ自身、復讐じみたことをやってるしな。でもそれだけに人生の大事なものを捧《ささ》げる必要はねえと思うんだ。オレは吟遊詩人《アイドル》が好きだし、パーティーで冒険するのも楽しい。復讐のために好きなことを諦めたりするつもりはねえ。憎い奴のためにそういうことを放り投げちまうって、もったいねえじゃねえか」

「やりたいこと、カ」

「カランの場合、食べ歩きあたりか？」

「それはやりたいことっていうか……いつもやってることダ。趣味だし、大それたものじゃなイ」

「趣味があるならいいじゃねえか」

「そうじゃなくて……やりたいこととはちょっと違う気がすル。宝珠を取り戻すのも、復讐するのも、やりたいことっていうより、やんなきゃいけないことダ」

「そうだな」

「やりたいことって、なんだろウ」

カランがぽつりと呟いた。

「あんまり、そういうのないのかモ」

「ま、ないならないでいいんじゃねえか。今まで通り、冒険者をやり続けるのだっていいと思うぞ」

「ウン」

「そういえば故郷を出て冒険者を目指したんだっけな。なら、冒険者生活を満喫しようぜ」

「……違ウ」

「違う？」

カランは、ほうけたような表情のまま首を横に振った。

「冒険者になるのは、目標じゃなイ。竜神族の使命のためダ」

「使命ってなんだ？」

「使命は……ワタシの、ワタシだけの、ゆ」

カランがそこまで言いかけて、止まった。

「ゆ？」

「……秘密ダ」

「え、ここで秘密か？」

「い、言いたくなイ」

「ええ……まあ無理にとは言わねえけどよ」

カランは何故《なぜ》かそっぽを向いた。ちらりと見える頬は赤い。

「言わなイ」

「いやだから無理強いはしねえって。けど」

「ウン？」

「そういうの、大事にしろよ」

「……ウン」

気付けば、空が赤く色付き始めていた。

ニックとカランが並んで公園を通り過ぎ、町並みに溶け込んでいく。

伸び切った影法師は種族も輪郭も曖昧になり、黒い二本の線分となって地に落ちる。

そこには、生まれも育ちも違うはずの似た者同士の姿があった。


ニックたちが酒場『海のアネモネ』に戻る頃はすでに営業が始まっている時間だったはずだが、客らしい客が一人もいなかった。

最近は「人攫いが来る」という噂が真実味《しんじつみ》を帯び始め、夜遊びに精を出す人間が減っているのだそうだ。酔っ払った客と店員のあられもない姿があったらカランの目を塞いで逃げようと思っていたニックだったが、肩透かしに終わった。

だがそんな状況は店としてはよろしくないようで、弁護士でありチーママのレッドはあからさまに不機嫌な顔をしている。

「さっさと解決して欲しいのよねぇ。こないだ雨漏修理して店のお金が飛んでったのに、いつまでもお茶挽《ひ》いてらんないのよ」

「それは今までホラ話扱いしてた奴にこそ言ってくれ。そもそもオレたちはただの賞金稼ぎであって、騎士様とかじゃねえし」

レッドのぼやきに、ニックは面倒くさそうに言い返した。

「賞金稼ぎなら悪党を捕まえるのがお仕事でしょ。多少無茶《むちゃ》しても助けてあげるからがんばりなさいよ。ここだって打ち合わせの場所として貸してあげて、席料だって取ってないんだから」

「そりゃ助かる」

なし崩し的に『海のアネモネ』は【サバイバーズ】の拠点になりつつあった。

客席を見れば、ティアーナ、ゼム、キズナ、そしてエイダが大きなテーブルを占領して地図や資料を広げている。

「あ、もちろん何か飲み食いするならお客様扱いよ。何飲む？」

レッドはカウンターに引っ込んで、酒や水を用意し始めた。

人に尋ねておきながらお任せで適当に作るつもりのようだ。

「注文聞いてけよ……まあいいか」

「で、なにか収穫はあったのかい？」

エイダが問いかけた。

「それなりにな」

ニックは、レオンから聞いた話をかいつまんで説明する。

「……なるほど、名前を言い当てれば幻惑の魔術は解けるってわけか」

「とはいえ、犯人捜しが振り出しに戻っちまったがな」

「『マンハント』では手がかりもなにもなかったのかい？」

「特にねえな。オリヴィアって雑誌記者が怪しいんだが……」

「雑誌記者？　なんで？」

エイダが露骨にうさんくさそうな顔をした。

「知らん。ただ、ステッピングマンの話をしたらギルドで大暴れして逃げてった」

「もうそいつの名前を言っちまえばいいんじゃないのかい。悪くない確率だろうさ」

「気楽に言うなよ。大体、名前を呼ぶのだって大変だぞ。向こうだってそろそろ警戒するはずだ。誘拐を防ぐならともかく、向こうが逃げに徹したら追いつけないんだ」

「……なるほど。あの動きについていけないと」

「なんなんだよあれは。体術を極めてるにしたって身軽すぎる」

ニックのぼやきに、ゼムが反応した。

「それで少し気になっていることがあります。エイダさん、質問してもよいですか？」

「なんだい？」

「以前、あなたはステッピングマンと戦ったと仰《おっしゃ》ってましたね」

「ああ。ご覧のザマだけどね」

エイダは骨折した自分の足を指差す。

「それでもたった一人で生きて帰った。あんな人間相手に一対一の戦いが成立してる時点で少々疑問を感じますね」

「疑問？　人聞きの悪いことを言うね」

エイダが不満げにふんと鼻を鳴らすが、ゼムは意に介さず話を続けた。

「奴は気配を完全に消し、更には猫のように身軽です。だがあなたには対抗手段があった。そうでなければおかしい」

「ああ、なるほど、それを知りたいのかい？」

話が飲み込めたのか、にやっとエイダが微笑む。

「いや、大体の見当は付いています。強化魔術ですよね？」

「……なんだ、知ってるんじゃないか」

エイダが、あーあとがっかりした様子でソファーの背もたれにどかりと体重を預けた。

それを見たニックがいぶかしげに呟く。

「……魔術師には見えないんだが」

「当たり前だよ。魔術っていったって大したもんじゃない。あたしが使えるのは四つだけ。《魔力感応》、《感覚強化》、あとは体を軽くする《軽身》とか、逆に重くする《重身》あたりかな。そういう低級の強化魔術さ」

「聞いたことがねえな……ゼムは使えるのか？」

「いえ、僕にはできませんね」

ゼムが首を横に振る。それをエイダが見て微笑んだ。

「神官サマに一つ勝ったみたいで嬉しいねえ。でもよく知っていたもんだ。神官でも知ってる人は少ないってのに」

「ええ。ちょっと別の目的で調べていましたので」

「別の目的？」

ニックが尋ねると、ゼムが、おや、という顔をした。

「忘れましたか？　ニックさんでも使えそうな基礎的な強化魔術を調べてみると、以前言ったじゃありませんか」

「ああ、その話か！　助かる、ゼム」

「気にしないでください。また酒場に付き合ってくれるなら」

「それは考えさせてくれ」

ゼムは「フラれちゃいました」とおどけ、全員から失笑が漏れた。

「ともかく、エイダさんの言った魔術はどれも難易度の低いものです。ニックさんの魔力でも問題なく使えると思います。ただ……効果を受け取るのが難しいんですよね」

「どういう意味だ？」

「いきなり犬や猫みたいに鼻が鋭敏になったとして、唐辛子が五十本くらい入った迷宮チキンが目の前にあったらどうなると思います？」

「……あー」

ニックが納得したように頷く。

が、そこにティアーナが疑問を呈した。

「おかしくない？　他の強化魔術ってそんなことないでしょう。《剛力》とか《堅牢《けんろう》》とか何度か掛けてもらったけど、不便になったことはないわよ」

「それは、問題になりそうなところを上手く調整して出来上がってる……つまるところ安全が保証された完成形の魔術なんです。例えば《剛力》は筋力が強化されても怪我《けが》をしないように調整されてるんですよね。同時に皮膚や骨も強化されて体を保護したり、あるいは強化が行き過ぎないよう効力を限定的に抑えたりしています」

へえ、という感嘆が全員の口から漏れた。

「……ってことは、そのエイダが使ってる魔術はその逆ってことか」

ニックが呟くと、ゼムが頷く。

「ええ。そういう調整がされていない原始的な強化魔術、というわけです。体の動かし方や魔力の細かい調節で手綱を引くしかありません。ただ覚えるだけなら簡単ですが使いこなすのは難しい、というところでしょうか」

ゼムの説明に、エイダがにやりと微笑む。

「魔術ではあってもこいつばかりは技術が重要なんだ。むしろ魔力を注ぎ込めば大怪我するから、魔力をけちるのがコツさ。だから魔術師よりも前衛職の方が覚えやすい」

「それでステッピングマンにも気付いたってわけか」

「ああ。あたしは《感覚強化》を一番に、次に《軽身》を鍛えてる。聴覚、視覚、嗅覚を強くしてるから斥候には便利なんだよ。それにしても……気持ち悪かったねぇ。気配が全然ないのに音や匂いだけならば『誰かがそこにいる』ってわかってる状態でね」

「それでステッピングマンの存在に気付いて、更にあの身軽な動きにも一人で対応できた。そういうわけか」

「ま、ついてくので精一杯だったけどね……」

エイダが悔しそうに吐き捨てる。

だが、ニックとゼムは逆に感心したように身を乗り出した。

「ってことは、ステッピングマンも似たような魔術を使ってるってことなんじゃないのか？」

「僕もそれを確認したかったんですよね。どうですか？」

エイダが二人の問いに頷く。

「そうだと思うよ。間違いなくあれは強化魔術《軽身》だ」

「おお！」

「やはり」

ニックとゼムが嬉しそうに目を見合わせた。少しずつステッピングマンの特徴が解明されていく。

正体不明の怪人などではないという実感は、小さいが確かな一歩だ。

そこに、カランが口を挟んだ。

「オリヴィアもすごく身軽だったし、犯人はオリヴィアってことでいいのカ？」

「確かにあいつの動きもからくりがないと説明がつかねえな……」

ニックが納得しつつあるところで、エイダが首を横に振った。

「いや……流石《さすが》にわからないね。《軽身》を使える奴はそう多くないけど、それだけで特定できるほど少なくもない。門外不出の魔術ってわけじゃないんだ」

「そうでしたか。残念です」

ゼムはそう言いながらも予想していたのか、さほど落胆していなかった。

「では……教えてもらうことはできますか？　ステッピングマンを捕まえるために」

「教えるっていったって……誰にだい？　別に自慢するわけじゃないが、かなり難しいよ？」

「それは……」

ゼムが最後まで言わずにニックを見た。

「オレかよ」

「あなた以外にいないでしょ。せっかくの機会なんだから覚えておきなさいよ」

ティアーナがさも当然のように言う。

「そりゃそうだけどよ。教えてもらえるって前提で話するのはどうなんだ。こういうことは簡単に教えてもらえるわけが」

「いや、構わないよ？」

「あれ？」

エイダはなんでもない口調で告げると、ニックが間抜けな声を漏らした。

「専売特許ってわけでもないしねぇ。あたしだって教えてもらって覚えたのさ」

「教えられたってことは、師匠とかいるんじゃないのか」

「いたよ。でも門外不出とは言われてないし、むしろ適性がある奴は少ないから、気に入った奴がいたら教えてやっていいとも言われてるし」

「そりゃ……ずいぶん奇特な奴がいたもんだな」

エイダの言葉は、ニックの常識とは少しかけ離れていた。冒険者は剣術や武術、魔術、何であれ自分の持つスキルに誇りを持っている。ギルドでの仕事の取り方や迷宮での歩き方といった冒険者としてのノウハウは積極的に味方に教えるが、戦うためのテクニックについてはそう簡単に他人に教えることはまずない。むしろ秘密主義にしている人間の方が多い。

「それより、付け焼き刃でなんとかなるか心配した方がいいんじゃないのかい？　覚えるだけなら一日で済むだろうけど、使いこなすとなったら話は別さ」

「……いや」

エイダの疑問に、ニックが首を横に振る。

「……付け焼き刃で構わねえ。一度か二度、ステッピングマンと同じ高さのところに跳んで移動できるならなんとかなる」

「それで大丈夫なのかい」

「別に、軽業勝負で勝ちたいわけじゃないしな。大事なのは捕まえることだ」

その意味ありげなニックの言葉に、ティアーナがにやっと笑った。

「あなた、まーたえげつないやり方考えてるんでしょ」

「人聞き悪いな!?」

「だって……ねえ？」

ティアーナがゼム、カラン、キズナを順繰りに眺めると三人ともうんうんと頷く。

「全員そう思ってんのかよ！」

「まあまあ、頼りにしてるという話ですよ」

「そうだゾ。別にけなしてるとかじゃなイ」

「なんか釈然としねえな」

しかめっ面のニックの肩をエイダがぽんと叩く。

「なに、冒険者ならそういう奴は一人くらい必要なもんさ」

「こういうときの慰めってのは否定してくれることだと思うんだが」

「あたしゃ知らないよ。それよりも大事なのは、あんたが魔術を覚えることだ。今からあたしのことを先生と呼びな。きっちり揉《も》んでやるよ」

「光栄だよ」

やれやれ、と言わんばかりにニックが肩をすくめた。


次の日。

雲一つない快晴だ。『海のアネモネ』の裏の路地にはロープが張られ、そこに掛けられた洗濯物が風に揺れている。そこでニックは、ならしの体操をしていた。

「うわっ、柔らかいですね!?」

見物していたレイナが驚きの声を上げる。ニックは足をぴんと伸ばして立ったまま上半身を前に曲げ、両手を地面に押しつけていた。立位体前屈の姿勢だ。

「関節が柔らかいと怪我しにくくなるぞ」

「すごいです!」

自慢げなニックの言葉に、レイナが素直な称賛の目を向けた。

「そんなのうちの娘だって得意さ」

「でもニックさんほどじゃないです」

「ちょっとニック。子供相手なんだ、手加減するもんだよ」

「そこで勝ち負けは競ってねえよ！」

エイダはレイナの頭をなでつつ、ニックに露骨に不機嫌そうな顔を向ける。

冗談のつもりだろうが、エイダは意外に過保護だった。顔の造形は年齢を感じさせない不思議な美貌があるが、今の表情はまさに母親そのものだ。

「カランもけっこう体柔らかいよな」

「そうカ？」

トレーニングの補助として呼ばれたカランが首をひねる。

「一緒に冒険してりゃわかる。敏捷性《びんしょうせい》とか柔軟性がなきゃできない動きをしてるだろ」

そうニックが言うと、カランが恥ずかしげにそっぽを向く。

「あ、あんまりじろじろ見るナ」

「おっと、それもそうか」

ニックが失礼だったな、と思って詫《わ》びる。

が、カランはますます不機嫌さと恥ずかしさを帯びた顔でニックを睨む。

「……」

「お、オレ謝っただろ？」

「なんでもなイ」

「ほら、いちゃついてないでやるよ」

そこにエイダがぱんぱんと手を叩いて口を挟んだ。

そろそろ真面目な訓練の時間だ、ニックは顔を引き締める。

「わかってるだろうけど、あたしが使える魔術は四つ。《魔力感応》、《感覚強化》、《軽身》、そして《重身》だけだよ。そのうち《軽身》を集中的にトレーニングする」

「ああ」

「つっても、あたしゃ足を怪我してるからね、あんまり実演はできない。ていうか見てもあんまり意味がない。自分でやって自分で転んで覚えな。それが一番の近道だよ」

「転ぶ前提かよ」

「さあ、教えたとおりに呪文を唱えてみな」

ニックは言われるがまま、呪文を小さく呟いた。

「……《軽身》」

「力を抜くんだ。自分が羽毛や紙切れと思い込みな」

「ああ」

「そう、魔力はそんなに練る必要はない。筋肉からも力を抜く。体の力も魔の力も、必要最低限でいい……まずは一歩踏み出す」

ニックはゆっくりと足を前に出した。

地面がふわふわと頼りない手応えしか返さない。

まるで藁束《わらたば》の上を歩いているようだ。

「転びそうだな、こりゃ」

「転ばないだけ大したもんだ。それじゃ次は、ゆっくりじゃなくて普通に歩いてみな」

「ああ」

自然な足運びでニックは歩く。

その動きは、ニックの慣れ親しんだ歩法だ。古巣のリーダーから習った格闘術はただ単に殴ったり蹴ったりというノウハウに留《とど》まらない。

呼吸の仕方や歩き方、立ち方など、行住坐臥《ぎょうじゅうざが》のすべてに渡って一貫した教えというべきものがあった。体を動かすということを突き詰め、掘り下げ、叩き込まれ、今のニックには自分の五体で魔物さえも圧倒する術が備わっていた。

(懐かしいな……なってねえって言われてケツ蹴られたっけな)

「気を抜くんじゃないよ！」

怒声が飛んできた瞬間に、ニックはバランスを崩していた。

ニックは自分の体重や身長を十全に把握しており、そのために近接格闘の巧者だ。それゆえに自分の体重の変化にはすぐ気付き、自分の感覚を修正した。だが、気を抜くとすぐに違和感に支配される。

「……難しいな」

「さ、もう一回やってみな」

「おうよ」

トレーニングで叱られたことなど、久しぶりだ。

ニックは、自分の修行時代を思い出していた。


ニックの師匠は【武芸百般】のリーダー、アルガス。

修行は決して楽ではなかった。だが優しい男だった。

武術としての武芸百般を身に付けた者は、魔力という才能に頼らず、そして竜人族や獣人族のように天から与えられた頑健さも要らず、ただの人間の力で魔物を屠《ほふ》ることができる。

金を積んで教えを請う者もいるというのに、身寄りのない子供を拾って自分の技術を与えるなど、篤志家と呼ぶに相応《ふさわ》しい行動だ。

そんなアルガスは、天涯孤独となった子供の頃のニックにこう尋ねた。

「お前は背が高くはならねえ。肉も付きにくい。お前の親がそうだった」

両親が盗賊に殺されたが、お前はどうするのか……という話をされると思っていたニックは、話がよくわからないまま頷いた。

「はい」

「長剣には向かん」

「はい」

「槍《やり》を教えてもいいんだが、槍は戦場働きする奴の武器だ。迷宮じゃ使う機会は少ねえ。だが騎士団の下っ端や兵隊になるってんなら悪くない。食いっぱぐれることもねえ」

「騎士団は、考えてません」

「なら、これがいい」

そう言って渡してきたのが、短剣だった。

「自分の手足だと思えよ」

そういえば父も、あまり大仰な武器は持たなかった。

だが決して弱くはなかったとニックは思う。

盗賊を倒したこともあった。

きっと自分にもできるはずだ。

いや、できるようにならなければいけない。

「わかりました」

このとき受け取った短剣は何度となく使い込み、今はもう折れてしまった。

折れてしまった短剣を、後生大事に取っておいてある。

これは今の仲間たちにさえも言っていない秘密だ。

「わかりました、じゃねえ」

「え？」

「わかった、だ。仁義はわきまえろ。だが俺のパーティーに来るならそんな礼儀はいらねえ」

「……なんで？」

「仲間だからだ。仲間ってのは、対等なもんだ。今のお前の立場じゃ対等じゃねえって思うかもしれねえが、だったら対等になれるよう頑張れ。いいな」

そう言ってアルガスは、ニックの頭をわしわしと撫でた。

そのときから三年ほど、ひたすら修行だった。

走った。

体を鍛えた。

関節や体を柔らかくした。

飯を食った。

素手の組み手、短剣の組み手を何度も重ねた。

【武芸百般】の雑用をこなした。

体を鍛えた。

組み手を重ねた。

「体を鍛えろ、だが戦うときは力を抜け」

「漫然と呼吸をするな」

「体を鍛え続けろ」

「鍛錬に終わりはねえ」

「体に叩き込め」

「力むな」

「鍛えろ」

何度となく繰り返された言葉が今も脳裏に、体に、刻まれている。

今でこそ進む道は別れた。

冒険者としてのアルガスと決別したことに、もはや悔いはない。

だが、師匠としてのアルガスは今も尊敬している。

「……これは、びっくりした」

「すごーい！」

カランが脱帽した目で、レイナが純粋な驚きの目で見上げた。

ニックはしばらく無心になり鍛錬を続けた。

修行時代のように、エイダの言葉を頭ではなく体に刻みつけた。

その結果が現れていた。

「半日でそこまで上達するのは、流石にあたしも驚いたよ」

洗濯物を干すロープの上に佇《たたず》むニックを見て、エイダがやれやれと溜め息をつく。

ニックはその場から柔らかく跳ね、ふわりと着地した。

まるで猫科動物のように静かな動きだった。

「いや、まだだ。集中してないと魔術が解ける。斬った張ったしながら維持するのは難しいぞ」

「ずっと使ってる必要はないんだよ。むしろ使ったままだと軽いから吹き飛ばされやすい」

「……細かく使ったり切ったりしなきゃいけねえのか。もっと難しいじゃねえか」

「そのまま訓練を続けりゃできるようになるさ。感覚の変化に慣れるんだ。そうすりゃ戦いながら自由自在に使えるようになる」

「あんたもそうしたわけか」

「そうだよ。この魔術は日常生活のどこだって修行できる。それこそ、何気なく歩いてるときでさえ格好の修行のタイミングだ。あたしもそうやって覚えた」

「訓練あるのみってか……わかりやすくて助かるぜ」

「でもステッピングマンみたいになるにはけっこうな時間がかかるだろうね。ま、あんたには何か考えがあるんだろうけどさ。……さて、今日はここまでだ。あたしも疲れたよ」

「悪いな、病み上がりで」

まったくだよ、とぼやきながらエイダが『海のアネモネ』の裏口から店の中に入った。まだ怪我は完治していないが用心棒のつもりのようだ。店番の男に変な客は来ていないか尋ねている。

「ニック」

呼ばれた方から濡《ぬ》れたタオルが飛んできた。ニックは避けもせず、ばさりとそのまま頭でかぶるように受け取る。火照《ほて》った体がほどよく冷える心地よさが皮膚に伝わる。

「おう、サンキュ」

「すごいナ。ステッピングマンみたいダ」

「いや、まだまだだ。戦ってる最中に自由自在に使えるのはけっこうやべーな。ありゃ手練《てだ》れだ」

「でも、無敵じゃないイ」

「そうだな」

どんなに強みがあろうとも負けるときは負ける。それは自分だけが陥る罠《わな》ではない。敵もまた同じ可能性を抱いている。人間が非力であるということは必ずしも絶望の言葉ではなかった。

「カランも覚えてみるか？」

「うーん……竜人族とか獣人族とか、体が頑丈な種族は覚えにくいって言ってタ。ワタシはワタシの技を鍛えル」

ニックが訓練している間、カランはレイナと一緒に過ごしていた。レイナを肩車してロープの上を歩くニックに手を振らせたり、レイナと共に店で使う料理の下ごしらえを手伝ったり、意外なほどに面倒見のよい姿を見せていた。

「けっこう子供好きなんだな」

「……変カ？」

「いや、変って言ってるわけじゃねえよ。いいじゃねえか」

照れるカランを笑いながら眺め、タオルで汗を拭う。久しぶりにいい汗をかいたとニックは感じる。無心になっての鍛錬は、決して嫌いではなかった。

「素直な子だナ」

「ま、ちょっと無鉄砲だがな。珍しく純朴っつーかなんつーか」

「……このあたりの子供は、ズレてル。ちょっと怖イ」

「抜け目ねえんだよなぁ。スリも多いし」

この近辺には働く子供が多い。

酒場や商店に奉公する子供もいれば、冒険者の荷物持ちや人足になる子供もいる。だが子供であるがゆえに稼ぎは少ない。それゆえか、手癖の悪い子供は少なくない。

だが、何かを盗むという行為は実践でしか技量を磨くことはできない。少ない実践だけで上達する才能に恵まれた者と、才能に恵まれない者に分かれる。才能に恵まれつつも心が受け入れない者もいるし、才能がないにもかかわらず盗むという行為に魅了された子もいる。

これが、ステッピングマンの行動が今まで露見しにくかった理由の一つだ。ステッピングマンがなにかしなくても、超えてはいけない一線を自分から超えてしまう子はここでは珍しくない。

だがそんな環境の繁華街において、レイナは少々猪突猛進《ちょとつもうしん》ながらも純朴な性格のままだ。母の素行の悪さに頭を悩ませつつも、愛と庇護《ひご》を疑うことはない。

「ゼムも難儀だな。こういう子供でも体が固まっちまうんだから」

「それは、うん……仕方なイ」

「そうだな」

いつか治るといい……とニックは思いつつも、ゼムは少女や幼女にも恐らく相当モテる。恐らく今後も余計なトラブルがゼムの人生に降りかかるだろう。

今のゼムのトラウマは、ゼム自身の身を守っているのかもしれない。恐らくカランも似たようなことを考えているのか、ニックと似たような苦笑を浮かべていた。

「……ゼムさまのこと、ごめんなさい」

「おっと、聞こえちまってたか」

ふと気付くと、背後にレイナがいた。

「わたし、なんにも知らないのに迷惑かけちゃいました」

「あー……」

「本当はゼムさまに直接謝りたいんですけど、そうするとかえって迷惑かかっちゃうと思って」

「それで最近、姿を見せなかったのか」

レイナがこくりと頷いた。

確かにレイナからは、それまでの猪突猛進ぶりが見られなかった。

「伝えとくよ。あいつも別に責めちゃいない。体質的に問題あるだけでな」

「はい」

「ただ子供だけで冒険しようとしたところは気にしてくれ」

ニックがそう語りかけたが、レイナはどこか逡巡《しゅんじゅん》している様子だった。

「友達が心配か？」

「……はい」

「人任せにしたくないって気持ちはわかる。正直、信用できねえ奴が多い。誘拐犯がいてもホラ話と笑う奴はいるし、フラれた腹いせに嘘《うそ》ついて罪を着せる奴もいる。バクチでイカサマする奴もいるし、男を騙《だま》して貢がせる奴だっている」

「悪い大人ってたくさんいるんですね」

「おう、あんまり迂闊《うかつ》に大人を信用すんなよ」

そのやりとりに、ぷっとカランが吹き出す。

「どっかで聞いた話だナ」

「そうだ。全部本当の話だからな」

茶化したようなニックの話に、レイナは真剣に頷いた。

「……任せるしかないって、本当はわかってます。でもなにもできないのがイヤで……」

「あいつも言ってただろう。大人になってから借りを返せって」

「言ってました」

「誰が信用できて誰が信用できねえのか、そういうのがわかってきたら冒険者目指すなりなんなり好きにしな」

「……はい」

レイナは、静かにニックの話に聞き入っていた。

寂しそうな顔をしている。自分が関わるべきではないということを、思い知ってしまったのだろう。

「ちょっとレイナ。手伝っておくれ。洗濯物が飛んでいっちまったよ」

「あ、はーい！」

レイナは、母に呼ばれると嬉しそうに立ち上がった。

母と子が仲睦まじく洗濯物を取り込んでいるのを見て、ニックは不思議な感傷を覚えた。

「あんたらもだよ！」

「おう、すまんすまん」

そんな感傷を、エイダの声が打ち切る。

慌ただしくニックとカランも、風で飛ばされた洗濯物を追いかけていった。

ステッピングマンの行方

ニックたちが特訓をしていた頃、ゼムたちは着実に情報を収集していた。

当初ニックは、エイダの集めた情報以上になにかを調べるのは難しいだろうと考えており、あまり期待はしていなかったが、ゼムは自信ありげな微笑を浮かべてニックに成果を披露した。

「レッドさんが前に、雨漏りの修理をしたと仰《おっしゃ》ってたでしょう？　そこでふと思ったんです。いくら身軽であるといっても、建物の屋根や柱などを跳んだり跳ねたりしてまったく被害がないというのも考えにくい、と」

ゼムは相変わらず奇妙なまでに顔が広かった。

酒場《キャバクラ》の女を通して大工や修繕業者に話を聞き、何気ない世間話を重ねながら最近屋根の修理や雨漏りがないかなどを尋ね回った。

ニックは他の冒険者よりも世知に長《た》けており、『マンハント』でも通用するという自信があったが、この情報収集能力においてはゼムには勝てないと素直に感じていた。

「お前こそ名探偵だよ」

「名探偵？」

「なんだか行く先々で殺人事件が起きそうじゃの」

こうしてゼムは、浮かび上がった推測を証明するためニックとキズナを連れてある場所へ出かけていた。

「屋根の破損があった建物を調べて地図上に印を付けた結果、ここに近くなればなるほど被害が出ているることがわかりました」

「まあ……不思議じゃねえな。隠れ家にはうってつけだ」

そこは、【サバイバーズ】が以前にも訪れた建設放棄区域《ガーベージコレクション》の入り口があった。相も変わらず落書きだらけで、汚らしくもけばけばしい雰囲気を放っている。

「今日はお嬢ちゃんたちはいねえのか。華がねえな」

「ナンパはやめとけ、火傷《やけど》するぞ」

今回、カランとティアーナは同行していない。今回は捕り物ではなくただの調査であり、人海戦術をしても逆効果と判断したためだ。

ニックは駄賃を払って前回同様に入場しようとしたところ、門番から話し掛けられた。

「ああ、ナルガーヴァ先生には手を出すなよ」

「わかってる。前も聞いたぞ」

「前よりも重要なんだよ。悪い風邪が流行《はや》ってて、先生がその治療をしてるからな」

「風邪？　ともかくわかった」

ニックは曖昧に頷《うなず》いて建設放棄区域《ガーベージコレクション》の中を進もうとするが、そこでゼムがふと立ち止まった。

「どうした、ゼム？」

「悪い風邪、と言ってましたね」

「そうだな。気になるか？」

「ニックさんは、あのナルガーヴァさんの所属していた神殿を覚えてますか？」

「いや……なんっていったっけ」

「ローウェル神殿と言っておったのう」

キズナが答えると、ニックは訝《いぶか》しげな顔をした。

「……あれ、ローウェルの神官がこんなところで奉仕活動か？　妙だな」

「その通り。普通、こうした場所で奉仕活動するのはベーアの神官が多いものです」

この大陸において信仰される神は四柱。

天啓神メドラー。豊穣《ほうじょう》神ベーア。均衡神ヴィルジニ。邂逅《かいこう》神ローウェル。

この神々が永劫《えいごう》の不毛の地を耕し、生命が活動できる豊かな土地を育んだとされている。四柱は平等であり、序列はない。共に大地に生きる人を癒やし、守るという善なる神の性格を持つ。

そのためか神官はどの神に仕えていようが、薬学、医学、治癒魔術を求められる。

だがその一方で、それぞれの神が別個に司《つかさど》っている価値観や概念がある。

天啓神メドラーは知恵や勉学の重要さを説いている。

そのためメドラー神殿では貧民向けの学校や養護院が併設されていることが多い。また、司書や学芸員などの多くがメドラー神殿に所属している。ゼムもこのメドラー神殿の出身である。

豊穣神ベーアは農業や牧畜を重んじている。

そのためベーア神殿は食料供給に関する知識が豊富であり、常に何かしらの飢饉《ききん》対策をしている。貧民街で炊き出しを行っているのは、大体ベーア神殿の神官かその関係者だ。

均衡神ヴィルジニは秩序を重んじている。

ヴィルジニ神殿は盗賊や魔物に襲われた人間の救済を自分らの使命と捉えている。ヴィルジニを信仰する人間は騎士団員や軍人などが多く、四つの神殿の中でもっとも武闘派だ。

そして邂逅神ローウェルが司るのは、人と人の出会いだ。

ローウェル神殿では戦争の際に講和や和睦を仲介したり、契約や約束事が正しく行われているかを見守るなど、重要だが庶民にはあまり縁のない部分を守護している。結婚の奨励や産婆、産科医の育成といった活動も重要視しているが、これは他の神殿も行っていることだった。

つまり邂逅神ローウェルの神官は、他の神殿よりもちょっとだけハイソである。

外交官や高級商人とつるんでいることが多く、お高くとまってやがるというのが一般庶民の認識だった。

ナルガーヴァは、そんな邂逅神ローウェルの元神官だという。

「あの門番は邪魔をするなと言っていましたが、少々気になります」

「元神官の目から見ておかしいのか？」

「ええ。あまり人のことは言えませんがね」

「……あのおっさんを見て、思うところでもあったのか？」

ニックが恐る恐る尋ねた。

「ええ、ナルガーヴァさんは興味深い。……といっても、実利的な部分での興味が大きいですが」

「そうなのか？　てっきり……」

と、ニックは言いかけて口を噤《つぐ》んだ。

失礼なことを口走りそうになるのを自制した。

「てっきり、同類と感じただろう……とか？」

が、ゼムがその言葉を先んじて呟《つぶや》いた。

「お前も人が悪いな」

「はは、すみません」

だがゼムは、口元に微笑《ほほえ》みを浮かべたままだ。

「ステッピングマンのことを知ってるとも考えにくいですが、ここが怪しいということ以外の手がかりもありませんし、職業上知っていることも多いと思います」

「そうだな。つーか話が通じそうな人間がそもそも少ねえしな」

「会いに行くのは少々大変ですけどね」

「ふふん、我がいれば大丈夫じゃ。大船に乗った気でいるがよい」

ゼムの苦笑に、キズナが自信ありげに胸を張った。しょうもないことを言って……と言いたいところだが、事実、頼りになる存在だとニックは思う。

「次はこっちじゃな」

「狭い道ですね……誰か潜んでたりしてませんか？」

「潜んでおる」

そのキズナの言葉を聞いて、二人とも警戒心を高めた。

「おっと、落ち着くがよい。潜んでいるといっても、通路に毛布をかぶって寝ているだけじゃ」

「驚かすなよ」

「じゃが……」

「何か気になることでも？」

「呼吸が浅い。微熱がある。吐瀉物《としゃぶつ》の匂いもするの」

その言葉を聞いて、ゼムの顔が引き締まった。

「他に目立つ症状は？」

「また吐きそうな雰囲気じゃの」

キズナがそこまで言いかけたあたりで、ゼムが足を踏み出した。

「おい、ゼム！」

ニックの制止に振り向きもせずにゼムが答えた。

「ニックさん。あまり近くのものに触らないように。口はハンカチで覆っておいてください。余計なものを吸い込まない方がいいでしょう」

「それはいいんだけどよ……」

ニックが返事を言い切る前にゼムも布で口元を覆っていた。

ずんずんとゼムが歩いた先にはキズナの言う通り、寝ている男がいた。しかしその表現には少々の語弊があった。これは「倒れている」と表現するべき有様だ。

「な、なんだお前ら……」

「目を見せて」

ゼムは答えを待たずに男の頭を押さえて目を開かせた。目の充血具合を確かめている。

「やはり」

「……もしかして」

「黄鬼病ですね」

ゼムの言葉に、ニックよりも男の方が驚いていた。

「やっぱそうか……妙にだるいと思ったんだ。娼館《しょうかん》にも行ってねえんだがな」

「汗やくしゃみに含まれる唾液、あるいは血によって感染することもありますよ」

「血？　喧嘩《けんか》だって最近はしてねえし女だって抱いてねえ……。つーか……誰だ、お前」

いかつい顔をしている割に、妙に舌っ足らずだ。意識が朦朧《もうろう》としている。

ゼムは男の問いかけには答えず、自分の問いをぶつけ続けた。

「体のだるさは続いてますか？　関節は痛む？」

「昨日くらいから……。今日はどっちもマシになったな」

「ならば大丈夫でしょう。ですが……もう少しまともな場所で寝なさい。吐くときはトイレに行くか、ボウルか何かに出すようにしましょう」

ゼムはそう言いながら、男に自分の持ってきた水筒の水を飲ませた。

「げふっ……す、すまねえな」

「ナルガーヴァさんには頼らないんですか？」

「……順番待ちだよ。あのおっさんは誰が来ようが気にしねえが、派閥の上の奴《やつ》や腕っ節のある奴が来たら普通は逆らえねえ。譲るしかねえんだ」

「なるほど」

「気ぃ付けてたのにな……くそっ」

男が毒づく。

その言葉に、ゼムが妙な顔をする。

「気をつけてる？」

「そりゃそうだ。ここ一、二ヶ月くらいは妙に多くって、怖くて女遊びもできやしねえ。ま、そうそう死にゃしねえし最近はナルガーヴァ先生が診てくれるからマシにはなったんだが」

「蔓延《まんえん》してるわけですか……」

「ま、そうそう死ぬ病気でもねえ。我慢するしかねえや」

ゼムは男の話を聞きつつ、顎に手を当てて考え込む。

「……その通り、そうそう死なない。逆に言えば、たまに死ぬ」

「お、おっかねえこと言うなよ」

「きみは大丈夫ですよ。少し痩せていますが十分に体は出来上がっている。発熱も恐らく昨日がピークで下がりつつある。違いますか？」

ほとんど的中しているのだろう、男はゼムに驚きつつも頷いた。

「当たってる……」

「だが、そうではない人間もいるはずです」

男はゼムの言葉を聞いて、苦虫を噛《か》み潰《つぶ》したような顔をした。

「……言わせるなよ。子供やジジイなんかは仕方ねえだろ」

「その人たちはどうなりました？」

「どうなったって……多分、死んじまっただろ。死体は一応、共同墓地に運ばれちゃいるがよ」

男は吐き捨てるように言った。

気持ちよく話せるようなものではないのはゼムもわかっている。

「詳しく教えてもらえますか？」

だが、それこそまさに、掘り下げなければならない話であった。

ニックたちの目的はステッピングマンだが、それに付随して調べるべきことがある。

ステッピングマンが攫《さら》った子供が、どこへ行ったのか。ここに、攫われた子供の痕跡はあるのか。生きているのか、死んでいるのか。

仮に死んだとして、その死体はどこにあるのか。

「ニックさん。ナルガーヴァさんのところに行った後は……」

「墓地を調べたいってんだろ。わかった」

ゼムとニックが、真剣な面持ちで頷き合った。


そして、ナルガーヴァの診療室に辿《たど》り着《つ》いた。

閨《ねや》や他のフロアとは違い、清潔感がある。落書きも、床に放置されたゴミや汚物もない。そもそもの建物としての汚さだけは消しきれないが、診療所としての体裁は整えられている。

「患者……ではなさそうじゃな」

ナルガーヴァがゼムたちの来室に気付くと、さほど面白くもなさそうな声で出迎えた。

「患者でなければ駄目ですか？」

「儂《わし》が勝手にこの部屋を使っているだけで誰のものでもない。診療の邪魔をしなければ構わんよ」

ゼムの言葉に、ナルガーヴァは邪険にするでも歓迎するでもない言葉を返した。

一貫して無関心だ。

「……繁盛していますね」

ゼムが周囲を眺めながら呟いた。そこには黄鬼病らしき病人もいれば、普通の怪我人《けがにん》もいた。彼らは床に座っていたり、起き上がれずに寝転がっていたりと、さながら野戦病院のような気配だ。

「皮肉か？」

「失敬、そういうつもりではなかったのですが……」

「皮肉を言われても仕方ない。こんな場所だからな」

「しかし、ここが治療室ですか……。闇よりは落ち着いていますね」

「当たり前じゃ」

「全員に治療を？」

「治療というほどの治療ではないがな。魔術にも薬にも限りがある」

「手伝いましょう。軽い外傷ならば僕でも治せます」

そう言って、ゼムは腕をまくった。

「おいゼム」

「大丈夫です、ニックさん」

ニックのみならず、患者たちも驚いてどよめいた。

医者が二人もいるなど、今までなかったことなのだろう。

「ところで、黄鬼病が流行っているようですね」

ゼムは話をしながら、怪我人に治癒魔術を唱え始めた。

傷口が塞がっていくのを目の当たりにした怪我人は喜びの声を上げる。

「黄鬼病は判別の難しい病気です。僕は症状がピークになっているか、症状を出し切った患者くらいしかわかりません。あのときのヘイルのように、潜伏してる状態や悪化する前に判別するのは……六割くらいの確率でしょうか」

「それだけわかるなら十分に達者な方じゃろう」

「あなた程ではありません。何かコツは？」

「前にも言ったはずじゃ。経験しかない」

「端的ですね」

「言葉で説明し切れるならば苦労はしない」

「ここにいれば患者には困りませんでしょうね」

「そうじゃな」

「……ずっと、治療を続けるつもりで？」

「言葉で説明できるようになるまでじゃ」

「言葉に？」

「どうすれば黄鬼病が治るのか。どうすれば重くなる前に発見できるのか。そもそも罹《かか》る前に発見できるのか。それらを見つけようとして儂が今まで培った経験や直感を、誰にでも再現できる技術に落とし込むことはできるのか」

それは、希望に溢《あふ》れた言葉だ。

黄鬼病は必ずしも致死の病気ではない。だが体の弱った人間が集まる場所で蔓延したら数多くの死者が出る。ナルガーヴァの言葉が実現するならば、目に見えて死者の数は減るだろう。

だが、その言葉を呟くナルガーヴァの表情は、疲労に満ち満ちていた。

「……素晴らしいかと。しかし、何故《なぜ》黄鬼病にこだわるのです？」

「つまらん話じゃぞ」

ナルガーヴァは小さく溜《た》め息《いき》をついてから、おもむろに話を始めた。

「……儂は王都のローウェル神殿の上級神官じゃった」

「上級神官!?」

上級神官は、過去のゼムの一つ上の位階だ。ゼムがいたメドラー神殿、ナルガーヴァがいたローウェル神殿。そして残る二柱、ベーア神とヴィルジニ神を祀《まつ》る神殿も、上級・中級・下級と同じ序列を使用している。

だが、王都のローウェル神殿ともなれば大きな権勢を誇っており、高位貴族に比肩するほどだ。辺境の中級神官とは雲泥の差だった。

「それがなぜ……」

「娘が死んだ。黄鬼病じゃ」

ゼムは、その言葉になにも言わなかった。

黄鬼病は性感染が多い。この病気に子供が罹るということは、乱暴されたと見なされる。

「利発で、才気に溢れ……じゃが悪戯《いたずら》が大好きで、いくつになっても茶目《ちゃめ》っ気《け》の抜けない子じゃった。だから厳しく接した。……しかしあるとき、家を抜け出してな」

ゼムは、なにも言わなかった。その後の悲惨な展開を想像したからだ。

だがナルガーヴァは、小さく首を横に振った。

「乱暴されたわけではない。たまたま出くわした怪我人を治そうとして、血に触れた」

「あ、いや……」

「そう思うのも無理はなかろう。事実、周囲からは恥と扱われる」

言葉は静かだ。

だがナルガーヴァの手は、固く握られている。

言い知れない怒りの気配を、ゼムは敏感に感じ取った。

「儂は……娘の醜聞を撤回させるために湯水の如く金を使ったよ。じゃが、何をしても逆効果じゃった。結局は子を守れなかった親という悪評が広まり、便宜を図ってやった商人からは裏切られ、好機と見た他の神官に追い落とされ……最後には破門じゃ。儂にはもはや守るものなど何もない。命を長らえる気もない。じゃが」

心残りがある。

聞こえるか聞こえないかという程度の、かすれた声でナルガーヴァは呟いた。

「……それで、黄鬼病の治療を」

「まあ、それだけではないがの」

「いや、感服しました。自分の未熟さが身にしみる思いです」

「賛辞などいらん」

「本気なんですけどね……。僕が破門されたのは、僕が未熟であったためでした」

「戒律を破ったのか？」

「破ってはいません……と言っても、信用はされないでしょうね」

「戒律を破った者は決まって、本当は違うと言うものじゃからな」

「でしょうね」

ゼムは苦笑いをしながらも、話を続けた。

だが治療の手を止めず、患者たちもゼムたちの会話に混ざることなく静かにしている。

「年端もいかない少女に、乱暴されたと言いふらされました。ただの悪戯であればよかったのですが、それを利用して妬まれた同僚に捕まり、あれよあれよという間に少女を乱暴した悪党扱いされて投獄され、最後には破門されました」

「……そうか」

「その後は色々ありましてね。戒律など気にせず自由気ままにやらせてもらっております。酒も飲みますし女遊びも少々」

「やるじゃやねえか、神官さんよ」

「いい女紹介してやろうか」

「馴染《なじ》みの女性はいますので、ご心配なく」

げらげらと患者たちが下卑《げび》た冗談を飛ばすが、ゼムは涼しい顔でそれを受け流す。

「恨みはないのか」

「おや、信じるんですか？」

「嘘《うそ》か誠かは知らぬ。だがどちらにせよ、自分を追い込んだ人間には穏やかではいられまい」

「恨んでますよ。似たような背格好の少女を見ると胸がかきむしられるような気持ちです。目の前に当人がいたらどうなるか、自分でもわかりませんよ」

「子供を罰したいと思うか？」

「罰、ですか。いえ、そういう意味であれば彼女はきっと受けている」

「受けている？　嘘が暴かれたのか？」

「いいえ」

ゼムが、静かに首を横に振った。

「罪をなし、しかし今や暴かれない者は一生秘密を抱えなければならない。もはやまともな人の道には戻れないでしょう。懺悔《ざんげ》して罪を告白し、過去を清算する以外に歪《ゆが》みを直す手段などない。僕はそう思います」

「悪をなしながら幸福を謳歌《おうか》する者はおらぬと？」

「……少し前に、賞金稼ぎの真似事《まねごと》をしました。三人の詐欺師のグループを捕らえましたが、全員どこか刹那的で退廃的で、心の安寧を得ているようにはとても見えませんでした」

「それは、結局捕まえられたからそう見えただけではないか？」

「どうでしょう。捕まえる前から彼らには憐憫《れんびん》を感じていましたよ。虚勢を張り、開き直り、卑怯《ひきょう》と無法を自分の流儀と思い込む。間違いなく彼らは弱者でした。僕を陥れた少女も、いずれその弱さの報いを受ける」

「それは罰とは呼べぬ」

「人ならぬ身の存在、あるいは運命が、人に与える責め。それは罰と呼べるのでは」

ゼムの言葉に、患者たちが静かに聞き入っていた。まるで我が事のように。

だがナルガーヴァだけは様子が異なり、柔らかい表情を浮かべていた。

「……では少し表現を置き換えよう。復讐《ふくしゅう》したいとは思わぬのか？」

そのナルガーヴァの声には、普段の乾ききった無関心はなかった。

恐らく患者たちも、こんなナルガーヴァの声を聞いたことなどなかったのだろう。ひとさじの気まずさが混ざった沈黙が診療室に満ちた。

「復讐、ですか」

「嘘を暴き、嘘を信じた民衆を嘲笑し、味わった苦痛の倍の責め苦を与えたいとは思わぬのか？」

まるで祖父が孫に語りかけるような、優しい声色。

蜜を溶かしたような粘度の誘い。

「……夜に一人で寝ていると悪夢を見ます。朝起きて誰もそこにいないのではないかと恐怖に駆られる。僕に苦痛を与えた者がきっと何不自由なく誰かと言葉を交わし愛を囁《ささや》いてると思うと首を吊《つ》りたくなります」

「では、復讐を願う？」

「いえ、一人で寝なければ大丈夫ですので。娼館《ソープ》に行きます。女性はよい。これこそ僕が苦痛の果てに得た悟りです」

その言葉に、全員が呆気《あっけ》に取られた。

そして数秒後、爆笑が起こった。

「なっ……なんだそりゃ……！」

「女がいいだなんて今更気付いたのかよ！　俺たちゃガキの頃に気付いてたぜ……あっはっは！」

「そこまで真面目くさって言うことかよ……！　あ、いてっ……脇腹に響く……！」

ナルガーヴァは「なんなんだこいつ」という目でゼムを見ていた。

人生の苦難を味わったナルガーヴァでさえ、ゼムを測りかねていた。

自分の困惑を振り払うように、ナルガーヴァが咳払《せきばら》いをした。

「怪我人は静かにしておれ。それより本題はなんじゃ。【サバイバーズ】とか言ったな？」

「おや、ご存じで？」

「ご存じもなにも、ヘイルを捕らえておいて名前を知られないとでも思ったか」

ナルガーヴァの皮肉をゼムは微笑でかわす。そこに、ニックが単刀直入に話を切り出した。

「ステッピングマンを探してる」

「ステッピングマン？」

「夜な夜な街を飛び跳ねて子供を誘拐する野郎だ。この建設放棄区域《ガーベージコレクション》を拠点にしてるかもしれねえ。心当たりはあるか？」

「知らぬ名だ。おぬしらはどうだ？」

ナルガーヴァが患者たちに問いかけたが、全員首を横に振った。

「土属性の魔術と体術に長けていて、そこらの冒険者じゃ太刀打ちできない腕前だ。魔力を込めると自在に動くような鎖を使う。顔はわからねえ。外見や印象を誤魔化《ごまか》す魔道具を使っている」

「顔がわからんのではなんとも言えんな。体術だけならば儂も心得くらいのものはある。儂以外にも腕自慢は多かろう。案外この部屋にいるのかもしれぬし、儂の目から見ればそこまで情報を摑《つか》んでるおぬしらも十分怪しい」

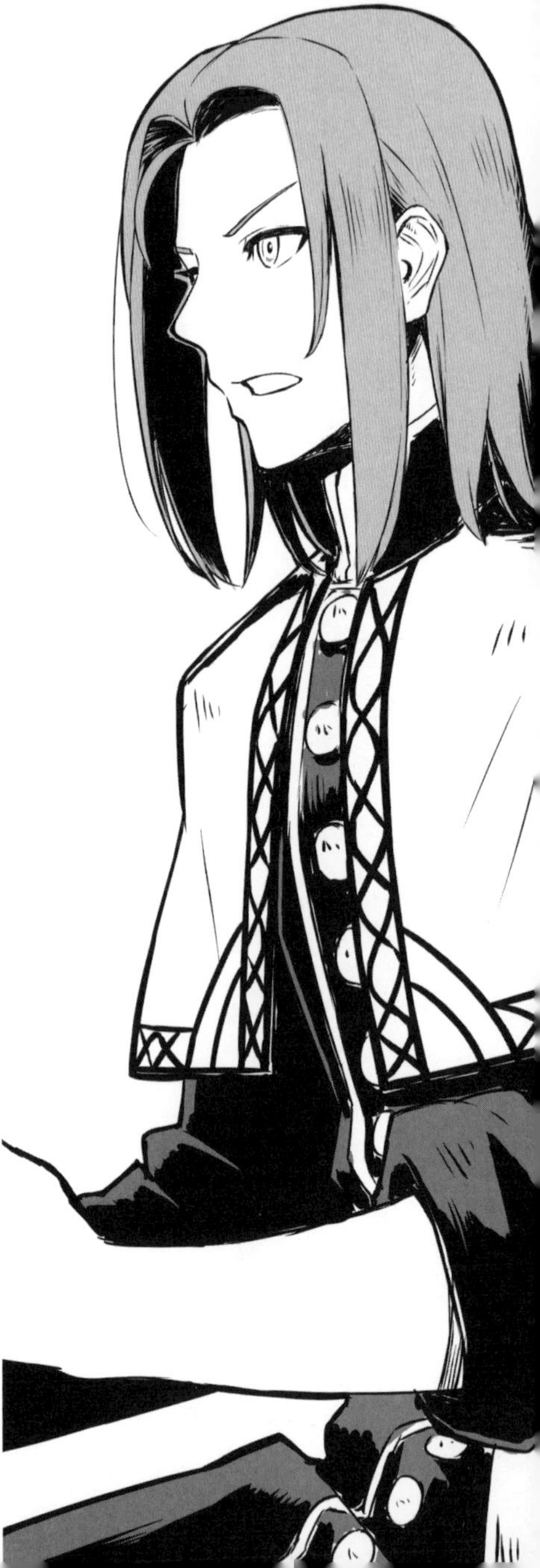

「そういうわけですね。八方塞がりで困っています」

「厄介事が増えるのは困るのう」

ナルガーヴァは溜め息混じりに呟く。

ゼムが再び口を挟んだ。

「そういえば、ここに子供はいないのですか？」

「幼い子供はこんな場所に出入りはせぬよ。救貧院のようなものは迷宮都市にもある。そこにさえおられぬような子供であれば受け入れはするが」

「あまり、納得した風でもないですね」

「子供がこんなところに出入りして病にでも罹ったらどうする」

そこには、本物の憤怒があった。

先程のナルガーヴァの話が真実であれば、もはや信念に近い怒りであろうとニックは思った。

「……それを思えば、ステッピングマンという男の所業は許せんな。外の法や理屈はもちろん、ここでの仁義にさえ反する。なにかわかれば教えよう」

「よいのですか？」

「そのかわり、少し手伝っていけ。今いる患者が片付くまででよい」

「それはまた」

ゼムが苦笑した。

そこらにたむろっている患者たちだけならばともかく、診療室の外の廊下で転がっている人々を加えれば五十人近くにはなるだろう。

「ま、乗りかかった船です。上手《うま》く使われた気もしますが」

「おもしれえ先生だな。あんた、ナルガーヴァ先生の助手になれよ」

「僕は冒険者の方が性に合ってましてね」

そう言いながらも、ゼムは積極的に治療を始めた。

ニックとキズナの二人も、ゼムの指示を聞いて手伝いを始める。

「外傷の患者の方を頼む。儂は風邪や黄鬼病の方を診る」

「はい」

治療の手伝いは、思ったほど時間は掛からなかった。簡単な治癒魔術でどうにかなる者と、この場では応急処置以上のことはできない者がほとんどだった。

すべての患者の処置を済ませて片付けを始めたあたりで、ゼムは唐突に質問を投げかけた。

「子供はお好きですか？」

ナルガーヴァは目を瞑《つぶ》り、静かに答えた。

「……娘のことは、愛していたよ」

ナルガーヴァの診療室を後にしたニックたちは、建設放棄区域《ガーベージコレクション》内の更に奥へと向かった。

「……なんだってこんな辛気くさい場所に用があるんだ？」

ボロをまとった気弱そうな男が、いぶかしげな声を上げた。

元々ここはゴミを燃やすための処分場になる予定だったらしいが、その設計思想とは反してナルガーヴァの診療室よりも清らかであった。広々としていて、他の場所のような落書きさえもない。だというのに、ここを根城とする者はいない。

それもそのはずで、ここは、ここに暮らす人々のための共同墓地であり、死体安置所だ。建設放棄区域《ガーベージコレクション》の住人たちの心にわずかに残った善意だけで何とか管理されている場所だった。

「案内くらいはいいじゃねえか。あんたここの墓守なんだろう？」

「見せびらかすもんじゃねえ。幽霊だって迷惑だろうさ」

愚痴を呟く男に、キズナがあどけない顔で答えた。

「幽霊とは魔物の一種じゃぞ？　魔力が渦巻く場所でない限り、どんなにおどろおどろしい墓場であっても幽霊は出ぬのじゃ。知らぬのか？」

キズナの説明に、男は舌打ちを我慢しているような引きつった顔で頷く。

「そういうことじゃねえ、罰当たりな真似をするならやめてくれって話だ」

「ああ、それはもちろんだ。誓うよ」

「そういう心がけはよいことかと。僕も誓います」

「よかろう。誓うとも」

ニックたちが一緒にいる男は、墓守だった。

墓守といっても、どこかの神殿に併設された正式な霊園などとは環境が違う。墓も、木や石を積んだだけの粗末なものばかりだ。

男は住民からわずかな駄賃をもらって埋葬の手伝いをしたり、迷い込んだカラスや野良犬を追い払ったり、火葬が済むまでの死体の管理を請け負っていた。

「ともかく、死んだ子供の墓はここだよ」

「あれだけなのか？」

男が指差した先には、人間の腰ほどの高さの大きな石が置かれているだけだった。

「名前も知らねえ子供は、まとめて《浄火》を頼んで同じ墓に入れることになってる……まあ、可哀想《かわいそう》とは思うんだがな」

どうしようもねえ、と耳に届くか届かないかという程度の声で墓守が呟いた。

《浄火》とは、鉄の棺に入れられた死体を焼いて骨のみにする魔術だ。そのまま死体を土に埋めれば土が穢《けが》れるとされているため、死体を焼いて骨にしなければならない。

時間と魔力の両方が必要なために一度にまとめてやる方が遥《はる》かに効率的だが、通常の葬儀に際して他の死体とまとめても構わないという死者の縁者はまずいない。多少の金を積んでも死んだ人間一人のための葬儀を執り行うものだからだ。

まとめることがあるとすれば、疫病や天災、戦乱などで多くの人間が一度に亡くなってしまったときか、あるいは引き取り手のない死人であるかのどちらかだ。

「最近死んだ子供もいてな。まだ《浄火》ができてねえんだよ……嫌だねぇ貧乏ってのは」

墓守の言葉に、ニックたちが反応した。手がかりがあるかもしれない、という手応えを感じる。

もっとも場所が場所なので、ニックは喜びが顔に出ないよう表情を引き締めた。

「そうですか。では、取っておいてください」

ゼムは、財布から金貨を出して男に放り投げる。

しかし墓守は逆に、困ったような顔をした。

「……ここの住人じゃねえ奴にもらう理由はねえんだけどな」

「む、喜捨のようなものは受け付けてないんですか？」

「金ぁ欲しいさ。けどそういうことされると、他の連中がここに金を出さなくなっちまう。メシの炊き出しや治療なんかはありがてえが、墓場や死体の処理ばっかりはこれから先もずっとここにいる人間でやんなきゃいけねえんだ。これだけは甘やかされちゃ困る」

「それも世知辛えな」

ニックがなんとも微妙な表情を浮かべる。

「まあ、最近はナルガーヴァ先生が魔道具を貸してくれて助かってるんだがな」

「魔道具？」

「《冷風》の魔道具さ。暑い日にそのまま死体を置いとくと腐っちまうだろう。だから空気を冷やしとくんだよ。とはいえ、さっさと《浄火》しなきゃいけねえことには変わらねえんだが」

「篤志家だな」

ニックが、感心したように頷いた。

「先生みたいにここに住んでるなら遠慮なく頼らせてもらうさ。ここにいる限り援助は期待できるし、逆に俺が、治療中に死んじまった奴の死体を処理することもある。もちつもたれつさ。けど、外の人間からはそういうわけにもいかねえ。そういうサイクルを壊したら、建設放棄区域《ガーベージコレクション》は成り立たねえんだよ」

「失礼、余計なお世話でしたね」

ゼムが詫《わ》びる。

しかし墓守は金貨の輝きに目を奪われていた。

「……しっかし、金貨ってのはいいねぇ。けちな硬貨とは輝きが違う」

墓守は名残惜しそうに金貨を撫《な》でつつ、ゼムに投げ返した。

高潔さと現金さの入り交じった不思議な男だ。

墓守とはそういうものなのだろうかと、ニックは感心した。

「……一つ聞きたいが、その最近死んだ子はここの住人だったのか？」

「だと思うぜ。身元はわからねえが。ああ、一応ちゃんと騎士団に届けを出して、調べてもらって、その上での身元不明ってことだ。あんたらが言う、ステッピングマンが始末に困った死体を捨ててるってこたぁないと思うがな」

「当てが外れたようですね」

「だな」

ニックとゼムが落胆しつつ頷いた。

「しかしここに来たのも一つの縁です。確認を兼ねて、祈りを捧《ささ》げていこうと思います。元神官ではありますが心得はありますので」

「まあ、構わねえが……あんたら冒険者か賞金稼ぎだろ？　何の仕事かは知らねえが、遺品泥棒みてえなことはしないでくれよ」

「するわけねえだろ！」

ニックが怒鳴ると、墓守は本気で泣きそうな顔をした。

「わ、悪かったよ。けどそういう連中もいるんだ、俺ぁ立場上言わなきゃいけねえんだよ」

「ああ、そういうことか……。悪い、ついカッとなって」

「死体は棺に入れて、向こうの安置所に置いてある。ちょっと待っててくれ、鍵を開ける」

墓守が指差した先に、煉瓦《れんが》積みの小さな小屋があった。炭焼き小屋程度の大きさの粗末な小屋で、意外なほど堅牢《けんろう》だ。大きい鎖と錠前でドアノブが固定されていた。

「……死んじまえば、裕福だろうと貧乏だろうと変わらないもんだな」

ニックがぼそりと小さな声で呟くと、キズナが小さく頷いた。

キズナは目をこらして小屋の方を見つめる。キズナの探知能力は高く、近い距離ならば透視も可能だ。

「……うむ、間違いないな。子供の死体はあそこにある」

「攫われた子の可能性はあると思うか？　あの墓守は否定していたが」

「そこは我にもわからぬよ……で、どうするのじゃ？」

「三人で死体の検分ってのは勘弁してもらいてえんだが」

「我だって嫌じゃ。かといってゼムにだけ任せるのもちょっと不公平よのう」

「任せてくれても構いませんが……少女の死体ですか。ちょっとトラウマが刺激されそうで」

「別の意味で問題が出てくるか……ええい、仕方ねえ。全員でやるぞ」

攫われた子供が死んでいるのならば、なぜ、どうやって死んだのかを確かめなければならない。人攫いの犯人を追いかけている以上、そうした被害者の状況は否応《いやおう》なく知らねばならないし、何より犯人への手がかりになる。

ニックはその話にはもちろん筋が通っていると納得している。

していているが、実際にやれるかというとまた別の話だ。

「……カランとティアーナがいねえのが不公平だな。なあ、キズナ」

「ニックよ。少し空気がおかしい」

「どうした？」

キズナが人差し指を立てて「静かに」とニックを促す。

「ちぇりゃあッ！」

そのとき、真上から誰かが飛びかかってきていた。

まるで巨岩が落下するがごとき威力の蹴りが、ニックの頭上に襲いかかる。

「うおっ!?」

ニックはすんでのところで回避した。

だが、すぐに凄《すさ》まじい連撃が襲いかかる。恐らくは徒手空拳。

だが長袖のジャケットを着ているために拳の先端が見えない。

フードを目深に被っており、全体としてゆったりとした服装だ。そこから稲妻のような速度の打撃を放ってくる。

「ちっ……《軽身》！」

ニックは、覚え立ての魔術を使った。

使えるものはなんでも使わなければ避《よ》け切れないほどの速さだ。

敏捷性《びんしょうせい》に優れているニックを超える体術の練度だと認めざるをえなかった。

打撃を食らう瞬間に自分の体重を軽くして、受けた衝撃を使って後方へと吹き飛ぶ。

「むっ……その魔術を使うとはやはりステッピングマンでしたね」

「なんだと、そりゃそっちだろう！　顔を隠してこそ動きやがって！」

ニックは本番で使う魔術が初めて上手くいったことに手応えを感じていたが、内心それを押し隠して悪態をついた。

壁を蹴ってバッタのように跳ねて移動しながら謎の敵を幻惑する。相手の死角へと潜り込み、必殺の一撃を狙う。

「甘いッ！」

「なっ……!?」

ニックの短剣での一撃は、完璧に受け止められていた。

同じ刃物で防いだわけではなく、盾を構えたわけでもない。袖を鞭《むち》のように伸ばしてニックの手首を極めて、次の行動に出るのを完全にブロックしていた。

「見たところまだ若者ですね。鍛えればよい将来があるというのに、悪の道に落ちるとはなんとも無念です。お覚悟！」

「なにが悪の道だ！　こっちのセリフだ！　つーかお前、どっかで聞いた声だな!?」

「言い訳は留置場と裁判所で言うことです！」

謎の敵が構えた。

まずい、という直感が走る。

その小さな体軀《たいく》に似合わず、凄まじい力が込められている。

殴られればただでは済まない。

だがそこにキズナが割って入った。

「そういえば味方がいましたね」

「リーダーから狙うとは悪くない手じゃが、甘く見たのう！」

キズナが袈裟懸《けさが》けに斬りかかったところを、斧《おの》のごとき蹴りを食らわせる。

一撃でキズナが倒された……というのはブラフだった。

キズナの得意技、《並列《パラレル》》だ。一体は囮《おとり》として攻撃を食らい、その隙に別の二体が左右から敵に襲いかかる。しかしそのとき、信じられないことが起きた。

「《並列《パラレル》》」

敵もまたキズナと同様に、複数の体に分かれたのだ。

瞬間的に現れた敵側の分身体が二体のキズナを難なく倒し、そしてすぐに消えた。

「くっ……契約者がいないと消耗が大きいのに……！　ですが、そちらの奥の手は潰しましたよ！」

そして再び構えて、ニックに必殺の一撃を放とうと渾身《こんしん》の力を込め始める。

「待った。わかった。降参だ」

「はれ？」

謎の敵が、ニックの言葉に困惑してぴたりと動きを止めた。

「いや、文句なしにあんたの方が強い。負けだよ」

「やけに素直ですね……。あなた、本当にステッピングマンですか？」

「そのあたり、どうやら行き違いがあるみたいだが……その前に謝罪が必要だな」

「私に謝られても困ります」

「オレがお前に謝るんじゃない。オレたちが、あいつに謝るんだ」

「へあ？」

困惑する謎の敵など気にせず、ニックはマスク代わりの布を顔から外した。

その顔を見た謎の敵は、はてと首をひねった。

「………ええと、ニックさんでしたっけ？」

「そうだ」

「一応確認なんですけど、巷《ちまた》で噂《うわさ》のステッピングマンですか？」

「んなわけねーだろ」

微妙な沈黙が続いた。

壮絶な勘違いをしていたことに気付いた謎の敵は、顔を真っ赤にして叫んだ。

「あああー！　冒険者ギルドからも追われて、『ならいっそ私が捕まえればいいのでは？』って思ったところだったのにぃぃぃー！」

そして謎の敵はフードを外して頭を抱えた。

そこにあったのは『マンハント』で大暴れして逃げていった雑誌記者、オリヴィアの顔であった。

そのとき、ニックの視線の先にいた二人の人物がようやくこの場に辿り着いた。

ゼムと、墓守だ。

「あのなぁ……一応はここ、墓地だぞ。頭おかしいんじゃねぇのか？」

ひどくげんなりした声で、墓守がニックたちを責め立てるのだった。

「すまん」

「申し訳ございません」

「すまんのじゃ」

「いや、あの、ごめんなさい」

ニック、ゼム、キズナ、そしてオリヴィアが正座して墓守に詫びていた。

「いいか、二度とすんじゃねえぞ！　しばらく正座してろ！」

と、墓守は一喝して去っていった。

なんとも微妙な沈黙が流れたが、墓守の姿が見えなくなったあたりでニックが立ち上がった。

「ゼム。ナイス判断だ」

「いえいえ」

ゼムは、ニックが謎の敵……つまりはオリヴィアに襲われた瞬間、「自分が下手に戦闘に参加しても足を引っ張る」と早々に判断していた。

そこで取った行動は、「助けを呼ぶ」だった。

「仲間を見捨てて背を見せるのは心が痛みましたがね。ですがそれなりに常識を持った人間相手ならこれほど有効な策はありません」

「いいんだよそれで。最終的になんとかなりゃいいんだ」

今までのゼムであれば、自分もまた戦闘に加わろうとしてメイスを振るっただろう。あるいはニックを補助しようとして戦闘中に無理矢理《むりやり》割って入ったかもしれない。

迷宮に出てくる既知の魔物相手ならばさほど問題はない。だが相手が格上の場合は動きを読まれて利用されるだけだ。あまりにも意図が見え透いている。初めてステッピングマンと戦闘したときも、そこを突かれた。

再び危機的状況になにをすべきか考えたとき、ゼムが取るべき行動は自明であった。

「あの墓守もなんだかんだでここでの立ち場は強いですからね。彼の機嫌を害したら出禁もありえますし、彼に危害を加えたらこの建設放棄区域《ガーベージコレクション》の人間すべてを敵に回します。それはお互いに困るでしょう？」

ニックとゼムの勝利宣言に、オリヴィアは降参とばかりに手を上げた。

「いや本当にズルい……。とはいえ武芸の鍛錬ではありませんからね。私の負けです」

「それじゃ、落ち着いたところで話をしよう。そもそも何者だよお前」

「ですから雑誌記者でして」

「とぼけんじゃねえよ」

「えーと……驚かないでくださいね？」

「おう」

オリヴィアが妙なしなを作りながら話を始めた。

「正直に言えば、私はステッピングマンです。昔、そう呼ばれていたことがあります」

「なんだと？」

ニックは、予想外の言葉に驚きを隠せなかった。

「言っておきますが、最近誘拐犯として知られているステッピングマンではありませんよ？　ステッピングマンとはつまるところ、夜な夜な都市部の屋根を渡り歩く変人の総称です。特定個人を指しているわけではないんです」

「……なるほど、そういうことか。昔のステッピングマンが、今の誘拐犯ステッピングマンと同一人物とは限らねえ」

ニックの言葉に、オリヴィアがふふんと自信ありげに笑った。

「《軽身》を使えるあなたもすでに、ステッピングマンの一人というわけです」

「ステッピングマン複数人説は初めて聞いたのう」

キズナが興味深そうに呟く。

「私もステッピングマン……ステッピングメン？　の一人ですし、大々的には扱いにくいんですよね」

「お前が初めてってわけじゃないのか？」

「ええ。私が昔《軽身》の稽古をしたり、あるいはちょっとしたトラブルがあったときに屋根伝いに移動してたら目撃されたことがありまして、そのときステッピングマン呼ばわりされました。迷宮都市オカルト三次ブームくらいの頃でしたかね」

「知らねえよそんな時代。しかし……だからあのとき『マンハント』から逃げたのか？」

ニックの言葉に、オリヴィアが力なくへらっと笑う。

「ビビりましたよ、いきなり私がステッピングマンだって言い当てるんですから」

「カマかけただけだったんだがな」

「はぁ……逃げて損した……ギルド職員怒らせちゃいましたし、一緒に謝りに行ってくださいよ」

「ええ……面倒くせえ……。素直に受付でごめんなさいすりゃいいじゃねえか」

ニックが露骨に嫌そうな顔をする。

「あ、そーゆーこと言っていいんですかぁ？　私だって濡《ぬ》れ衣《ぎぬ》を晴らすために独自のツテで調べてるんですよ。今のステッピングマンの話、聞きたくありませんか？」

「例えば？」

「そうですね……。ステッピングマンと直接やりあいましたか？」

「ああ」

「顔をよく覚えていないでしょう。あれは顔や風貌の認識を阻害する魔道具を使っています。あれを打ち破るには少々コツが要りましてね。おっと、ここからは有料プランです」

「名前を呼ぶ。正体を看破して自分の認識を強化すれば、幻王宝珠は効果を発揮しない」

「んがが！　なんで知ってるんですかぁ！　古文書を紐解《ひもと》いてよーやく見つけたのにぃ！」

オリヴィアが悔しそうに唸《うな》るが、ニックは気にせず話を続けた。

「だがそのためには名前を知らなければどうにもできねえ。オレたちが調べたいのは、ステッピングマンの正体だ」

「ふむ、それは道理ですね」

「オリヴィア。お前、どうしてここで網を張ってたんだ？」

「ナルガーヴァさんから少々お話を聞きまして」

「お前も？　知り合いなのか？」

ニックの問いに、オリヴィアは素直に頷いた。

「少しばかり取材をしたことがありましてね。診療室で助からなかった人はここに直行することになるでしょう？　そこで死体泥棒が出るかもしれないから、取材に応じる代わりに警護してくれと頼まれました」

「死体泥棒？」

「ええ。最近は子供の誘拐が多発しているようで、たとえ死者といえども狙われる可能性はあるだろう、と。あるいは死体を始末するためにここを利用するかもしれない。だから普段ここで見慣れない人間がいたら気をつけてくれと」

「ふぅん……」

「ですので閃《ひらめ》きました。ここは日の当たる場所を歩けない人々の隠れ家。ステッピングマンが潜むには打って付けの場所。見慣れない人間がうろついていたら限りなく怪しいな、と。それを捕まえて冒険者ギルドに突き出せば私の冤罪《えんざい》も晴れる。一石二鳥でしょう？」

「冤罪については悪かったよ」

「とはいえ、いつまで経《た》っても《浄火》をする神官が来なくて困りましたよ。かといって途中で放棄して帰ってもギルドの職員に追い回されるだけですし。いや本当に自分がステッピングマンじみててイヤになっちゃいますよ」

ニックが、なるほどと頷いた。

「大体事情はわかった」

「待て待て。まだ話は終わっておらぬぞ」

そこに、キズナが待ったをかけた。

「おぬし、なぜ《並列《パラレル》》を使える？」

「いやこっちのセリフですよ。一瞬だけならともかく数十秒や分単位で維持できるそちらの方が怪しいんですけど。かなり高度な古代魔術ですよ？」

「うぐ」

質問が藪蛇《やぶへび》になり、キズナが言葉に詰まった。

「えーっとぉ……まあ、なんか、古文書を解き明かした的な感じであるからして……」

「いや古文書読むだけで習得できるものじゃないんですが」

「だったらそちらこそなぜ使えるのじゃ」

「話、ループしてません？」

微妙な沈黙がこの場を包んだ。

「やめよっか、この話！」

「そうですね！」

そしてキズナの言葉に、オリヴィアが華やいだような笑みを浮かべる。

あまりの空々しさにニックが「待て待て待て」と口を挟んだ。

「おいキズナ。いいのかそれで」

「まあ、うむ。この場はよしとしようではないか。当面の利害は一致しておるようじゃし」

「そうですよぅ、一緒にステッピングマン捕縛に向けてがんばりましょー！」

えいえいおー、と拳を上げるオリヴィアを、ニックはうさんくさい目で眺めた。

「ゼム、どうする」

「丁度いいのではありませんか？」

だが意外にもゼムは、頓着していない様子だった。

「そうか？」

「オリヴィアさん。あなた方は僕らを死体泥棒やステッピングマンと疑っていましたね？」

「ええ、まあ」

「確かに僕らの目的は、死体安置所の死体です。あくまでステッピングマンの手がかりを得るためではありますが。あなたの疑いを晴らすためにも、ここはご一緒に確認するのはいかがでしょう？」

「え」

オリヴィアが間抜けな声を出した。思ってもみなかった話のようだ。

「あなたは我々が死体を盗まないように監視をする。そして我々はあなたの監視の下に死体を確認する。ああ、武器を出しても構いませんよ。僕らがクロだと思えば遠慮なく攻撃してください。あ、それとも常に素手で戦うタイプでしたっけ？」

「え、えーと、ちょっと待ってください！　その……」

オリヴィアはゼムとニック、キズナの顔を順繰りに見た。

ゼムはこれといって表情を変えていない。

「三人だけだと不安だったんだよ。助かる」

「うむ、人手が増えるのは助かるのう」

ニックとキズナは、まるで悪い趣味に引きずり込む悪友のような表情を浮かべた。

死体安置所の中はこまめに掃除されているのか、手入れが行き届いていた。空気を冷やす魔道具も置かれており、ひどく寒い。

そんな空間に一つの棺桶《かんおけ》があった。

「開けますよ」

ゼムが、ゆっくりと棺桶を開ける。

そこには、少女の死体があった。

棺桶にも魔道具があるのか、部屋よりもさらに冷たい空気が吹き出している。

「ゼム、どうだ？」

「特にこれといって珍しいところは……」

ゼムが死体の様子を調べる。特にトラウマが発現する気配もなく、冷静に行動していた。

「なんの変哲もない？　本当に？」

オリヴィアが尋ねた。

「ええ、はい」

「少女の顔は、どのような顔に見えますか？　詳細に、具体的に答えてください」

「どのように、と言われても、普通に目と鼻があって……うん？」

ゼムが、不思議そうに首をひねった。

「いや、やはりおかしいですね。おかしくないことがおかしい」

「どうした、ゼム」

ゼムが死体に触るのを止《や》めたかと思うと、今度は死体ではなく棺桶そのものを調べ始めた。

横から軽く叩《たた》いたり、蓋を調べたりといじくり回している。

「ニックさん、この子の体を持ち上げるのを手伝ってもらえますか？　棺桶の底を調べておきたいんです」

「わかった。じゃあオレと……オリヴィアは足の方を持ってくれ」

「合点承知《アイコピー》」

ニックとオリヴィアが、少女の死体を持ち上げた。

「……あった」

ゼムが、少女の背中に隠れていた棺桶の底になにかを発見した。

小さな木片かと思いきや、そこに宝石のようなものが嵌《は》まっている。

「なんだこりゃ？」

ニックがいぶかしげな顔を浮かべた。

宝石のようではあるが、玉ではない。玉を割ったかけら、としか言えない形状であった。

ニックの疑問に答えたのは、キズナとオリヴィアであった。

「これも魔道具じゃぞ」

「ですね。恐らく……幻王宝珠のかけらです。認識阻害の力が、微弱なレベルで発動しています。これは幻王宝珠の力の一部でしょう」

「なんだって!?」

ニックが驚いて叫んだ。

「宝珠と呼ばれる魔道具は、魔力を溜《た》め込む水瓶《みずがめ》のようなものです。溜め込んだ魔力をなにか別の魔道具と組み合わせて武器として扱うこともできますし、人間が魔力そのものを受け取って自身を強化することもできますが……禁じ手のような使い方もあります」

オリヴィアが淡々とした口調で説明を始めた。

「禁じ手とはつまり、こんな風に割っちまうことか」

「そうです。こうすることで一つの魔道具を複数に分けることができますが……いずれ、宝珠としての役割を終えます。完全な宝珠の形のままであれば再び魔力を込めて再利用できるというのに、これではもう二度と魔力を込められないでしょう」

「……後先考えないやり方ってことか」

「幻王宝珠ほどの逸品であれば、完全な状態なら一千万ディナはくだらないでしょう。これを使い捨てるとは、なんともはや……」

オリヴィアが呆《あき》れたように呟いた。

「つーことは、今ステッピングマンが持ってる幻王宝珠の本体は長持ちしないってことか？」

ニックの言葉に、オリヴィアは首を横に振った。

「いえ。最終的にはただのクズ石になり果てるとしても、魔力が尽きるまではまだまだ時間が掛かるでしょう。こまめに節約しながら使えば半年や一年は持つかと」

「そう上手くはいかねえか……」

「それも大事ですが、まず目の前の……この子のことを考えましょう」

ゼムの言葉に、ニックとオリヴィアが頷いた。

「この少女の死体ですが、騎士団に届け出て確認した上で身元不明という話でした。ですがこの魔道具が機能していたことを考えると、騎士団さえも騙《だま》されていた……ということになります」

「……そうだな。問題は、なんのためにこんなことをしたのか。そしてこの子が誰なのか、だ。名なしの死体でもなんでもない『どっかの誰か』じゃあねえんだ」

「その通りです」

「嫌な道具だ。けったくそ悪い」

ここにいる全員が、少女の顔を見た。どこにでもいる顔に見える。

だが、どこにでもいる人間などは本質的に存在しない。

その人の持つ個性を、観測する側の記憶から消し去ることの強さをニックたちは十分に味わっている。だが、その残酷さを知るのは初めてであった。

「……この幻王宝珠のかけら。完全に壊しますよ。そうすればかろうじて発揮してる魔術の効果も消《き》え失《う》せるでしょう」

「やってくれ」

オリヴィアが、力を込めて宝珠のかけらを握りつぶした。

その瞬間、茫洋《ぼうよう》としていた少女の死体の顔を全員はっきり認識できるようになった。

その子の金髪は長くつややかであった。服は、庶民が着るにしては上質なワンピース。どこかの下級貴族か商家の娘だろうという気品がある。

間違いなく、この建設放棄区域《ガーベージコレクション》の住民などではない。

「この子は誰なのか。調べてやろう」

ニックは、少女の頭を優しく撫でた。

再び、【サバイバーズ】の全員が酒場『海のアネモネ』に集合していた。

夜も遅いためにレイナはいないが、エイダとレッドも同席している。

「……なんでみなさん、ここを拠点にしているんですか？」

更には雑誌記者のオリヴィアが座っていた。

「気にすんな。お前が雑誌記者と同じくらい普通のことだ」

ニックはオリヴィアの皮肉など気にもせず悪態をついた。

「あら、ずいぶんとお疲れじゃない？」

ティアーナの言葉に、ニックが大仰に溜め息をついた。

「まったくだ。こっちは大変だったんだぞ」

「そうじゃそうじゃ！」

ニックとキズナは遠慮なく悪態をつきながらソファーの背もたれに体重を預けている。そのだらしなさに苦笑しつつも、ティアーナがゼムに尋ねた。

「そんなに大変だったの？」

「ええ、まあ……」

ゼムは苦笑しながら頷く。その声色には確かに疲労が滲《にじ》んでいた。

「ティアーナたちはどうだった？」

「もう一度、行方不明の子供の情報を調べてたわ。レイナちゃんに詳しく話を聞いて、あとは『マンハント』の連中を使ってね」

ニックに応えるように、ティアーナが紙束を取り出した。

そこにはエイダが調べたステッピングマン出没情報に加えて、行方不明の子供の詳細がまとめられていた。名前や人相、行方不明になったと思《おぼ》しき日時などが克明にまとめられている。

「よく誰にも教わらずにこんな資料作れたな……賞金稼ぎの適性あるぞ」

「凄かっタ。みんなティアーナの姐御《あねご》って慕ってて、情報集めてくれタ」

ニックとカランが畏怖の目でティアーナを見る。

「適性ってなによ適性って！　大体あいつらの方が年上じゃないの！」

「敬いたくなるオーラがあるってこったよ。ともかく、確認したいことがある。キズナ」

「もうちょいじゃ……よし」

名前を呼ばれたキズナは、お絵描きをしていた。

それは、ニックたちが死体安置所で見つけた少女の人相書きであった。

「あなた上手いわね……法廷画家のバイトしない？」

「ふふん、こんなのお茶の子さいさいじゃわい」

レッドの褒め言葉にキズナが自慢げに微笑みつつも、絵はどんどん完成に近付いていく。

「キズナ、色を塗って欲しいんだけどできる？」

「絵の具がないんじゃが」

ティアーナが言うと、レッドが立ち上がった。

「ちょっと誰かー。絵の具もってなーい？　口紅？　ダメよ流石《さすが》にもったいないでしょ。え、タトゥーインクならある？　それってお絵描きできるの？」

酒場の女《おとこ》たちが店の中の道具や自分の鞄《かばん》を漁《あさ》っている。絵が趣味の女《おとこ》がいたようで、キズナに気前よく貸してくれた。ユニセックスな雰囲気のキズナはこの酒場で妙に人気があった。

「よし……こんな感じじゃの。金髪のストレートロング。ちょっと気の強そうな感じの細い眉。肌は色白。ほくろが首にあって……」

モノクロの人相画に色が乗り、より写実的になっていく。

ティアーナは真剣にそれを眺めながら、行方不明者の資料をめくった。

「……マーサ＝カニング。鍛冶屋通りの防具店、カニング商会の娘。今日時点で十歳。長い金髪。首筋にほくろ、左手首に火傷痕あり。家は裕福ながら窃盗癖があり、スリで騎士団に捕縛されたことが二回。一ヶ月前、親からスリグループから抜けろと言われて口論に発展。家出した後、帰宅せず。これまでも家出が頻繁にあり、いつも通り友人の家に泊まっていると思い込んで親から騎士団への通報が遅れた……」

ティアーナが、淡々と資料を読み上げた。

「ゼム、火傷の痕はあったか？」

「ええ。間違いはなさそうですね。行方不明の子供が、建設放棄区域《ガーベージコレクション》の死体安置所にあった……というわけです」

ゼムがそう話すと、ティアーナが嬉《うれ》しそうに問いかけた。

「じゃあ、ステッピングマンは建設放棄区域《ガーベージコレクション》にいるってことで間違いないのね？」

だが、ゼムの表情にはどこか重々しい気配があった。

「……なにか気になることでもあるの？」

「いえ、気になることはありません。むしろ気になることが減って候補が絞れました」

「どういうこと？」

「ステッピングマンの正体ですよ」

その言葉に、全員が瞠目《どうもく》した。

「誰なの？」

「今説明してもよいのですが……もう少し証拠を取りたいので手伝って頂けますか？　まだまだ穴の多い推測ですので」

「もったいぶるじゃない。まあ、いいんだけど。けどそれでわかったなら」

「ステッピングマン捕縛作戦を決行ってことだな」

ティアーナの言葉に続けるようにニックが言った。

「ええ。あと少しです」

ゼムが静かに、しかし重々しく頷く。

「じゃ、捕縛作戦も練っていこうぜ。建物の屋根が傷むのを眺めてるのも忍びねえしな」

「倒したらそのへんの大家から報酬もらってきていいんじゃないのかい」

「いいなそれ」

エイダの気楽な言葉に、ニックが笑って答えた。

「でも、あのぴょんぴょん飛び跳ねるアイツを逃がさないの、難しイ。《軽身》を使えるようになったのはいいけど、まだまだ相手の方が上手いと思ウ」

「そりゃ一週間やそこらの訓練でベテランに勝てるとは思ってねえよ。だが作戦は考えてる」

「作戦？　どんなのだい？」

「今まではステッピングマンが自在に動ける場所で戦ってたから上手いこと逃げられたんだ。だから発想を変える。こっちに有利で、あっちに不利な場所を選ばなきゃいけねえ」

ニックが、野性的な笑みを浮かべた。

「そろそろ決着と行こうぜ」

【サバイバーズ】VSステッピングマン

今宵《こよい》は月が出ている。

珍しく、三つの月がすべて空に昇っている。安月、勇月、そして真月だ。

もっとも綺麗《きれい》な真円を描く真月は、優しい黄金色の光を放って夜空を優しく照らしている。

安月は大きいが、詳しく観測すれば芋のようにごつごつした表面が見えるためにさほど人気はない。勇月は小さく、真月や安月よりも見えにくい。それらの不出来さがよいという好事家《こうずか》もいるが、やはり真月の華やかさに魅了される人の方が多い。

そんな明るい月の下、迷宮都市の道なき道を跳躍する者たちがいる。

一人は、凄《すさ》まじい跳躍力で街を駆け抜けていく。

鎖を自由自在に使って街の上空を飛び跳ねる姿は、まるで昆虫の速度をそのまま落とすことなく巨大化させたような不気味さを醸し出していた。

だがその不気味さに気付く者はいない。たとえ背後から忍び寄られたとしても、その魔の手に触れられるまでは彼に気付くことはできない。

迷宮都市に流れるフォークロア、ステッピングマンそのものであった。

「いい月夜だな。そんなに急がないで、ゆっくり月を愛《め》でたらどうだ?」

そこに、稲妻のごとき回し蹴りが飛び込んできた。

短く切った黒髪。緑色に染められた軽量のレザー装備を、細くもしなやかな体に身にまとっている。新たな能力を身に付けた、【サバイバーズ】のニックであった。

「……ふむ。《軽身》はまだ未熟だが体術は悪くない」

「これでオレもステッピングマンの仲間入りかな？」

ステッピングマンは、ニックの蹴りをなんなく受け止めつつ鎖をフックのように使って家屋の屋根に飛び移った。

ニックもまた跳躍を重ねてステッピングマンを追う。

「他人がどう呼ぶかなどどうでもよかろう。迫りくる死を前にしてはな」

ニックがステッピングマンと同じ屋根に辿《たど》り着《つ》いた瞬間、ステッピングマンが構えた。

ぞわりとしたものがニックの背中を走る。

「ひとつ、どーしてもわからなかったんだが、なんで行動がバレてるのに何度も繰り返す？　戦い方はプロだが、スケジュール感は締め切りに焦った雑誌記者みたいに雑だぜ。マジで締め切りにでも焦ってんのか？」

ニックの質問に、ステッピングマンは鎖で答えた。

矢のようにまっすぐ飛んできた鎖をニックはすり抜けて踏み込む。

「遺言はそれだけか？」

「他は大体摑めたからな。あんたの行動パターーン。子供を攫《さら》う理由。建設放棄区域《ガーベージコレクション》を拠点にしてる理由。なんでバレたと思う？」

ニックの質問に、ステッピングマンは跳躍からの回し蹴りで答えた。

「屋根の上や柱、街灯なんかを渡り歩くのはすげえ。どこにだって行ける……と思うが、実際真似してみると案外不自由なんだよな。どれだけ《軽身》が上手くったって、しっかりと踏み込んで跳躍すれば屋根は傷むし、一歩間違えたら屋根を踏み抜いて真っ逆さまに落ちるしかねえ」

大剣の横薙《よこな》ぎよりも鋭い蹴りを、ニックはスウェーして回避する。

「猫や鼠、ついでにステッピングマンが通れる獣道みたいなルートがあるのさ。そこにあんたの今までの移動ルートを重ねたら、自然と拠点や行動パターンは絞れる」

ニックは攻撃に対し攻撃で応じることはなかった。

じっくりと相手を睨み、言葉で反撃する。

「そして子供を攫う理由。病気を治療する研究のためだ。そうだな？」

疾風の如く鎖がニックに襲いかかる。

ニックは猫のような人間離れした柔軟さで回避する。

「ちょっと前に仲間の魔術師が、論文を出して賢者になりたいって言ってたんだよ。すげえなこいつって思ったんだが、論文を出したり研究会を作るのって意外とハードル低いみたいなんだよな。酒場のテーブルでの雑談を研究報告会って言い張ってもいいんだってよ。知ってたか？」

挑発のように質問を投げかける。

そして暴力の答えが返ってくる。

つまりそれらはすべて肯定を意味していた。

「けどよぉ。流石《さすが》に建設放棄区域《ガーベージコレクション》に研究室を置いて論文を書いて提出してる奴《やつ》がいるってのはビビったぜ。ナルガーヴァさんよ」

その言葉にステッピングマンは動きを止め、フードをばさりと脱ぐ。

するとと今までぼやけていて「人」としか認識できなかった姿や声が急速に輪郭を持ち始めた。

建設放棄区域《ガーベージコレクション》で施療院を開く禿頭《とくとう》の男、ナルガーヴァだ。

「やっぱりな」

ニックの呟《つぶや》きに、ナルガーヴァは厳しい目で睨《にら》んだ。

「なぜわかった」

「子供が黄鬼病で死んでたからだ」

ニックは端的に答えた。

「治療を施したが、病気の進行の方が早く手に負えなかった。そうだな？」

「なぜ誘拐した子供を治療せねばならぬ。子供を心配するなら攫うなどしなければよかろう」

「ああ。お前が誘拐犯の協力者でその尻拭いをしてる……ってことじゃねえかと思った。子供を攫って建設放棄区域《ガーベージコレクション》に連れ込んだら病気になって、その治療をあんたに押し付けたとか、な」

「なるほど」

「だがそれも違う。いやオレが言ってるわけじゃねえんだがな」

ニックが咳払《せきばら》いして、芝居がかったような説明を始めた。

「感染力のある病気が建設放棄区域《ガーベージコレクション》の中だけで蔓延《まんえん》して、外には飛び火してない。いくらあそこが不衛生と言えどもここまで極端に感染の度合いに差が出るとは考えにくい。人為的なものを感じます……ってのが専門家先生の見解ってやつだ。ああ、素人質問で恐縮ですが、とか前置きして反論するのはやめてくれよ」

「質疑応答の時間を取るのが礼儀というものじゃ。心構えもなく儂《わし》の前に立ったのか」

「そこにないならねえんじゃねえの」

ニックは蕩々《とうとう》と説明しながらも、内心で舌打ちをした。

あえて隙を見せて語っていたが、どうやら露骨な誘いだと見抜かれていたようだった。

(ちっ、小道具に頼るしかねえな)

ニックは気を引き締めつつ話を続ける。好機を狙いながら。

「……今の建設放棄区域《ガーベージコレクション》は病気の治療法を研究するためのあんたの実験場だ。子供を誘拐するのは実験台として手に入らないサンプルを補充するため。そうだな?」

その問いかけに、ナルガーヴァは嘲笑を浮かべた。

「……わかっておらんな」

「どのへんが?」

「まずはご名答、と褒めておこう。よく素性を突き止めたものじゃ。しかし迷宮都市には他に身を隠す場所などいくらでもある。幻王宝珠を一時的に破っても意味のないことよ」

「……って思うだろう？ 幻王宝珠には根本的な弱点がある」

ニックは、ナルガーヴァの嘲笑に嘲笑で返した。

「そいつは光や音を誤魔化《ごまか》すんじゃなく、人間の認識を誤魔化す幻惑の魔道具だ。会ったこともない人間の認識を誤魔化すのは簡単だが、強化された認識を撤回するのは難しい。魔道具を使って身を隠しているのがお前だって風聞が広まれば、幻王宝珠はもう意味がねえんだよ。ここまでやることやったんだ。迷宮都市の外に行ったたって手配書くらいは出回るだろうよ」

ニックの説明は、ティアーナの推測であった。

ティアーナが魔道具の特徴を聞いて「恐らくこうした欠点を持つ」と判断しただけで、証明したわけではない。だがそれは説得力を伴ってナルガーヴァに響いたようだった。

「……面白い。よく調べたな」

「看破されてしまえば機能しねえ。迂闊《うかつ》に素性を認めたのは失敗だったな」

困惑の気配がナルガーヴァから伝わる。

だが、しばらくしてくっくと笑い始めた。

「なるほどなるほど、ずいぶんと追い込まれてしまったようじゃな……ならば話は単純じゃ」

そう言って、ナルガーヴァは再び構える。

好機が来た、とニックは判断した。

ニックは、意図を気取られないように注意深く話を続けた。

「まあまあ待て。せっかくこんな見晴らしのいいところに来たんだ。ちょっと一服させてくれ。そっちだって最後の娑婆《しゃば》かもしれないんだ、飲まねえか？」

ニックは懐から小さな酒瓶を取り出した。だが、ナルガーヴァは一切の興味を示さない。

「だよな」

そんなナルガーヴァを見て、ニックは納得したように溜《た》め息《いき》をつく。

そしてニックは小瓶の中身を呷《あお》り、イグナイターの魔道具で火を灯《とも》した。

「なっ……貴様っ!?」

ニックが勢いよく小瓶の中身を吹き出すと、大きな炎がナルガーヴァの眼前を襲った。

魔術でもなんでもない、ただの炎だ。

だがそれゆえにナルガーヴァは硬直した。攻撃的な魔術であれば発動の直前にそれなりの予兆というものがあるが、そんなものがなかった。大道芸のようなものに騙《だま》されたとわかり、ナルガーヴァが怒りに満ちた目でニックを睨む。

「なにっ!?」

だがそこにニックはいない。

「大道芸には大道芸ってなぁ！　食らえ！」

「上か！」

ナルガーヴァが顔を上げる。ニックは捨て身で飛び込み、くるりと回転しながら容赦なく踵《かかと》を落とした。ナルガーヴァは腕を十字に交差して受け止める。

「ぐっ、馬鹿者め……！　こんな場所で体重の乗った一撃は……！」

「どうなるかわかってるからやったんだよ。予想通り……簡単に壊れるぜ！」

みしみしという音が続いたと思いきや、ぱきりという音へと変わった。

屋根というものは本来、人間二人が暴れる状況など想定されていない。

二人とも、屋根に開いた穴から建物の屋内へと落下していった。


そして二人が着地したのは、吹き抜けの広い場所だった。

「ここは倒産した洗濯業者の工場だ。経営者が浮気相手の社員と一緒に夜逃げして倒産したばっかりで、けど建物が古すぎて買い手がつかねえんだとよ。そういうわけで誰もいねえし迷惑もかからねえ。いくら暴れたって問題ねえから安心しろよ」

ニックの言う通り、ここは無人のがらんとした工場だ。

魔女の大釜を蹴飛ばして真横にしたような巨大な洗濯用の桶《おけ》が、撤去もされずほこりを被ったまま鎮座している。そんな場所に、人間二人が数メートルの高さから落下したにしては舞い散るほこりがあまりにもささやかすぎた。当然の如く二人とも怪我《けが》をした様子さえない。

「しかし上手《うま》いな、流石に」

「こんなものは基礎中の基礎。未熟者に一手指南して進ぜようか」

「それはありがてえんだが……。ティアーナ！　カラン！」

「《氷盾》！」

「うるぅあああッ！」

詠唱、うなり声、そして凄まじい轟音《ごうおん》が響き渡った。

穴の開いた天井を塞ぐように氷の盾が展開した。工場内の照明を吊《つ》るす作業用の足場にティアーナが隠れて、上からナルガーヴァを見下ろしていた。同時に工場の出入り口は、カランが鉄製の棚や台車を投げ飛ばして無理矢理《むりやり》塞いだ。竜骨剣を抜き、ナルガーヴァを遠目から睨んでいる。

ここにおびき寄せることがニックの作戦だった。

ステッピングマンの自慢の跳躍を封じ、敵の退路を断つこと。《軽身》を覚えたことも、火を吹いたことも、すべてはこのための布石に過ぎない。

とはいえ、ここを見つけられたのは偶然であった。

作戦内容を検討していた数日前、たまたまステッピングマンに誘拐されそうになったフィルという少女とニックたちが偶然再会し、その身の上話を聞いたときに「社長の父がいなくなって倒産し、無人になった洗濯工場がある」という話が出たのだ。

ステッピングマンを倒すために使って問題ないかと聞くと、「むしろお父さんが戻ってこられないよう、めちゃめちゃ破壊してくれた方がスッとする」という毒のある言葉が出てきたのだった。

「準備完了だ。好きに暴れて構わないぜ。やれるもんならな」

相手の思惑通りに誘導されたと悟ったナルガーヴァが、自嘲の笑みを浮かべた。

「見事なものじゃ……閉じ込められたというわけか」

「逃げたけりゃ逃げてみな。自慢の鎖を使ったっていい」

建物は決して狭くはない。

だがナルガーヴァは、鎖を振り回して戦うことの不利をすぐに悟ったのか、袖の中に鎖を仕舞《しま》っていく。もしここで鎖を絡め取られたとしたら、ナルガーヴァは身動きが取れずに敗北する。

「それもよいが……ここまで来るとおぬしらを片付ける方が早そうじゃの」

「そうしてくれるとありがたい……が、もう一人いるんだよ」

ニックがそう告げると、暗がりにたたずんでいた最後の男がナルガーヴァに姿を見せた。

「……儂に気付いたのは貴様じゃな、ゼム」

「さて、どうでしょうね？」

「とぼけずともよいじゃろう。ま、とぼけたのは儂も同じじゃがな」

その言葉に、ゼムの目は普段からは想像もできないほどに鋭くなった。

「では、とぼけずに答えてもらいましょうか。なぜ、疫病をばら撒《ま》いたのです。あなたの娘が死んだのはこの街ではなく王都です。もっと言えば、殺したのは人間ではなく病気です。それが復讐《ふくしゅう》になるとでも思いますか」

「復讐か……それに近いのかもしれんな」

ナルガーヴァが、くっくと笑い始めた。

ニックは、そしてこの場にいる全員は、ナルガーヴァの笑いを初めて見た。

普段から笑い慣れていない人間が哄笑《こうしょう》するとき特有の、えずくような息づかい。

そこに秘められた狂気の臭いに、ニックたちの背筋に寒いものが走った。

「先程おぬし、言っておったのう。まるで締め切りに追われた雑誌記者のように雑だと。まったくもってその通りよ。儂が提出した論文に、感染症の研究家が興味を示しておってな。研究報告会の開催までにもう少しエビデンスが欲しいと相談されておったのよ」

「……本気だったのかよ」

ニックが、わなわなと震えた声で呟いた。

「もう一人か二人、実験台の子供が欲しかった。かといって昼間は治療や研究で忙しい。まったく、散々邪魔されて悩んでおったよ。ここらで決着を付けるのは儂としても望むところじゃ」

ニックは、目の前の男に猛烈な嫌悪感を催した。

名誉欲が暴走した人間や、あるいは血に飢えた凶悪な人間ならば見たことはある。だがこのナルガーヴァのような動機で人を殺す人間を見たのは初めてであった。

「娘を殺した病の治療方法が確立されれば、娘の死は無駄ではなくなる。価値ある死となる。名誉を回復させることもできる」

「……そんなことのために」

ゼムの呟きに、ナルガーヴァが怒気を強めた。

「そんなことじゃと？」

「ええ。あなたの娘の死は悼むべきものだ。無理解と非難を受けたことは嘆かわしいことだ。ですが、あなたはそのために何人の命を奪いましたか？　一人や二人ではないはずです。それで感染症の研究だなどと、本末転倒でしょうが」

「他人に縋《すが》らねば生きていけぬ連中や、どこの生まれとも知れぬ子供が死のうと儂の知ったことではない。そう、あの子に比べれば……」

ナルガーヴァの目はゼムを睨みつつも、現在を見てはいなかった。

「儂は……つまらぬ神官じゃった。ゼム、貴様のように誰かを救ってやろうなどと思ったことなど一度もない。若い頃は護衛専門の騎士であったが、荒くれ者に囲まれての血なまぐさい生活に嫌気が差してな。旅の道中、たまたま助けた上級神官に媚《こび》を売って神官となり勉学に励んだ。そして神殿内での政治に明け暮れ……できる限りの栄達を望んだ。そんな矮小《わいしょう》な男じゃ」

「騎士だったのですか。道理で腕が立つわけです」

「元々の身分は高いわけでもなく、苦労した。だから栄達こそが儂の望みじゃった……娘が生まれるまではな」

娘、と言う瞬間のナルガーヴァの声は、どこまでも優しい響きがあった。

「赤子の頃も、幼年学校に通い出すときも、いつまでも眼《め》に焼き付いておる。利発で、聖典などすぐに覚えてそらんじた。魔術の腕も達者で、指の骨折程度ならすぐに治した。さりとて屈託がなく、笑顔に溢《あふ》れ、悪戯《いたずら》をしても本気で怒る人間などおらんかった。誰よりも優秀で、慈愛に溢れていた」

ナルガーヴァはぎりりと拳を握った。

「それが！　理不尽に、何の意味もなく死ぬなど、許せるものか！」

「……魔道具を買い、建設放棄区域《ガーベージコレクション》に潜んだのはそれが理由ですか」

「魔道具が手に入ったのは巡り合わせじゃな。生き長らえるつもりもなかったが……思いついてしまったものは仕方がない。まあ、この先死んでしまった数よりも多くの命を救えば帳尻は合う」

「何が仕方ないですか！」

ゼムが、叫んだ。

「この街にいるのは、あなたの目から見ればどこを見てもクズばかりでしょう！　子供だって、あなたの娘に比べれば愚か者ばかりでしょう！　ですが命を好き勝手にもてあそぶ、そんな残酷を許していい理由にはならない！」

「あの程度の小悪党と一緒にされては困るというものよ」

「ならば……ここで終わりにしましょう。罪を悔いることがないのであれば、僕もこれ以上あなたに語る言葉はありません」

ゼムの言葉と共に、ニックたちが構えた。

「よかろう。そして貴様らにはそれをなしうる可能性があるのじゃろうな……賞金稼ぎごときと侮っていたことを詫《わ》びよう」

ナルガーヴァは、重苦しい息を吐いた。

肺から息を出し切り、そして吸い込む。古びた建物がびりびりと震えそうなほどの呼気だ。

「だが……ここまで来たならば儂も加減はできぬぞ」

ナルガーヴァが本気の敵意を剝《む》き出《だ》しにした。

これまで技量のすべてを使い守りに徹してきた男が、ついに牙を剝いた。一個人としては相当な実力者だ。ニックは、ここまで強い人間と相対した経験など数えるほどしかない。それこそ師匠アルガスとの組手を思い出すほどの迫力だとニックは感じた。

だが、状況は決定的に違う。師匠との組手では、明日のために、次のために、本番のために、果敢に立ち向かうものだった。そしていいように突かれ、蹴られ、転ばされ、敗北した。

だが今目指す場所は明日などではない。相手は人攫いなどという生半可な言葉では済まされない。疫病を振りまく伝説の悪鬼にさえ近い。今このときは、決して負けてはいけない本番だ。

「……行くぞ！」

ニックの声と共に、【サバイバーズ】の全員が動いた。


初めて邂逅《かいこう》したときのように、気付けばニックの眼前にナルガーヴァの姿はあった。

恐ろしいほど速い踏み込みにニックに戦慄が走る。

（屋根の上に乗ってるときより強いじゃねえかっ……！）

思いも寄らぬ圧力を秘めた拳を叩《たた》き込まれそうになる。

その強さの理由にはすぐに気付いた。

《軽身》と対をなす魔術《重身》を利用して、拳の威力を高めている。

「ぜりゃッ！」

拳、蹴り、肘、どれも切れ味も重さも段違いだった。

ニックと同様、素手で魔物と対抗できる種類の人間だ。そして攻撃一つ一つの重さすべてがニックを上回っている。思わずニックはその圧力に押されて引き下がった。

「隙ありッ……《黒刃》！」

ニックが魔術の気配を感じて横っ飛びに逃げた。洗濯用の巨大な鉄の桶を盾にするが、それさえもがりがりと削られていく。完全には避《よ》けきれず、いくつかの破片がニックの腕を傷つけていた。

「石……それも、かなり硬いな……」

鉄の桶とニックの腕を傷つけたものは、黒曜石でできた鏃《やじり》だった。

それらがとめどなくナルガーヴァの手から放たれ、床や機材を凄まじい勢いで破壊する。

黒曜石は非常に鋭利だ。黒曜石を研いだナイフは鉄の剣よりも鋭い。ただし割れやすいために常用する武器としては向かない。そんな欠点も魔術で生み出して消耗品として扱うならば解決する。

「てやああッ！」

カランが竜骨剣を盾のように構えてナルガーヴァの前に出た。その後ろにはゼムが控えている。がりがりと嫌な音を響かせつつもニックを救うべく果敢に前進する。

「カラン、無理するな！」

「だいじょうぶッ……！」

魔術が途切れた瞬間にカランは大きく息を吸い、吐息の代わりに炎を吐いた。だが、ナルガーヴァは気配を察して大きく飛び退《との》く。その隙を突いてゼムがニックのところまで辿《たど》り着《つ》いて回復魔術を唱える。

「助かる……！」

「それよりもナルガーヴァさんを……」

「大丈夫だ、ティアーナ！」

「わかってるわよ、そこっ！」

工場の天井部の梁《はり》に陣取ったティアーナが《氷槍》を唱える。宙に浮いて身動きの取れないナルガーヴァを的確に狙い、撃ち放った。

「ぬうっ！」

だがそこでナルガーヴァは軌道を変えた。袖口からかぎ付きのロープを投げ放ち、工場の壁面に据え付けられた照明に引っかけて無理矢理自分の体を引っ張る。一瞬前までナルガーヴァがいた空間に氷の槍《やり》が通過していく。

「虫みたいな動きしてっ……！《氷柱舞《つらら》》！」

「《金剛盾》！」

ティアーナとナルガーヴァが同時に魔術を唱えた。

一方は氷の礫《つぶて》を放つ魔術で、一方はそれを防御する魔術だ。一進一退の膠着《こうちゃく》が続く……というのはブラフだ。ニックがナルガーヴァの思惑に気付いて声を上げた。

「……まずい、避けろティアーナ！」

「盾ごしでも牽制《けんせい》くらいにはなるわ！」

「そうじゃねえ……飛んで来るぞ！」

ティアーナが氷の魔術を放ち終わった瞬間、盾がブーメランのように飛んできた。

すんでのところで避けるが、あまりの勢いに盾が壁を突き破って飛んでいく。

「あれってそういう魔術でしたっけ……？」

「防御すると思わせて腕力で無理矢理投げ飛ばしたんだ」

「なんと」

ゼムがニックの言葉を聞き、呆《あき》れた声を漏らした。

「どうしますか。キズナさんやオリヴィアさんを呼べば……」

「いや、あいつらは逃がしたときのための最後の手段だ」

キズナは、ナルガーヴァの移動ルートが予測を外したときのために迷宮都市南東部に散らばっていた。オリヴィアも同様で、ニックの予測が外れたときにここを誘導する役割を担っていた。集合するまでにはまだ時間が掛かる。

「予定通り、ここで片付ける……！　いくぞ！」

「わかっタ！」

ニックに呼応して、カランが竜骨剣を振り上げた。

重量を感じさせない軽やかな動きで跳躍しながら唐竹割りを放つ。

「ぐうっ……！」

ナルガーヴァは再び《金剛盾》を展開してカランの剣撃を受ける。カランはそのまま盾ごと押し切る勢いで力を込めた。床が軋《きし》むほどの重圧を受け、ナルガーヴァはまたも盾を捨てた。竜骨剣が首に達する前にすばやく後ろに跳躍する。

「逃げるナッ……《火竜扇》！」

カランがぐるりと竜骨剣を担ぎ、そして勢いよく横薙ぎに切り払った。

炎を帯びた一閃《いっせん》が扇状に広がる。一撃の重さよりも範囲の広さに特化した攻撃だ。

「ちぇりゃあ！」

ナルガーヴァが、それを手でいなした。

真横に飛んでくる一閃を、器用に手の甲で下から突き上げるようにしてそらす。

「なっ……!?」

「軌跡が見え透いておる！」

「おっと、全部見え透いてるとは思えねえな！」

カランの派手な一撃に隠れて、ニックがナルガーヴァの懐に潜り込んでいた。

脇腹をめがけて短剣を突き出す。

「甘いッ！」

ナルガーヴァは、手のひらほどに小さい《金剛盾》を展開していた。

左手に出した小さな盾でニックの短剣を防いでいる。

その競り合いに負けたのは、ニックの短剣の方だった。短剣が衝撃に耐えられず、ぽっきりと折れている。竜骨剣のような業物でなければ《金剛盾》に押し勝つことは難しい。

「くそっ……！」

ニックは短剣を捨てて拳を放った。拳の重さでは劣るが、手数の多さならばこちらに分がある、そうニックは判断した。ナルガーヴァが得意とするのは、強化魔術と防御魔術を組み合わせた防衛戦だ。

馬車や竜車での移動中に魔物や盗賊に奇襲を受けたときにいち早く体勢を立て直す、そうした護衛の騎士に求められる戦いを得手としている。あるいは武器をおおっぴらに持てない状態での要人警護なども得意だろう。

ナルガーヴァ自身の言葉と、実際に戦ってみた手応えからニックはそのように推察していた。ならばいっそのこと、打撃の重さを覚悟して小細工のない拳で挑む。

「ぐっ……貴様もなかなか……巧《うま》いものじゃ……！」

「なにっ!?」

ナルガーヴァはニックの必殺の一撃を受け、耐えていた。

ニックの拳に広がるのは異様な感覚だ。まるで一個の岩があるかのような、あるいは人間の形の巨木が、大地にしっかりと根を下ろしているかのような、揺らぐことのない手応え。ナルガーヴァは巨体ではない。中肉中背といったところだ。見た目と重さが乖離《かいり》している。

「じゃっ！」

その一瞬の戸惑いが招いたのは、一撃必殺の反撃だった。慌ててニックは腕を交差して防ごうとする。しかしナルガーヴァの拳の威力はあまりに大きく、ニックの体ごと吹き飛ばした。

「ニック!?」

その派手な吹き飛び方に、全員が血相を変えた。

打ち所が悪ければ戦闘不能になっていてもおかしくない。

「くっ……回復します、皆さんカバーを！」

「わかっタ！」

ゼムがニックのもとに駆け寄る。

それを防衛するため、再びカランが飛び込んだ。

「馬鹿め！　その迂闊な行動が命取りだとまだわからぬようじゃな！」

カランの大振りの一撃は恐ろしいが、ナルガーヴァに対応できない速度ではない。

敏捷性《びんしょうせい》においてはナルガーヴァの方が遥《はる》かに有利だった。

「ぐはっ！」

カランの攻撃をかいくぐり、ナルガーヴァがニックに追撃を仕掛ける……と思いきや、ゼムを思い切り殴り飛ばした。魔術によって強化された打撃はもはや鉄塊やメイスの打擲《ちょうちゃく》と変わらない威力を持つ。

「オマエッ！」

怒りに燃えたカランが振り返り、ナルガーヴァに襲いかかる。

だが、ナルガーヴァの方が一枚も二枚も老獪《ろうかい》であった。

ニックとゼム、どちらにも攻撃できるという状況を作り、カランにはどちらを守りどちらを捨てるかという選択肢を投げかけている。

「……くっ！」

そんなことは気にせずナルガーヴァを斬りつければよい。

だが、そこに気付くまでのわずかな一瞬さえ得られるならばナルガーヴァにとってはなんの問題もなかった。

「甘いッ！」

痛烈な蹴りがカランに襲いかかった。

ティアーナが魔術で応戦しようにも、まるで背中に目が付いているかのように立ち位置を変え、常に仲間が魔術に巻き込まれる範囲で動いている。味方を巻き込む覚悟がなければ魔術を放てない。

ナルガーヴァはたった一人でありながら、全員を手玉に取っていた。

「パーティーを組むということは強力だが、時としてこうして弱点をさらけ出すことでもある。ゼムよ。貴様が穴だ。貴様との問答は響くものがあったが、少し残念じゃな」

ナルガーヴァがゼムを蹴飛ばした。

ゼムは受け身を取りつつ自分を治癒する。そしてよろめきながら、ナルガーヴァを睨んだ。

「響くものがあった……？　子供をかどわかす不埒者《ふらちもの》は許せないと虚言を弄したあなたの、一体どこに響くというのです」

「嘘《うそ》をついたつもりはない。儂は儂のことが許せんからな。あまりにも無法にして非道じゃ」

ナルガーヴァは平然とした顔でゼムに襲いかかる。

カランの攻撃をいなしながら、的確にゼムの鳩尾《みぞおち》、顎、喉といった弱点を突く。

人が、素手で、人を殺す瞬間を、カランは目の当たりにしようとしていた。

「クソッ、止《や》めロ……！」

「お前では止められんよ。洞窟の獣を狩る剣では錬磨した人間など殺せぬ。お前は戦ってなどいない。狩りに興じているだけのこと」

つまらなそうにナルガーヴァが吐き捨てた。

だがその瞬間、ナルガーヴァの体に、ニックが蛇のように絡みついた。

「がっ……貴様っ……!?」

「その通り、これは組み手や試合じゃなくて狩り《マンハント》だ。だから殴り合いに付き合うのはおしまいだ。オレの得意技にも付き合ってくれよ」

ニックが、痛めつけられるゼムとカランを囮《おとり》にして静かに這《は》うようにナルガーヴァに近付いていた。身を低くして鋭く足下から絡みつき、関節技の体勢に持ち込む。

「これなら拳の威力も身軽さも関係ない。お前はあんまり経験ないだろう。酒場の喧嘩《けんか》ならともかく、野外の野盗退治や魔物退治みたいな騎士様の仕事じゃ使えねえ技術だからな」

ニックは逆立ちのような状態になり、両手でナルガーヴァの足を摑《つか》んだかと思うと今度は自分の足でナルガーヴァの首を極《き》める。窒息を嫌がってもがいたところでナルガーヴァが倒れた。もがけばもがくほど、ニックの手足がナルガーヴァに深く絡みつく。

「ゼム、オレを助けようとしただろう。勘違いすんなよ。今のお前は、オレに、助けられる側だ」

「ですが、ニックさん！　その傷では……！」

一見、ニックが形勢逆転したように見えた。

だがニックもまた満身創痍《まんしんそうい》だ。

今すぐ傷を治す必要があるとゼムは思い、だが、そうではないとニックは言おうとしている。

「うるせえ馬鹿野郎！　助けられる側の人間になるのがそんなに恥ずかしいのか！　それとも助ける人間を見下してんのか！　そんなんだから神官は気位が高いって裏で陰口叩《たた》かれるんだよ！」

「……ニックさん」

「ナルガーヴァの言う通り、今のお前は穴だ。どうすりゃいいかわかってんだろう。冷静になれ」

「……ええ。いや、失敬。頭に血が上っていました」

ナルガーヴァが苦悶《くもん》の声を上げる。

その剛力をもってニックを振りほどこうとしている。

万力のような力を込めて、ニックを引き剝《ひ》がすどころか足そのものを押し潰そうとする。

この膠着状態に割って入るのは、敵に利益をもたらしかねない。

ゼムはこの瞬間、諦めた。

ニックに任せるという選択をした。

「ニックさん。僕は今から逃げるので必死に時間を稼いでください。僕を助けてください」

「なんじゃと？」

ゼムの言葉に反応したのは、ナルガーヴァであった。

「……ナルガーヴァさん。僕はあなたに勝てませんよ。今はニックさんが上手く捕らえてくれていますが、僕が狙われる限り【サバイバーズ】に勝機はないでしょう」

「ふっ……だからどうしたっ……！」

「逃げます」

「なに？」

「建設放棄区域《ガーベージコレクション》の診療室に火を放ち、すべてを燃やします。あなたの論文を受け取った人間にすべてを暴露し、功績をすべて闇に葬りましょう」

そのゼムの淡々とした言葉に、ナルガーヴァは正体を暴かれたとき以上に驚愕《きょうがく》した。

「では、さようなら。二度と会うこともないでしょう」

そしてゼムは、ナルガーヴァに背を向けて走り出した。

「がっ……！　き、貴様……！　それでも神官か……！　儂の、儂の研究が、どれだけの人間を救うと思って……！」

「神官だったのは昔の話ですよ、あなたと同じく」

「ぐうううぅおおおおお……！」

ナルガーヴァが苦悶の声を上げて今まで以上にもがいた。

締め続けるニックの限界も近いが、このままではナルガーヴァの意識が落ちる。

ニックが手応えを感じ始めたその瞬間、ナルガーヴァが自分の袖から鎖を出した。

「うおおおおっ……！」

鎖は蛇のように自在に動き、天井を目指した。建物の支柱の一つに絡みついたかと思うと、まるで建設現場のクレーンの如くニックごとナルガーヴァの体を持ち上げる。

ニックたちはその思惑にすぐに気付いた。

振り子のように揺れて、ニックの体を壁に叩きつけて押し潰す気だ、と。

「おばかさんね！　そうやって不用意に使うのを待ってたのよ……《凍気《フリージング》》！」

ティアーナが、支柱に絡みついた鎖を凍らせていく。

蛇のように自在に動く鎖の動きを封じたところで、カランが動いた。

「《火竜斬》！」

今までのフラストレーションを爆発させるかのように、紅蓮《ぐれん》の炎《ほのお》をまとった刃を振りかざす。それを冷え切った鋼鉄の鎖に叩きつけた瞬間、急激な温度差によって爆発が巻き起こった。

そして気付けば鎖は砕かれ、中途半端な高さからニックとナルガーヴァが落下する。

「ぐあっ、いってえ……！」

「くそ、やってくれたな貴様……！」

それなりの高さから落下したためか、二人ともダメージを負っていた。

ナルガーヴァは自分を治癒しつつよろよろと立ち上がり、ニックにはゼムがすかさず駆け寄った。

「へっ、ばーか、揺さぶりに騙されやがったな」

「姑息《こそく》な……！」

「褒め言葉か、それ？」

ニックが、意地悪く微笑《ほほえ》んだ。

「……けど、わかっただろう？　今はまだやる気はなくとも、やろうと思えばできるんだぜ。そんな悪辣なことはやらないって、オレたちのことを信用できるか？　ナルガーヴァさんよ」

当然、これもまたブラフであった。

今のニックたちがなんとしても成し遂げるべき目的はナルガーヴァの打倒でもなく、ナルガーヴァが功績を挙げることを阻止することでもない。

誘拐された子供たちの居所を突き止め、救出することだ。

だがそのためには今ここで逃がすわけにはいかない。

「大丈夫ですか、ニックさん」

「ああ、問題ねえ。大体摑めた」

ニックが大きく息を吸い、吐いた。立ち上がり、一歩踏み出す。

「もう一度、ご指南頂こうじゃねえか」

「摑めた、だと？　若造め。そちらこそ手の内を見せておいて再び通じると思うか」

ナルガーヴァもまた、悠々とした足取りでニックに近づく。

カランが飛び出しそうになるのを、ニックが目で制した。

「ニック……」

「任せとけ」

そしてもう一度、拳と拳が交差した。

「ぐっ……！」

ほんの一瞬の交錯に、歴然とした差が生まれた。

ニックは、数メートルの距離を吹っ飛ばされていた。

カランたちは呆然《ぼうぜん》と宙を舞うニックを見つめる。

このままでは先程と同じことの繰り返しではないかという不安がよぎる。

「ニックさん！」

ゼムが慌てて駆け寄ろうとする。だがニックは、床に体を叩きつけられると思われた瞬間にひらりと身をひねって着地した。

「あ、あれ……？」

ゼムの驚きをよそに、ニックがぱんぱんと膝についた埃を払う。これといってダメージを受けている様子はない。

「……よもや、この短時間に本当に摑んだのか」

「さて、どうだかな？」

「貴様！」

再び、ナルガーヴァが重圧感の溢れる拳を突き出した。

ニックはまるで子供の玩具《おもちゃ》のように吹き飛んだ。

「じゃッ！」

更にナルガーヴァが怒濤《どとう》の追撃を仕掛けた。

床が割れるような力強い踏み込みをしたかと思えば、倒れたニックのところまで一瞬で距離を詰める。果実を潰すかのように無造作に踵が振り下ろされる。ニックは横に転がりながら避ける。《軽身》を使い、器用な体捌《たいさば》きで縦横無尽に動く。だがそれでも、ナルガーヴァの拳は追いかけてきた。再び正面から向かい合う格好となり、ナルガーヴァの正面の突きをニックは受けた。ニックはまたも吹き飛ばされる。

「……っと」

そしてまた、猫のように身をひねって着地を成功させた。

「いや、ちょっと酔うなコレ。何回も使えるもんじゃねえや」

「この戦闘の最中でベクトルコントロールを覚えたというのか」

ナルガーヴァの顔は驚愕に染まっていた。

「ベクトルコントロール？」

「……あるいは、化勁《かけい》とも言われる技術じゃ。自分の重さをコントロールして自分に襲いかかってくる力の流れと同調して防ぐ。魔術による軽さと筋肉の脱力を同時に行い、流れに身を任せれば、舞い散る枯れ葉や羽毛のように衝撃を極限まで軽くできる」

「まだ完璧にはできてないがな」

「だがそれでも《重身》を使った打撃を防ぐにはもっとも効果的な防御となる」

「やっぱりそうか」

ナルガーヴァとは対照的に、ニックが納得したという顔をしている。

「ただ単に重量を増やしただけじゃねえ。足の踏み込みと同時に《重身》を使って前進する力や打撃力に変換してた。あとオレのやり方とは逆に、自分を重くしてダメージを軽減したりしてたな。……あ、今気付いたが、もしかして鎖を使って移動するときも《軽身》だけじゃなくて《重身》も使ってたのか？」

ナルガーヴァは厳しい表情をしながらも、静かに息を吐く。

そして意外にも、棘のない口調でニックの問いに答えた。

「……《軽身》と《重身》をすばやくスイッチすることで変則的な軌道となる。あるいは同時に詠唱することで自己の重さの中心をずらすこともできる。流れに身を任せるベクトルコントロール、己から流れを作り出すベクトルコントロール。この二つを極めて初めて奇門遁甲《ステッピング》の入門となる」

「奇門遁甲《ステッピング》……？　んなこと一言も聞いてねえが」

「まだ教えるところまで達していないと判断したか、勝手に達すると判断したか……。ともあれ、なぜそこに気が付いた？」

ナルガーヴァの問いに、ニックはまるで世間話するかのような気楽さで答えた。

「格闘術はしこたま習ったからな。拳を合わせてりゃ大体の体重はわかる。その手応えと見た目の重さが釣り合ってねえんだよ。感覚のズレがなんでかを考えてたら思いついた」

「……そうか」

「んで……指南してくれるって話だったよな。もう少し教えてくれるのか？」

「いや、喋《しゃべ》りすぎたな。死にゆく者への冥土の土産と思って話したが、これ以上未練を与えては酷というものよ。それに……気付いたところで対抗できるわけではあるまい」

「へっ、そりゃ一朝一夕で勉強しただけで勝てるとは思わねえさ。だが……同じ土俵で戦わなきゃいいだけの話だ」

ニックは呼吸を整える。

「熟練の魔術師で、猿よりも俊敏で、そして重量級な格闘家も兼ねてる……それだけの人間だ。人間だったら、なんの問題もねえ」

そして指や手首を回して関節の柔らかさを確かめ始めた。

これから本気で格闘でやりあうという意思表明だ。

「それができるならばやってみるがよい」

「十分にそっちの恐ろしさは味わった。今度はこっちが一手指南する番だ」

「戯《ざ》れ言《ごと》を。何度試そうが無駄なことじゃ」

ナルガーヴァが拳を打つ。

ニックもそれに応じ、打ち合いになった。

二人の距離が近すぎるために全員、ニックを助けることができない。

そのとき、ナルガーヴァが動いた。

「《黒刀》！」

大振りの拳を打つと見せかけて後ろに引き、攻撃魔術を放った。

鋭利な黒曜石がニックの体の中心を狙う。

だがニックはナルガーヴァのバックステップよりもさらに踏み込んで距離を詰め、ナルガーヴァの懐に飛び込んでいた。魔術の発動する瞬間の手を裏拳でそらし、魔術はあらぬ方向へ向けて撃ち出されていった。

「目と手と口と魔力を読めば、魔術の兆しは読めるんだよ。あんた、冒険者や喧嘩屋じゃなくて、騎士団みてえにまっとうなところで訓練してただろう。ズルや誤魔化しの腕前は並だな」

「なっ……！」

ナルガーヴァは驚愕しつつも、左腕で掌底《しょうてい》を放つ。

しかしそこからのニックの動きは、ナルガーヴァ以上に老獪そのものだった。

「まだまだッ！」

拳。蹴り。手刀。魔術。

ナルガーヴァのあらゆる攻撃が対応されていた。ニックは正面から拳や蹴りを受けるのではなく、微妙に角度をそらすことで重量級の打撃をすべて避けていた。

「しかし《魔術感応》って便利だな。手で触れてる限り魔術の発動がまるっきりわかっちまう。実戦でようやく便利さがわかってきた」

「くっ……！」

ナルガーヴァが《重身》を使った渾身《こんしん》の一撃を放った。

恐るべき重さの拳がニックを襲う。

「これまでは重さと軽さが変わるから感覚が掴めなかったんだよ。けど、仕組みがわかったならなんてこたぁねえ」

あまりにも鋭い拳はニックの革鎧の一部を吹き飛ばした。

だがニックの皮も肉も、傷一つ付いてはいない。

そしてナルガーヴァの伸びきった腕は、ニックの獲物だった。

「捕らえたぜ」

「ぬうッ！」

ナルガーヴァの腕にニックの腕が蛇のように絡みつく。ナルガーヴァは《重身》を掛けて渾身の力で振りほどこうとするが、力の掛かる方向を巧みに読み、そらし、ますます離れまいと絡みついていく。

「しゃらっ！」

ニックがナルガーヴァの腕を絡めた状態から、自分の下半身を持ち上げて逆立ちのような状態になった。

そして自由になった両足は、蛇のようにナルガーヴァの首に襲いかかった。再び足でナルガーヴァを締め落とそうと首に狙いを定める。

「同じ手は食わんと言ったはずじゃ！」

ここでナルガーヴァは、あえて転倒しようとした。

転んでしまえば自分が不利になる……という思い込みを捨てなければ、自分に絡みつく相手には勝てないと気付いた。剣での戦いや殴り合いとは違う機微があると、ナルガーヴァも気付き始めた。

「普通ならそれで正解だ。多少ダメージを食らってでもオレと距離を取った方がいいぜ。だが……」

そのとき、信じられないことが起きた。

ニックは足をナルガーヴァの首ではなく肩に引っ掛けて、上方向へ移動する。そして、ナルガーヴァの頭の上に、指だけで逆立ちした。

ナルガーヴァが転ぼうとした方向に自分の体を捻って重心をズラし、転倒を防いでいる。

ニックの指一本で、ナルガーヴァの動きは完全に封じられた。

身軽などという言葉では言い表せないニックの行動に、全員が驚愕していた。

「よっと」

ニックが肘を曲げ、そして腕の力だけで跳躍した。

そして空中という人間の死角から再びナルガーヴァに襲いかかり、ぬるりと腕をナルガーヴァの首に絡ませた。

ニックの全体重が掛かった絞め技に、しかしナルガーヴァは倒れなかった。渾身の力で引き剝がそうとする。廃工場に荒い息づかいと皮膚の擦れ合う音が反響する。上気した息が白くたゆたう。

ぽたり、ぽたりと汗が雫《しずく》となって床に落ちる。

「……決まったナ」

趨勢《すうせい》を見守っていたカランがそう呟いた瞬間、ナルガーヴァの体はその場に崩れ落ちた。

ミナミの聖人VS奇門遁甲《ステッピング》

荒い息づかいが廃工場の中にやけに響いた。

ニックと、そしてナルガーヴァのものだ。

ナルガーヴァは失神し、しばらくして息を吹き返した。

だが精根尽き果てたのか、微動だにしない。

そしてニックもまた、極度の疲労によってへたり込んでいた。

二人の緊迫した戦いは、勝者にも敗者にも等しく大きな消耗をもたらしていた。

「なぜ、このようなことを」

ナルガーヴァのもとへ、ゼムが近寄った。

「……それはすでに話しただろう」

「あなたの言葉が正しいとして、それならば黄鬼病以外の怪《け》我《が》の治療や礼拝などはする必要もなかったでしょう」

「特に意味はない。請われたからやったまでのこと。断って諍《いさか》いを起こす方が手間になる」

「あなたは矛盾している。子供を攫《さら》い、人々に病魔を振りまく。悪鬼の所業だ」

「ならばとどめを刺すなりギルドに突き出すなりすればよかろう」

「そうでありながら、無関係な施しを建設放棄区域《ガーベージコレクション》の人間たちに与えている」

「ただの気まぐれじゃ」

「ではなぜ、隠蔽に手を抜いたのです」

「手を抜いただと？」

「妨害されながらも定期的な誘拐を止《や》めなかったこと。僕らがあなたの診療室に出向いても逃げずにそのまま居続けたこと。名前を偽らずに論文を出したこと。子供の隠蔽も中途半端だったように感じます。子供の死体も、魔道具こそ使っていても、あそこに置いていては誰か気付く者が現れても不思議ではありません。他にもいくつか」

　ゼムの問いかけに、ナルガーヴァは無言だった。

「悪いが他にも聞かなきゃいけないことがある。『幻王宝珠』はどこで手に入れた？」

　ニックの問いにもナルガーヴァは答えない。

　沈黙が続いた。

　再び襲いかかってくるのではないか、という一抹の不安に、全員が緊張を解かなかった。そんなニックたちのことなど我関せずとばかりにナルガーヴァは深呼吸をして体を起こし、その場であぐらをかいた。その程度の体力まで回復したようだった。

「まあ……よかろう。奴《やつ》が来る前に話をするか」

「奴？　誰だそいつは」

　ニックが問いかけた、その瞬間のことだった。

　椅子や棚などを使って塞いでいたはずの扉が突き破られた。

「苦戦しているようだな、神官殿」

くぐもった声と共に、黒い人影が現れた。

いや、人と評してよいものか、ニックは迷った。

黒い鎧兜《よろいかぶと》をまとい、白い仮面をつけて顔を隠している。鎧は、鉄とも皮とも違う妙につややかな質感で、甲虫を凶悪にしたような不思議な形状をしていた。

そこらの鍛冶屋が作れるような代物ではない。そして仮面は、まるで陶磁器や宝玉を削り出したかのように美しい純白だった。

装備品も、本人がまとう気配も、まともなものではない。

「ねえ……。あれ、色は違うけど……」

ティアーナがひきつった声で呟《つぶや》いた。

ニックも、ティアーナと同じく戦慄していた。見覚えのある外見をしていたからだ。

「あれ……やっぱり、思念鎧装だよな」

「やっぱりそうよね。それにあの剣も、キズナと同じ……」

「オーラブレード型の魔剣だな。色はなんか毒々しいが、あれも間違いなく魔力で作られた刃だ」

ニックの言葉に、ティアーナが静かに頷《うなず》いた。

ごくり、と唾を飲み込む音がした気がした。全員がその異様な騎士の姿に圧倒されていた。

いや、姿ではない。存在そのものに威圧されている。

「……白仮面か。何の用じゃ」

ナルガーヴァが、謎の騎士に向かって呟いた。

「アフターサービスといったところか。手助けが必要だろう？」

「要らぬ」

「それではこちらが困る、神官殿はまだ仕事の途中だろう？　あの汚らしいゴミ溜《だ》めには死ぬべき罪人どもがいくらでもいるはずだ。もっともっと、実った麦のように刈り取ってもらわねば、魔道具を貸し与えた甲斐《かい》がないというものだ」

「……儂《わし》の目的はほぼ達成できておる。人が死ぬかどうかは結果論であって儂としてはどうでもよい。確約もしていない」

ナルガーヴァの言葉に白仮面と呼ばれた男が溜め息をつく。

だがそれは、感情とはまったく無縁で、無機質なものだった。呼吸とさえ感じない。まるで通気口やダクトからの排気にさえ感じる。

「互いの契約内容について改めておさらいしておきたいところだが……これでは落ち着いて話もできんな」

その瞬間、騎士の姿が揺らめいた。

また、カランとティアーナが同時に動いた。

カランの《ファイアブレス》とティアーナの《雷光》が騎士を狙って放たれる。

「……え？」

だが、その狙った場所に騎士はいなかった。

誰もいない空間に、魔術だけが飛んでいった。

「ガァアアーッ!?」

「ぐうっ……！」

そして、カランとティアーナのくぐもった悲鳴が、ニックの後ろから響いた。

「反応は悪くない。定命《じょうみょう》の存在にしては上々だ」

振り向けばそこには、剣を構えたまま吹き飛ばされたカランと、その後ろでカランの体に潰されているティアーナがいた。ほんの僅かな一瞬、カランが、ティアーナをかばったのだ。

「確か生還者《サバイバーズ》とか言ったな？　名前の通りしぶとい。奴が竜王宝珠を手に入れるのに時間を掛けたわけだ」

「な、なに……!?」

ニックは、動けなかった。

一歩でも動けばやられる。あれに比べればアマルガムゴーレムなど赤子に等しい。『進化の剣』を手にしたレオンよりも上だろう。恐らく、師匠のアルガスよりも格上かもしれない。

カランは竜骨剣を盾にしたおかげでティアーナ共々かろうじて生きているが、自分が直撃すればまず死ぬ。ならばどうする。考えろ。全員を逃がす方法は。

「して……貴様がリーダーだな」

俺は、ここで、死ぬ。

目が合った瞬間、強くそれを感じた。

景色が遅くなった。

意識が集中している。

「ゼム！　カランとティアーナを……」

叫びながら《軽身》を全力で自分に掛けた。

羽毛になれ。

流水になれ。

嵐の中で軋《きし》むことも割れることもない、柔軟さの極地を手に入れろ。

「……ほう」

白仮面の一閃《いっせん》が、見えた。

気付けば目の前にいる騎士が剣を振り下ろしている。その刃の下を、ニックはかいくぐっていた。

きっとそう来るだろう、という予測の元の行動だ。目で追いかけてなどいない。遥《はる》かに格上の速度に対抗するには、博打《ばくち》を打つしかなかった。偶然と幸運による一瞬がニックにもたらされた。

「取ったッ！」

そして騎士の腕を摑《つか》んだ瞬間に《軽身》を解除し、渾身《こんしん》の力で床を踏みしめ、膝、腰、そして全身に力を伝達させる。更には白仮面自身の力も利用することで、ニックは綺麗《きれい》に放物線を描くように白仮面を投げ飛ばした。

「……しゃあ！」

投げ飛ばした先には、業務用の大きな洗濯槽があった。鈍く重い音を立てて騎士が激突する。ニックにとって、今現在の自分に出せる最高の一撃だった。

やり遂げたという震えを抑えて、声を張り上げる。

「逃げるぞ……おまえら……！」

「ふむ。面白いぞ。ナルガーヴァと似たような真似《まね》ができるわけか」

だが、それもまた油断に他ならなかった。騎士を本気にさせてしまった。

確保できた時間は五秒か、十秒か。ニックの視界の隅で、ゼムがカランたちのもとへ辿《たど》り着《つ》くのが見えた。一心不乱に逃げに徹すれば、あるいは、大丈夫なはずだ。

「褒美に、痛みなくあの世へ送ってやろう」

奇妙な速さだ。

ただ剣を振り下ろすのが速いとか、踏み込みが速いとか、そういうレベルではない。すべての反応が速い。この男と相対するために必要な集中力を、自分では持続させることができない。ならば。

「ほう、諦めたか」

再び死線をくぐるしかない。

それも、先程のような回避を目論《もくろ》むのではない。食らうこと……もっと言えば、死ぬことを前提としたカウンターだ。両腕をだらりと下げ、脱力し、自分の首に剣撃が振り下ろされる瞬間だけを捉える。自分の攻撃が成功しようが失敗しようが、その結果を見ることができないのが心残りだ。

「カラン、お前のやりたいこと、何だったんだ？」

ぽつりと呟きが漏れた。

まあいい、とニックは妙に爽やかになった頭で考えを切り替える。

「その意気やよし」

黒い刀身が異様な輝きを放ち始める。

ここまでか——そう、ニックが思った瞬間、

「ちぇりゃああああぁッ!!」

謎の怪鳥のごとき雄叫《おたけ》びと共に、女の踵《かかと》が騎士の後頭部を直撃していた。

「ぐはっ……!?」

「な、なんだ……って、お前……」

「私が誰かはさておき、体勢を立て直してください！」

フードを被り、ゆらりとした袖の服を着た謎の女性がそこに立っていた。

黒い騎士に怯《ひる》みもせず、悠然と構えている。

ニックは喜色を浮かべながら叫んだ。

「オリヴィア、遅えよ！」

「……いや、あの」

「いや、遅いのはともかく助かった！　恩に着るぜ、オリヴィア！」

「ですから」

「ゼム！　オリヴィアが加勢してくれたぞ！」

「誰かはさておきって言ったでしょお！　なんのためにフード被ってると思ってるんですか！」

「え、あ、悪い、もしかしてそれで隠してるつもりだったのか……」

そんな会話をするうちに、騎士が立ち上がった。

「貴様……何者だ」

「会うのは初めてでしょうかね。噂《うわさ》はかねがね。白仮面さん」

「白仮面……？　あれ、そういえばそんな名前……」

どこかで聞いたことのある名前に、ニックはいぶかしげな顔をした。

その疑問にはオリヴィアが答えた。

「白仮面。巷《ちまた》では高級貴族や悪徳商人に盗みを働く義賊だなどと噂されています。ですが実際は、盗む相手も手段も選ばず魔道具を強奪し怪しげな儀式を執り行う、魔神崇拝者の使徒《エージェント》の一人です。時には自分にとって都合のいい犯罪者や闇の住人に武器や施しを与えるので、悪党からは『闇の聖人』、『ミナミの聖人』などと呼ばれていたりしますね」

「ええ、いや、ちょっと話が見えないぞ……？」

だがニックの困惑をよそに、ナルガーヴァが納得したように「なるほど」と呟いた。

「儂を助けて人死にが多く出るよう促したのはそれが目的か。儂に隠れて死体も盗もうとしたのも貴様じゃな……生《い》け贄《にえ》か何かにするつもりだったのか？」

「お前は知らずともよいことだ。それとも、何人も殺しておいて今更義侠心《ぎきょうしん》にでも目覚めたか？　笑わせてくれる」

白仮面がせせら笑いながら剣を振りかぶった。

「ぐうっ……重っ……！」

オリヴィアが白仮面の剣を受け止めた。

どうやら袖口に防具らしきものを仕込んでいるらしく、耳障りな金属音が響き渡った。

「何者かは知らんが、速さは十分。膂力《りょりょく》はまだまだ」

「でしょうねぇ！　ひ弱な女の子ですから！」

オリヴィアがそう言った瞬間、白仮面の視界でオリヴィアの姿がぶれた。

「なっ!?」

白仮面以上の速度で、オリヴィアは的確に打撃を与えていく。

相手が踏み込んだ瞬間に膝を蹴り、相手が首を下げた瞬間に顎を肘で打ち、剣を横薙《よこな》ぎに払おうとした瞬間に空いた脇に正面の突きを三発入れた。思わずバックステップを取った白仮面に、地を這《は》うような低い姿勢で距離を詰めた。白仮面は剣撃を放つ。オリヴィアは風に舞い散る花弁のように柔らかな動きで避《よ》ける。そして大振りの一撃を避けた瞬間、正中線の縦のラインに五発、掌底《しょうてい》を叩《たた》き込んだ。

「きっ……貴様……！」

黒い思念鎧装には、ひびが入っていた。

見ればそのひび割れの中から赤く禍々《まがまが》しい光が零《こぼ》れだしている。

しかしそれは少しずつ輝きが失われていった。傷が少しずつ修復されているのだ。

「流石《さすが》は古代文明の聖衣……ちょっとやそっとじゃ手に負えませんね」

そんな異様な状況の中でニックは、見とれてしまった。

恐らく、オリヴィアは自分やナルガーヴァと同じくステッピングを使用している。だがそれ以外に特別な技術は何も使っていない。すべて基礎を極めた先にある動きだったからだ。まるで舞踊のように流れる動きは、格闘を嗜《たしな》む者が目指す姿だった。

「す、すげえ……！」

「すげえじゃなくて助けてくださいよ！　硬すぎてちょっと手に負えないんですから！」

「って言われても……」

「悠長に話す暇があるとは、余裕だなッ！」

白仮面が叫んだ瞬間、その体から異様なオーラが放たれた。

赤茶色の謎のオーラは球形に広がり、その範囲内の床がひび割れていく。

「《限定迷宮創造：大赤斑》！」

「げふっ……こ、これは……！」

そのオーラは一気に広がり、オリヴィアの体がすっぽりと覆われた。

そして眼鏡がひび割れ、どろりとした血が耳から流れ出た。

「この範囲内では重力、大気圧、温度、さまざまな負荷が上昇する。本来は訓練環境を作り出す試験的な結界魔術だが……範囲を絞ればこの通り、人を殺すには十分な強さとなる」

「オリヴィア……！」

「こ、これは流石に苦しいですね……ごめんなさい、だべってる暇はありませんでした……」

「馬鹿、喋《しゃべ》るな！　……おいナルガーヴァ！　お前、鎖持ってたよな！　引っ張り出すぞ！」

「いいえ、大丈夫です」

オリヴィアが血まみれの顔のまま、不敵に微笑《ほほえ》んだ。

「十分時間は稼いだはずです。そろそろ来るでしょう」

そのオリヴィアの言葉が終わるか終わらないかという瞬間、ニックの眼《め》の前に一本の剣が飛び込んできた。工場の入り口からまるで砲弾のように飛んできたかと思えば、ニックの一歩前でぴたりと止まる。

『すまぬ……遅くなった……！』

「本当おせーよバカ！」

『分身体が一箇所に集まらねば剣に戻れぬのだ！　しかたないじゃろ！』

「わかってる！　だが助かった！」

そこに現れたのはキズナ、いや『絆《きずな》の剣』だ。

ニックは、迷わずに剣の柄《つか》を握りしめた。

「聞きたいことも言いたいこともいくらでもあるが……ゼム！　ぶっつけ本番だが行くぞ！」

「わかってます！」

カラン、ティアーナの治癒をしていたゼムが立ち上がり、ニックのもとに駆け寄る。

そして共に叫んだ。

「「《合体《ユニオン》》！」」

ニック／ゼムVSミナミの聖人

ほんの一瞬、昏倒《こんとう》していたティアーナが目を覚ました。

「う、うう……」

「ティアーナ、大丈夫カ？」

カランが心配そうに声を掛ける。

ティアーナは痛みを我慢して立ち上がり、周囲を警戒する。

「何がどうなってるの……？」

「オリヴィアがやたら強くて、時間稼いでくれタ」

「何がどうなってるかさっぱりわかんないんだけど」

「ワタシもよくわかんなイ。けど……ほら」

カランが指差す先をティアーナが見た。

そこでは絆の剣から凄《すさ》まじい光が暴れるが如く放たれていた。

だがそれもやがて収束し、一人の人間の姿を象《かたど》った。

涼やかな顔をした男だった。

美しい黒髪。引き締まった体。だが、その手に剣は握られていない。

剣は男の周囲を浮遊し、清らかな光の刃を放っている。

そして手に武器を持たない代わりに両手と両足から不思議な白い輝きが放たれている。要所要所を覆う白い思念鎧装は、普通の鎧とは少しばかり形状が異なっている。その身を守るための鎧ではない。

むしろ手足の動きを阻害せず瞬時に攻めに移るための、獰猛《どうもう》な気配が漂う鎧だ。

「あら、美丈夫《イケメン》」

ティアーナのすっとぼけた呟きに、カランが苦笑した。

一方、白仮面にとっては冗談では済まされないものだったようだ。

「《合体《ユニオン》》だと……!?　失われた古代魔術だぞ、馬鹿な……！」

白仮面は驚愕《きょうがく》し、警戒心を剝《む》き出《だ》しにしたまままじっくりと観察している。

そこに、男——ニック／ゼムが一歩踏み出した。

「「さて、第三ラウンドと行こうか」」

神秘的な声が朗々と廃工場に響き渡る。

そしてぱちりと指を鳴らした。

「「《全体治癒》」」

浮遊している絆の剣が、清らかな光を放ち廃工場の中を照らし出した。それは味方全員を包むと、カランやティアーナに残っていた傷が癒やされていく。ティアーナの背中や頭に残っていた鈍痛が消え、気分も晴れやかなものになった。

先程までゼムが唱えた治癒魔術とは次元が違っている。

「す、すごいわね……。手を触れずに完全に回復させるなんて生半可な芸当じゃないわよ。剣が発動体になってるの……？」

「そんなところらしいですね」

そして回復力は、【サバイバーズ】以外の人間たちにも及んだ。

「ぐっ……余計なことを……」

ダメージを負ったままのナルガーヴァまでもが回復した。

「いいから黙ってなさい」

そしてカランとティアーナは戦闘の邪魔にならないようにナルガーヴァを引きずって大きな洗濯槽の裏に隠れ、がんばれとか負けるんじゃないわよとかすっとぼけた応援を始めた。

「しまらなくて悪いな、それじゃ改めて仕切り直しだ」

「……それは《合体《ユニオン》》を権能とする聖剣か……？　先の戦争では実戦投入されなかったものだな？」

「さあて、あなたは知らずともよいことです」

「意趣返しのつもりか。ならば無理にでも答えてもらおう」

白仮面は魔力を左手に込めると、更に禍々しいオーラが吹き出て結界が広がっていく。

だがそこにニック／ゼムは悠々とした足取りで踏み入れた。

「ちょ、ちょっと！　結界に入るなら、もっと対策をしてからじゃないと……！」

ティアーナの警告など気にも留めず、ニック／ゼムは涼しい顔のままだ。

そして体がすっぽりと結界の中に入った瞬間、ニック／ゼムの口から呪文が紡ぎ出された。

「《永続治癒》」

「なにっ!?」

再び、絆の剣が輝き出した。

赤く禍々しい結界に覆《おお》い被《かぶ》さるように白い輝きが広がっていく。

「「原理はよくわからないが……ダメージを与え続けるという結界ならこちらも結界で対応するだけだ」」

《永続治癒》とは、高位の神官たちが入念な準備と連携があって初めて成立する結界魔術だ。この結界の範囲内において指定された存在は傷を負ってもすぐに癒える……というより、何らかの攻撃によって負傷することや死することを禁じるという外法すれすれの魔術だ。

「ぶはっ……！　あー……ちょっとは楽になりましたね。化粧直してきていいですか？」

オリヴィアが割れた眼鏡を胸元に仕舞《しま》いながら顔の血を拭った。

だが、消耗が酷《ひど》い。

結界に阻まれて先程の回復魔術の効果は届かず、《永続治癒》の効果も限定的なようだ。

思念鎧装と結界、双方の効果をもってようやく白仮面と互角というところだろうと思い、ニック／ゼムは白仮面を油断なく見据える。

「「オリヴィアは休んでろ。それに傷は癒えても重くなった重力まではどうにもならない。あいつを倒すまではな」」

ニック／ゼムはそう言いながら、白仮面の眼前に大きく踏み込む。

踏み込んだ足元の床が割れると同時に、白く輝く手が白仮面の腹部に当てられていた。

「ぐおおおっ！」

ぐらり、と白仮面の体がよろめいた。

鎧がへこみ、苦悶《くもん》の息を漏らしている。

膝が地についた。

「「ようやくダメージらしいダメージを与えられましたね……。あなたには聞きたいことが山程あります。喋って頂きましょうか」」

ニック／ゼムが自分の指の動きを確かめながら、白仮面に言い放った。

だが、業火のような敵意と咆吼《ほうこう》が響き渡った。

「……舐《な》めるなァ！」

そして白仮面の叫びと共に、へこんだ鎧が元に戻っていく。

「「……かなり本気の一撃だったんですけどね」」

「聖衣がその程度で壊れるものか……！」

白仮面はお返しとばかりに、渾身の力を込めて剣を振るう。

「「重っ……！」」

ニック／ゼムは両手を交差し、篭手《こて》で剣を受け止める。

鋭さを上回るあまりの重さを受け止めきれず、踏み留まろうとする足が硬い床を砕きながら後ろへと下がっていく。

『これは……おそらく剣の本来の刀身が別次元に折り畳まれておるな。おそらくあれの本来の姿は竜骨剣以上の巨大な剣……というより棍か槌《つち》じゃ』

「「キズナ、もう少しわかりやすく」」

『ええと……見た目以上の重さがあるということじゃ。ばかでかいハンマーを相手にしてると思え』

「「承知！」」

そこからしばらく、白仮面とニック／ゼムの殴り合いが続いた。

一合交える度に、だぁん、とか、どぉん、といった、まるで建築現場のごとき音が響いた。

腹の底まで響き渡るような轟音《ごうおん》の中心は、意外なほどに丁寧な所作をしていた。

剣を振り下ろす白仮面の姿は無駄がなく、その行動とは裏腹にストイックさを感じられるほどの静けさがあった。それを受け止めて拳を繰り出すニック／ゼムは、玄妙の一言に尽きた。

「《永続治癒》の効果も、我が結界内でダメージを負わせ続ければ間に合わなくなる。単純な足し引きの問題だな」

白仮面が不敵に呟く。

その言葉どおり、ニック／ゼムは回復が間に合わない手傷を負い始めていた。

対する白仮面の方は、鎧の効果のためか傷が自動的に修復されている。

「そら、受け止めてみるがよい！」

洗練された剣閃から放たれるあまりにも大きな衝撃は、ニック／ゼムの体の芯にまで衝撃が広がっていた。もし永続治癒の効果がなければ、跡形もなく吹き飛ばされていただろう。白仮面も決して無傷ではないが、堅牢《けんろう》さや耐久力という面では段違いだった。

「「いや、感服したぜ。表舞台に出ていたならば英雄か悪漢かはともかく天下無双と褒《ほ》め称《たた》えられてただろうよ」」

「浮世の儚《はかな》い名誉など興味はないな」

「「そうか。意外とストイックなもんだ」」

「減らず口もここまでだ」

「「そうだな、そろそろ真面目にやろうか」」

「なんだと……？」

白仮面が疑問を呟いた瞬間、ニック／ゼムの体は宙に浮き上がっていた。

ただの跳躍であり、ゆるやかささえ感じる動きだった。

「その程度で不意をついたつも……なにっ⁉」

ニック／ゼムはそのまま上昇するかと思いきや、凄まじい速度で鋭角に曲がった。

非生物的な軌跡を描きながら、白仮面の側面から膝を叩き込む。

「がはっ……！」

「「ステッピングは結局のところ、物理的に可能な動きしかできない。高く跳び上がったり放物線を描いたりすることはできても、こういう芸当は難しい」」

「な、何をした、きさま……！」

白仮面の言葉に、ニック／ゼムは微笑みだけを返した。

「「速度を上げていこうか。上手《うま》く避《よ》けろよ」」

そこからニック／ゼムは、まるで鏡が光を反射するかのような軌跡を描きながら白仮面を翻弄した。オリヴィアのような技巧を極めた動きとは対照的で、あまりにも無茶苦茶《むちゃくちゃ》な動作だ。

「がっ、き、きさ……ま……！」

白仮面の剣が空振りし、そのがら空きになった胸元にニック／ゼムの拳が叩き込まれた。かと思うと、斜め上にニック／ゼムが逃げたり、急加速して回り込み白仮面の背後を襲ったりと、変幻自在の攻撃を重ねていく。先程とは逆に、白仮面の方が満身創痍《まんしんそうい》となる番だった。

「『他に手がないなら、そろそろ終わりにしとこうか？』」

「舐めるなよ小僧ども……！　《魔術索敵》」

白仮面が魔術を唱えつつ、あらぬ方向に手を伸ばす。

「そこか……《誘導炎球》！」

そして、手のひらから球形の炎が十発ほど放たれた。炎はゆっくりと浮遊したかと思うと、それは突然速度を上げてすべてばらばらの方角へ飛んでいく。

「『あ、やべ』」

すると突然、何もないはずの空間に火球が衝突し小さな爆発を起こした。

「やはり……周囲に思念鎧装のようなものを展開していたな。それを足場にして移動し、浮遊しているかのように見せかけていたわけだ」

「『……よくわかったな。付け加えるなら、踏むと同時にオレの体に反動を与えるような仕掛けも施してた。ま、簡単なトリックさ』」

「それを制御しているのは……あの剣だな！」

白仮面が空中に浮遊している絆の剣を睨《にら》み、剣を振りかぶって跳躍した。

「『しまった……！　なんてな』」

ニック／ゼムが不敵に微笑む。

『ふん、こちらを狙うことなど見え透いておるわ！』

キズナが笑うと同時に、その場でくるくると回転を始めた。それはすぐに視認が難しい速度となり、まるで輝く円盤のような姿となる。

空気を切り裂く凶悪な音が響き渡った。

「しゃあっ！」

そこに、白仮面は恐れることなく斬撃を繰り出した。

剣と剣がぶつかりあった瞬間、目が焼け焦げそうになるほど凄まじい光と熱が放たれた。互いの速度と衝撃が強すぎるために、剣撃の衝突がもはや爆発と変わらない。

「「おっと、こっちを忘れちゃ困るぜ」」

剣撃に押されて体勢を崩した白仮面を、ニック／ゼムは見逃さなかった。

手足や肘を砲弾の如き勢いで白仮面に打ちつける。そして白仮面がニック／ゼムの攻撃を避けることに意識を向けた瞬間、絆の剣が放物線を描きながら襲いかかる。

三百六十度すべてがニック／ゼムの攻撃範囲だ。白仮面がどんなに強くとも、すべてに対応しきることは不可能だった。そしてニック／ゼムの踵が白仮面の脳天を打つと、工場の床を砕きながら白仮面は倒れた。大の字になって床に転がっている。

「「……やったか？」」

静かな廃工場に、ほんの僅かな沈黙が訪れた。

勝利への期待と、こんなもので終わるはずがないという計算が混ざり合う。

そして期待を裏切り、計算を証明するように、白仮面の哄笑《こうしょう》が鳴り響いた。

「くくく……褒め称えざるをえんな。ここまでの窮地は久方ぶりだ……！」

白仮面がそんな言葉とともにゆらりと立ち上がる。そして、黒い鎧の隙間から赤い光が零れだした。まるで膨大な力が風船の如く膨れ上がっている、そんな印象さえ受ける。

「「キズナ、あれはなんだ……？」」

『……あれが本当に聖衣だとすれば、緊急避難モードが発動したのじゃろう。今までの倍は速くなるぞ。ただ速度が上がるだけではない。脳神経そのものの速度が加速するため、剣の冴《さ》えも倍になると考えよ』

「「おいおい……気軽に言ってくれるぜ！」」

「覚悟しろ……もはや出し惜しみなどせぬ！！！」

そこからは、完全な膠着《こうちゃく》状態に陥った。

雷鳴が轟《とどろ》くような音と輝きが廃工場を染め上げた。もはや壁も床もひび割れ、今にも崩れ落ちそうな有様だ。

二人とも結界魔術の範囲を絞り、戦場を広げない方針で戦っているために無事で済んでいるだけであり、少しでも攻撃の余波が漏れたならば周囲の建物も人間も吹き飛んでいくだろう。

そんな危うい綱渡りのような膠着状態も、やがては終局へと向かう。

「ふふっ……どうだ貴様ら……！　我にここまで拮抗《きっこう》できたこと、誇りに思うがよい！」

ニック／ゼムは押され始めていた。

あまりの圧力に思念鎧装が弾《はじ》け飛《と》び、絆の剣の光もどこかくすみ始めている。

魔力の底が見え始めていた。

「「オレたちの攻撃をここまで凌《しの》ぎきるなど並大抵のことではできねえだろう。お前もすげえよ」」

「ふん、若造の賛辞など要るものか。だが貴様らのことは覚えておいてやろう」

「「こっちもそのつもりだ……。じゃあな、白仮面。お前の敗因は、凌ぎきって競り勝つことに集中しすぎたことだ」」

「はっ、今更何を……」

と、白仮面が言いかけた瞬間、白仮面の胸甲が不気味に膨らんだ。

「がはっ……なっ、き、きさ……ま……!?」

「いやはや……即興のコンビネーションにしては上手く行きましたね」

それは、背中から来た圧力が白仮面の体を走り、反対側の胸の部分で爆発した。

白仮面が受けた圧力の正体とは、オリヴィアの渾身の力を込めた掌打だ。

撤退した振りをして体力を回復させ、魔力を練り上げ、最後の一発を決めるチャンスを今までずっと窺《うかが》っていた。

「「このまま座視して殴り合いの勝負で決まる方がスマートだとはわかっていたのですがね。しかしそちらは高度な魔道具を武装し、敵を結界に閉じ込め、ひたすら自分に有利な状況を作った中での戦いです。卑怯《ひきょう》とは言わせませんよ」」

ニック／ゼムは、ゼムが時折見せる意地の悪い笑みをその口元に浮かべていた。

「詭弁《きべん》をッ……！」

「行きますよ！　ニックさ……ゼムさん？」

「「どちらでも構わねえよ」」

オリヴィアが人体の急所に致命的な打撃を加えていく。

そして駄目押しとばかりに、砕けた胸甲をニック／ゼムの拳が殴り飛ばした。

「ニック！　ゼム！」

赤茶けた空間……白仮面の造り出した結界が消えていくと、ティアーナたちが駆け寄った。

丁度そのとき《合体《ユニオン》》も解け、ニックとゼムの二人が床にへたり込んだ。

二人とも魔力も体力も使い果たし、息も絶え絶えといった様子だった。

「つ、疲れた……死ぬかと思ったぜ」

「流石に今回ばかりは死を覚悟しましたね……」

「無茶しすぎだゾ」

ニックがカランに手を引かれて、よろよろと立ち上がった。

「悪いな……けど、まだ終わっちゃいねえよな」

ニックの視線の先には、倒れた白仮面がいた。

死んだようにぴくりとも動かない。再生機能が死んだのか、砕けた鎧が再生する兆しはない。

「しかし……なんなんだこいつは」

「武器を外して拘束しましょう。魔術を唱えられないよう仮面を外して猿ぐつわも……」

ゼムが動こうとした、そのときだった。

「……え？」

ゼムの体が、思い切り引っ張られた。

引っ張った手はナルガーヴァのものだ。まだ戦う気なのかとゼムが睨みつけようとした瞬間、何かが凄まじい速さで、甲高い音を立てながら飛んでいった。

「ぐふっ……」

「ナルガーヴァさん!?」

小さな穴が、ナルガーヴァの体を貫いていた。

一瞬遅れて、鮮血が傷口から噴き出した。

その貫いたなにかが来た方向に目を向けると、白仮面の袖口から奇妙な鉄の筒が伸びていた。焼入れした後で黒染めしたと思《おぼ》しき、艶のない真っ黒い鉄の筒だ。

だが、見たところ魔道具ではない。魔術師の杖《つえ》のような宝玉さえはめ込まれていなかった。

「このような小細工に頼らねばならぬとはな。だがこれが我の契約だ」

白仮面の声には使命を全うしたという考えはなく、落胆が満ち満ちていた。

「生きてるぞあいつ！　全員、盾を張って！　ゼム……はガス欠か、くそっ……！」

「わかっタ！」

「こっちよ！　《氷盾》！」

奇妙な攻撃を警戒し、ニックが気力を振り絞って指示を飛ばす。カランがすかさず前に出て竜骨剣を盾のように構え、ティアーナはカランに守られつつ広範囲に防御魔術を張った。ゼムが回復魔術を行使しようと近寄るが、魔力を出し切っているためか上手く行かない。このままではまずい。

全員に焦燥が募った。

が、白仮面からの追撃はなかった。

「では、さらばだ」

くるりと背を向け、白仮面が何事もなかったかのように颯爽《さっそう》と去っていく。

「え……お、おい、逃がすな！」

ニックがそう言った瞬間、白仮面が謎の鉄の筒を向けてきた。

「危ない！　鎧くらい簡単に貫通しますよ！」

オリヴィアがニックに覆い被さり、地べたに伏せさせた。

その後も甲高い音が何発か続いた。撃ち出されたなにかは、その小ささに見合わず鋼鉄の洗濯槽や建物の柱を容赦なく抉《えぐ》った。命中すれば致命的な傷を負うとすぐに察せられた。

「なんだありゃ……？」

「二度と製造できない禁忌兵装を持ち出すとは、白仮面も用心深い……」

オリヴィアが、焦燥の顔で呟く。

「禁忌兵装？　なんだそりゃ」

「ともかく、あの様子では退路も確保しているでしょう。私たちも消耗しています。痛み分けとしましょう。むしろ貴重な鎧を破壊して、数に限りのある弾丸を消費させました。判定勝ちです」

「おめー意味わかんねえこと言うよな。古代かぶれ……っていうより古代文明の頃から生きてたとかじゃあるまいな」

「ぎくっ」

「マジかお前……いや、それよりもナルガーヴァだ」

ニックが、倒れて血を流すナルガーヴァを見た。傷口からだくだくと血が流れ出している。

相当な出血量だ。今まさに死の淵《ふち》にいる状態と言わざるをえなかった。

「ゼム！」

「わかってます！　くそっ……間に合ってくださいよ……！」

「構うな……それより……」

「黙ってください！」

「逃げろ」

ナルガーヴァが、力なくとある方向を指差した。

そこには、白仮面がまとっていた鎧の破片がある。

だがそれは、砕かれたばかりのときと少しばかり様子が違っていた。

「砕けた鎧が……なんか光ってるんだけど」

ティアーナがぽつりと呟くと、オリヴィアとキズナがはっとして叫んだ。

「まずい！　情報隠蔽のための処理が始まってます！」

「爆発するぞ、逃げるのじゃ！」

「逃げろって言われてもどこにだよ！」

ニックが焦って叫ぶ。

「どこでもいいわよ！　アレよアレ！　そこに隠れるのよ！」

ティアーナが、横倒しになった洗濯釜を指すと全員がそこになだれ込む。

とっさにニックはナルガーヴァを担ぎ上げてティアーナのいる方向を目指す。

「やめ……ろ……儂は、もう死ぬ……無駄だ……」

「うるせえ、お前にここで死なれちゃ賞金が出るかわかんねえだろうが！　牢にブチ込まれて償ってから死ね！」

ニックはナルガーヴァにがなりたてながら洗濯釜の方へ飛び込む。

ほぼ同時に、凄まじい轟音が響き渡った。

紫に薄ぼけた太陽が少しずつ窓に差し込む。

涼しげな空気と鳥の鳴き声。

本来ならば爽やかなはずの朝に、ニックは凄まじい倦怠感《けんたいかん》と体の苦痛を覚えた。

「くっ……どこだ、ここ……？」

「まだ寝てて大丈夫ですよ」

ニックの問いかけに答えたのは、オリヴィアだった。

ニックは「なぜオレの部屋にお前がいるんだ」と一瞬口に出しそうになったが、すぐにそうではないと気付いた。アゲートちゃんグッズが一つも見当たらない。

「どこだ、ここ」

「『マンハント』の医務室ですよ。病院に運ぶほどでもない軽傷の冒険者は、ここに運び込むことになっているんです」

「……つーことは、助かったんだな」

「ええ。ですので休んでた方がいいですよ。どこか痛みはありますか？」

ニックの顔を眺めつつ、問診を始めた。軽い態度の割には医者の真似事ができるんだな、とニックは不思議な感慨を抱く。

「ふむ、見たところ外傷だけですね。頑丈でえらいえらい」

「それだけが取り柄でな」

ニックは簡素なベッドから身を起こした。

照明の魔道具が照らし出す白い光と、まだ青みがかった太陽の光が溶け合い、部屋を冷たく染め上げている。周囲を見渡せば、ゼムとキズナが寝息を立てていた。

先程までの鉄火場とはまったく異なる気配に、ニックは虚脱感や困惑さえ覚えていた。

「ティアーナとカランは？」

「あの子らの方が怪我がひどかったので、ちゃんとしたところで治療していますよ。でも命に別状はないようです」

「助かる」

ひとまず仲間の無事を確認して、ニックは安堵《あんど》の息を吐いた。

「……んで、お前は何者なんだ？」

「あ、それ聞いちゃいます？」

「聞かれないと思ったのかよ」

ニックがあからさまに呆《あき》れた。

「この期に及んで秘密もクソもないんじゃないか。まあ別に言いたくないならいいんだがな」

「え、マジでいいんですか？」

「どうせ、なんとなくわかってるしな。古代文明の生き残りかなんかだろう」

「ほぼわかってるじゃないですか」

「あるいはそういう妄想してるオカルトマニアか」

「いきなり格が落ちましたね」

オリヴィアが曖昧な顔で力なく笑う。

そのあたりで観念したのか、オリヴィアは表情を引き締めて居住まいを正した。

「……キズナくんは、《合体《ユニオン》》を使えることから察するに、『絆の剣』ですね？」

「そこまでわかるのか」

「ええ。私はそれよりも後に鍛造されましたので」

「……やっぱり、聖剣みたいなキワモノ兵器だったか」

「キワモノとはなんですかキワモノとは」

「そういう扱いがイヤならちゃんと名乗れ」

「武の剣」

オリヴィアが、静かに呟いた。

「武の剣？」

「精霊級対魔神戦闘技能者養成プログラム『武の剣』。それが私の製品名でありプロジェクト名です」

その言葉に、ニックはなんとなく聞き覚えがあった。

キズナも同様に、自分を紹介する際に「プロジェクト名」という表現をしていた。

「……本格的にキズナのお仲間ってことか。持ち主はいるのか？」

「いいえ。私は《合体《ユニオン》》のような特異な魔術は使えません。私は他の聖剣と役割が違いますので」

「役割？」

ええ、とオリヴィアが頷く。

「他の聖剣は基本的に魔神との決戦に使用される武器として設計開発されたものです。ですが私の場合は違います。魔神などの脅威に立ち向かう人間を鍛えるためのトレーニング器具ですね」

「トレーニング器具って……」

ニックが呆れたような顔をするが、ふと何かに気付いて表情を引き締めた。

「《軽身》あたりの魔術か。確かナルガーヴァがなんか言ってたな」

「《奇門遁甲《ステッピング》》と言います。恵まれない魔力や体格であっても強力な敵と戦えるよう編み出した戦闘技術の体系ですね。たくさんの弟子に教えました」

「そうだったのか……」

オリヴィアから放たれる、武芸者としての気配にニックは静かに敬意を抱いた。

「魔神との戦争が小康状態になってから、私は世界各地を旅して、なんとなく行きずりの子供を拾って育てたり、なんとなく喧嘩《けんか》して勝ったら弟子入り志願されたりして幾星霜《いくせいそう》。最近は弟子を取ることも減り、白仮面のような悪の手先とバトルしたり、冒険仲間と旅して美味《おい》しい料理をご馳走《ちそう》してもらったり、オカルトに目覚めて雑誌記者をやったりしています」

「お前、自由すぎないか？」

ニックは敬意を抱いたことをちょっと後悔した。

「ナルガーヴァさんは恐らく私の孫弟子や曾孫弟子《ひまごでし》……あるいはもっと遡るかもしれませんが、そんなところでしょう。こういう末路を見てしまうと、心が痛みますね」

オリヴィアが、寂しそうに呟く。

「……そうか」

「つまりニックさんも恐らくは孫弟子あたりになるのでしょうね」

「ええ……それはちょっと」

「そこで嫌そうにしないでくださいよ!?　傷付きますよ!?」

「大体、そういう雑談じゃなくてもっと大事なことを聞きたいんだよ。戦いが終わったからといって後始末まで終わったわけじゃ……あ」

ニックは、そこまで言いかけて表情が固まった。

「ん？　ニックさん、どうしました？」

確認しなければいけないこと、やらなければいけないことが一斉にニックの脳内を駆け巡る。

まずい、という危機感が電流のように走る。

「ステッピングマン……そうだ！　おい、ナルガーヴァはどうなった！」

「ちょ、ちょっと、落ち着きましょうニックさん！」

「ナルガーヴァがステッピングマンの正体で、子供を攫ってたんだよ！　白仮面に口封じされちまったらまずい！」

「その口封じは、残念ながら成功しました。失血が激しく、ここに運ばれる頃には、もう……」

オリヴィアが、静かに首を横に振った。

「くそっ……！」

ニックが悔しそうにベッドに拳を振り下ろした。

ぼすんという間抜けな音だけが響く。

「どうしたんですか。白仮面は撃退しました。逃げられはしましたが、相当なダメージを与えています。しばらく奴は動けないでしょう。他になにか懸念が？」

なにか懸念が、と問われてニックは言葉に詰まった。

焦りばかりが募り、まず最初に何をすべきかが頭に浮かばない。

「考えてる」

「まずは体を休めた方がいいと思いますけど……」

「そういうわけにもいかねえんだよ！　そっちこそなにかねえのか！」

「なにってなんですか……あ」

オリヴィアは反論しようとして動きを止めた。なにか思い当たることがあったようだ。

「そういえば、こんなものを持っていました」

「……メモ書きが二枚？」

ニックはオリヴィアから紙を受け取り、しげしげと眺めた。

一枚目には奇妙な線がいくつも描かれていた。記号なのか文字なのかさえもよくわからない。もう一枚の紙には、矢印のような記号が並んで描かれていた。

「地図みたいにも見えますが、なんでしょうね……？　二枚目の矢印も私には意味わからなくて」

「矢印の方は……ああ、これはわかる。魔術式の錠前の解錠手順だ」

「へえ、こんなのあるんですか？」

「最近流行《はや》りだした魔道具で、金庫とか倉庫の扉の鍵に使われることが増えてきたんだ。ただ、地図みたいなのはオレもわからねえな……なんだこりゃ？」

ニックに猛烈な睡魔が襲いかかる。

だが落ちそうになる瞼《まぶた》を堪えながらニックは思考を張り巡らせる。

そう、見覚えがある。何かがニックに告げている、これは大事なものだと。

「いや……これは見たことがある……どこで見たんだったっけな」

「大丈夫ですか？」

「わかってる。冷静に……冷静に……」

ニックはしかめっ面をしたまま頭をがしがしとかく。

オリヴィアは呆れて溜め息をついた。

「もう休みましょうよ」

「わかってるよ！　でも訳がわかんねえんだから仕方ねえだろ！　なんでこんなもん残したってんだ！」

「つまり、何かを伝えたかったってことなんでしょうけど……」

「伝えたいことってなんだよ」

「……今まで隠してたこととか」

隠してたこと。

ニックは想像する。ステッピングマンは何を隠していたのか。

それは、自分の姿や素性だ。

だがそれは、手段に過ぎない。人を攫うという目的があるからだ。

もっと具体的に言えば、子供の誘拐だ。

「……わかった」

「うん？　見方がわかったんですか？」

「これは、地図だ」

「どこの地図ですか？　迷宮都市ではないようですけど」

「普通に眺めたらそうなるだろうな……だがこれはステッピングマンのための地図だ。普通の道なんかじゃねえ。迷宮都市の屋根や塀の上を歩ける人間の通り道だ！」

ニックはようやく思い出した。

これは、エイダが描いたステッピングマンの移動ルートに似ている。恐らく死に絶えそうな瞬間に力を振り絞って描いたのだろう、線がミミズのようにのたくっている。だが、どこを目指している地図なのか、何を目的とした地図なのか、ニックにはすぐに理解できた。漠然とした危機感が輪郭を持ち始めた。

「ナルガーヴァが口封じされたってことは……誘拐された子供だって危険だよな？　このまま放置したらまずい。もしかしてそれを書き残したんじゃないか？」

「……なるほど、それは一刻一秒を争いますね」

オリヴィアが表情を引き締めた。ようやく危機感が伝わったようだった。

「おいゼム！　起きてくれ、まだ終わってない！　キズナ起きろ！　お前も手伝え！」

「ちょ、ちょっと、そりゃ無茶ですよ……」

「うるせーな！　暇なら手伝え！」

普段から飄々《ひょうひょう》としているオリヴィアも、このときばかりはニックの気勢に押された。そして事態の深刻さにも同時に気付いた様子だった。

「ぐっ……ニックさん……」

「起きたかゼム！」

「ええ、話は聞いてました……体を起こせなかっただけで」

見たところ、ゼムの消耗も激しかった。

傷こそ塞がってはいるが、何度も魔術を使い、さらには《合体《ユニオン》》を使用したせいで魔力が欠乏しているのだろう。こればかりは寝て休まない限りは回復しない。

「はぁ……わかりました。二人ともお連れしましょう」

しかし、オリヴィアはしかと頷いた。

「頼む……あ、いや、歩くくらいはできる」

「その体じゃ無理ですよ。さあ行きますよ！」

オリヴィアはそう言って、ニックとゼムの二人を担ぎ上げた。

「わわっ!?　お、おまえ、なんだよ突然！」

「行きますよ！　さあ、案内してください！」

「そりゃわかるが、この格好はねえだろう！」

「それでどっちですか！」

オリヴィアはニックの文句を無視する。

ニックは諦めてナルガーヴァのメモを読んだ。

「ま、待て……ええと、ここが工場だろ、それで教会の塀が多分ここで……。工場の北西にある住宅街だ。ここにオレとゼムを運んでくれ」

「わかりました、行きますよ！」

そしてオリヴィアは驚くほどの速さで走り始めた。

「ちょ、ちょっと、速すぎるのでは……！」

ゼムが驚いて抗議する。だがそれもオリヴィアは無視した。

「黙っててください、舌嚙《か》みますよ！」


ニックとゼムはオリヴィアに抱えられて、朝靄《あさもや》の漂う迷宮都市を駆けた。

朝市の屋台を準備する商売人や新聞配達人に不審な目で見られるのを我慢しつつ、ニックはメモを読み解く。

「次は右だ！　庁舎の反対側の通りに行って……」

「ショートカットします！」

「ちょ、おい！」

オリヴィアが大地を踏みしめて魔術を唱えた。

その瞬間、凄まじい跳躍力でオリヴィアは建物そのものを一足飛びに越えた。

ナルガーヴァ以上の身軽さにニックは度肝を抜かれた。

「……そうか、これが本物のステッピングマンなんだな」

「名乗った覚えはないですけどね！」

オリヴィアは屋根から屋根へ飛び跳ねていく。

鎖やロープなども使わず、純粋な身軽さと跳躍力だけで出鱈目《でたらめ》なコース取りと速度を出す。吐き気を覚えるほどに目まぐるしく景色が変わっていく。これはもうオリヴィアにぶちまけるしかないと覚悟を決めたあたりで、ニックたちは目的地に辿り着いた。

「ここですね？」

「ああ」

オリヴィアが二人を降ろした。ゼムは完全にグロッキー状態で、壁を背にしてへたり込んだ。ニックもへたり込みそうになるのをぐっと堪えて、ドアをどんどんと叩く。

「おい、無事か！　誰かいるか！」

すぐに反応はなかった。

「鍵が掛かっているのでは？　どうします？」

「開けるに決まって……あれ？」

ニックはオリヴィアに言われて、はたと止まった。

目の前の建物は木造の三階建ての、ごく普通の住宅だ。なんの変哲もない、木製の板に金属製のドアノブがついているだけの扉がある。ドアノブの下にはこれまたごく普通の鍵穴がついているだけで、ニックが想像していたような錠前ではなかった。

「このメモ、解錠手順じゃないのか……？　それとも場所を間違えたか……？」

「いや、この建物、確かに怪しいですよ」

オリヴィアが手のひらを扉に当て、なにかを確かめようとしている。

かと思えばノックしたり、他の壁を叩いたりしている。

「え、それでわかんのかよ」

「中に人がいて、声による振動や歩いたときの建物の軋みで人数や体格は割り出せますね」

「で、どうだ？」

「全然わかりません」

「おい」

「不自然なくらいに物音がゼロです。叩いた反響音さえ妙に認識しにくくて……誰もいないのではなく、誰もいないような錯覚に囚《とら》われてしまいます」

「……それは、なにかからくりがあるって意味か？」

「恐らく、中で暮らす子供たちが周囲や近所から気付かれないように隠蔽しているのでしょう。彼らが助けを求めても外からは観測できない、ということです」

「また幻王宝珠のかけらか。くそ、もったいねえ真似しやがって」

ニックが毒づく。

そのとき、ゼムがようやくよろよろと立ち上がった。

「……つまり、閉じ込められた子供たちが暴れようが大声を上げようが、外側には伝わらないというわけですね？」

「恐らくな。それとこのナルガーヴァのメモ、多分これは内側から解錠する仕掛けだ。外側にいるオレたちが持ってたってしょうがねえ」

「では扉を壊せますか？」

「そうか、お行儀よく開ける必要もないのか」

「あ、そーですよそーですよ。では我が奥義を味わってもらうとしましょう！」

ゼムの言葉にニックとオリヴィアは明るい顔になった。

だが、オリヴィアが構えたところをニックが止めた。

「やっぱ待った。中止だ」

「背中引っ張らないでくださいよ！　戦闘用の服は高いんですから！」

「こんなからくりがある以上は他にもなにかしらトラップがあるかもしれねえ。扉を壊すと屋敷が爆発するとか火が油に引火するとか。強行突破は最後の手段だ」

「じゃあ、どうするんです？」

「それをこれから考えるんだよ！」

頭をがしがしとかくニックに、ゼムが話しかけた。

「そのメモの解錠手順、詳しく教えてください」

「ん？　ああ、構わねえが……」

「中の状況はわかりません。案外不自由していないかもしれませんし、あるいはすでにどこかに移動しているかもしれません。ですが、もしかしたら今か今かと救助を待っているかもしれない……という可能性が残っている。ならばやるべきことは一つです」

ゼムはそう言って、ニックからナルガーヴァのメモの詳細を聞いた。

一通り聞いて把握したあたりで、建物の扉の正面に立った。

「あなたたちの声はこちらには聞こえない！　ですが、こちらの声は届いているはずです！」

ゼムが、よく通る大きな声で叫んだ。

「鎖で入り口の扉が塞がれてるはずです！　解除は内側からしかできません！　扉の破壊はできません！　なにかしら罠《わな》が仕込まれてる可能性があります！　あなたたちが、鍵を開けるんです！」

なんだなんだと、隣近所に住んでいる人々が様子を見にきた。

ゼムは、そんなものは一顧だにしなかった。

そのまま、十分待った。中の子供たちが行動していることを信じて。

「鎖の中に一つだけ、豆粒ほどの大きさの宝玉が埋め込まれているものがあるはずです。それを指で軽く押さえなさい。押さえたまま十秒経《た》てば緑色の矢印が浮かぶはずです」

「なあ、あんたらどうしたんだ。朝っぱらから近所迷惑だよ」

「邪魔だ、家に帰れ」

ニックがドスの利いた、低い声を出す。

オリヴィアも慌てながらゼムが邪魔されないよう人を押し出す。

「おいおい、なんだよ？」

「すぐ済みますから！　うるさくしないでください」

「うるさいのはあんたらだろう」

ゼムは仲間のフォローさえ無視して、同じフレーズを三回繰り返した。

ゆっくりと、大きく、よく通る声で。

そしてまた十分待つ。

「緑色の矢印が浮かんだら、今から言う順番でなぞって矢印の向きを変えなさい。最初は……」

ゼムは、愚直に説明を繰り返した。

三度説明を繰り返した。

説明が終わり、小一時間ほど経った。

なんの動きもない。

ゼムは、また最初から説明を始めた。

近隣住民は興味をなくして去った。

ニックとオリヴィアは見守り続けた。

ゼムは、声を張り上げた。

「……ナルガーヴァさんは戻ってこない。彼は死んだ」

ゼムは、過去を思い出していた。

牢獄に囚われていたとき、外に出して欲しいと痛切に願った。そのためにはどんなことでもしようと思った。

だが本当に誇りが砕け散った瞬間は、牢から出されるときであった。

ゼムは、放置され飢えて死ぬのではないか、あるいは正気を失って一生を過ごすのではないかという恐怖に駆られていたというのに、牢獄から出される瞬間「出たくない」と思ってしまった。

牢獄は狭く、閉ざされ、しかしながら牢の番人以外の脅威はない。また番人には領分というものがあり、余程のことがない限り牢の中に入ることはない。想像の範囲を超える行動を取ったことは一度もない。

情報を遮断された月日の長さに比例するように恐怖は膨れ上がる。そしてその恐怖は妄想ではなく現実となった。

牢から出されて追放されるゼムに浴びせられた罵声と石礫《いしつぶて》に、ゼムは「ああ、牢の中で死ねばよかった」とさえ思った。

「思い出しなさい。ここは、あなたたちの家ではない。外の脅威から守ってくれる城ではない。あなたたちを閉じ込め、外と隔絶するための牢獄です」

だからこそ、閉じ込められた子供たちが解放されると言われても素直に喜ばないだろうと、ゼムは確信していた。

密室に閉じ込められ、視野が狭窄《きょうさく》し、疑心暗鬼に駆られているであろう子供たちは助けに来たなどと言われて信じるはずもないと。

「納得するまで中にいても構わない。だが、納得したならば決断しなさい。もう一度繰り返します」

そしてゼムは解錠手順の説明を繰り返した。

昼が過ぎ、野次馬《やじうま》も興味をなくし、昇った日が再び西に沈もうとする頃。

がちゃり、という音がしてドアノブが回った。

「ほ、本当に……助かったの……？」

扉を開けたのは、一人の少女だ。

その後ろに、五人ほどの子供がいた。

男もいれば、女もいる。誰もが服は薄汚れ、髪はぼさぼさで、目は淀《よど》んでいる。恐らく中で子供同士で殴り合いでもしたのだろう、青あざを付けた子もいた。

「もうここにいる必要はありません。家に帰りなさい」

そのゼムの言葉に、囚われた子供たちは一斉に泣き出した。

訪れた平穏

ステッピングマン事件を解決した後の数日間も、目まぐるしい忙しさであった。

突拍子もない事件だ。一つ説明を間違えただけで、あらぬ疑いを招きかねない。

最悪ニックたちが、「篤志家の医師ナルガーヴァを殺した犯人」と扱われる可能性さえあった。

白仮面がナルガーヴァを殺したという話も、肝心の白仮面自身は逃亡し、鎧《よろい》などの物証は爆発して跡形もない。それをニックたちと共に証言できるのはオリヴィアだけ。オカルト雑誌で扱われる存在の名前を挙げたらますます疑われる。

……ということを、ニックたちが『海のアネモネ』に戻った瞬間にレッドに怒濤《どとう》の勢いで助言された。そしてニックたちによる証拠確保のための弾丸周回が開始された。

冒険者ギルド『マンハント』の職員たちに改めて状況説明をして、建設放棄区域《ガーベージコレクション》の診療室や子供を監禁していた家屋を漁《あさ》り、物証を集め、整理し、再び冒険者ギルドに説明に赴き、そこからナルガーヴァと戦った場所の検分を行い……疲労とストレスに満ち満ちた一週間が過ぎていった。

「クソ疲れた」

「もうダメ。私ここで死ぬわ……」

「うぁー……お腹《なか》すいタ……」

【サバイバーズ】の全員が、酒場『海のアネモネ』のソファーや床に寝そべっていた。

まさに死屍累々《ししるいるい》という言葉でしか表現できない、そんな有様だった。

「そろそろ死んでないで起きなさいよ。始めるわよー」

レッドがパンパンと手を叩《たた》くと、店の女《おとこ》たちがテーブルの上にずらりと料理を並べていく。

「おお、こりゃ美味そうだな。盛り付けも凝ってるし」

「こういう料理の配色とか盛り付けってセンスが出るのよねぇ。この子がやったのよ」

レッドに紹介された女《おとこ》が自慢げに微笑《ほほえ》む。

「この店に来る前は入れ墨職人でした。絵も得意です。キズナちゃんには負けませんよ」

「あいつ割と反則くさいから気にしない方がいいぞ」

キズナが精緻な絵を描くことができるのは、自分の視覚に映ったものをそっくりそのまま情報として保管できるからでもある。だがそれを知らないこの女《おとこ》はキズナにライバル心を燃やしている様子だった。

「ほらほら、どいたどいた」

レッドが邪魔くさそうにニックを追い立てて準備を進めていく。

メインのテーブルにはグラスに盛られた魚介のムース、迷宮野菜のカクテルサラダ、八角猪のスペアリブの香草焼き、焼き牡蠣《がき》、鯛《たい》のアラと天使茸、弁天もち麦のパエリアなどなどの各種料理が、普段よりはややお上品な雰囲気で盛り付けられている。

「それじゃ、乾杯の音頭くらい取りなさい」

「わかったよ。それじゃみんな、グラスは行き渡ったか?」

ニックは音頭を取りながら周囲を見回す。

【サバイバーズ】の面々もなんとか立ち上がってグラスを持っていた。

また、すっかりこの酒場に居着いたエイダとレイナもいて、楽しそうな雰囲気でレッドや店の女《おとこ》たちが話に花を咲かせていた。

そして最後に、重要な人物が店の中にいた。

「いやあ、タダ酒はいくつになってもいいものですねぇ」

オリヴィアがへらへら笑いながら酌をしてもらっていた。

「おい」

「はい」

「お前なぁ……今までどこに雲隠れしてたんだよ。大変だったんだぞ」

オリヴィアは、誘拐された子供たちを救出してからすぐにニックたちの前から姿を消した。ニックたちがステッピングマン事件の後始末のために東奔西走している頃には一度も顔を見せなかった。

「いやいや、真面目に働いてましたよ!? 古い知り合いに根回ししてあなたたちが疑われたり捕まったりしないように頑張ったんですからぁ！」

「本当かよ」

「まあその流れで、白仮面をばっちり倒したのは私で、あなた方が補助してくれたみたいな感じにはなっちゃいましたが……。キズナさんのこと諸々《もろもろ》話すわけにもいかなそうですし、ね？」

てへ、とオリヴィアがかわい子ぶった仕草をするが、返ってきたのは凍《い》てつくような五人の視線だった。

「黙っててくれたことには感謝するが、こっちだってお前の正体は黙っててやったんだぞ」

「あー、わかってます、わかってますって。私から説明してなかったことも色々ありますし、後でちゃんと時間取りますから」

悪びれる様子のないオリヴィアに、ニックは露骨なまでに呆《あき》れた顔で溜《た》め息《いき》をついた。

「あー、面倒くせえ……なんかどうでもよくなってきたな。別に説明とかいいわ。聞きたくねえ」

「ちょちょ、ちょっとぉ！　それはないでしょぉ!?」

「んじゃ後で真面目に話せよ。とりあえずここは労《ねぎら》いの場だ。色々あったとは思うが……」

ニックがそこで言葉を止めた。

実際にいろんなことがあった。建設放棄区域《ガーベージコレクション》を巡る様々な事件。誘拐された子供たち。死んでしまった子供。病気を振りまきつつ治療を施し、様々な矛盾をはらんだまま死んだナルガーヴァのこと。一瞬、こうして宴を開いていいのかという気持ちがよぎる。

「色々あった、だから騒ぐのさ。それでいいだろ」

まるでニックの迷いを見透かしたようにエイダが告げた。

エイダの視線の先には、けらけらと笑いながら酒を飲み交わすオリヴィアがいた。

「つたく、もう始めてんじゃねえか。かんぱーい。後は好き勝手やってくれ。以上！」

ニックのおざなりな声に、全員が高々と杯を掲げた。

やいのやいの言いながら宴が始まった。

「つたく、頭が痛くなるぜ。やることが多いのに」

「なんだい、冒険者ならもっと大雑把《おおざっぱ》に生きりゃいいじゃないか」

エイダが再びニックに茶々を入れてくる。

だがニックは面倒くさそうに首を横に振った。

「大雑把じゃねえ奴《やつ》だっているんだよ。なあカラン？」

「そうだゾ。こういう細かくてうるさい奴がいると便利なんダ」

カランはニックに呼び止められ、嬉《うれ》しそうに近寄ってニックに同意した。

「そういうこった」

「あんたよくそこで自慢げになれるねぇ。まあ言わんとすることはわかるけどさ」

ふふんと笑うニックを見てエイダは露骨に呆れた。

「それよりニック。これ美味《うま》いゾ。焼き牡蠣」

「なんだなんだ」

カランから受け取った牡蠣は小粒で、一口で食べられそうなサイズだ。

ニックは魚介類はさほど嫌いではない。幼少期はいろんなところに旅をしていたために舌もなれている。

「あ、辛いゾ」

「ん……？　んん!?」

一口目はまろやかでクリーミーな口当たりだったが、その後からやってきた辛味がなかなか刺激的だ。旨味と辛味が口の中で溶け合い、体を熱くさせるかのようだ。

「飲み物あるか」

「ン」

ニックが言うのとほぼ同時に酒を差し出してきた。

冷やされた白の葡萄酒《ぶどうしゅ》だ。すっきりとした味わいが喉を潤していく。

「こりゃあ癖になるな……舌が贅沢《ぜいたく》になりそうだ」

牡蠣はそれなりに値が張る。もう少し生命力が強く大味な生き物の方が輸送が簡単であり、牡蠣のような繊細な食べ物については魔術師による冷凍が必要だからだ。

「そんなでもないゾ。なんか大漁だったたッテ」

「へぇ……。祭りの前だし幸先《さいさき》がいいな」

「祭り？」

カランが不思議そうに尋ね返した。

「ああ、そういやカランは……っつーかみんなまだここに来て一年経ってないのか。夏場は魔物の動きが少し落ち着くんだよ。夏眠《かみん》とか言われてる」

「ああ、それは知ってル」

「だから大騒ぎするのにうってつけなわけだ。粘水関《ねんすいかん》の近くの川で花火もやるし、いろんな出店とかも街中に出るから面白いぞ」

「行きたイ！」

「おう、行っとけ行っとけ。つーか魔物の動きが静かになるから冒険者稼業も結局休みになるんだよな……」

昔はパーティーの金欠に頭を悩ませて仕事ができない日々を嘆いたものだが、今年のニックは違った。大仕事を終えたばかりで懐が暖かい。遊ぶには最高のシーズンだ。

「あら、その前に色々と仕事があるんじゃないの？」

「まあ、そりゃな……」

「そろそろレオンちゃんの裁判も始まるしね。賠償金の計算もそろそろ概算で出てくるから、その分きっちり搾り取らなきゃ」

「し、搾り取るって……」

「そうしなきゃ被害者にお金が回ってこないのよ。カジノもそうだし、通りがかって怪我《けが》した人もそうだし。だからレオンちゃんが隠し持ってた魔道具とか美術品とかを売って賠償金に当て込むの。ま、裁判が終わってからの話だけどね」

「そんなに溜め込んでんのかあいつ」

ニックの言葉に、レッドがにやりと口を歪《ゆが》めた。

「あの子、発掘に関する腕は本物ね。なかなか垂涎《すいぜん》のコレクションよ」

「……そうか」

皮肉な話だ、とニックは思う。

「幸いあの子も売ることには同意してるからね。祭りに合わせてオークションでも開いたらどうだって自分から提案してきたし」

「あいつもまっとうに働いてりゃ今頃、名のある冒険者なり商人なりなれただろうにな……」

「そういう人間をまっとうな道に戻してあげるのも私の仕事なの。ま、その前に支払うべきものはちゃんと支払ってもらうけれどね」

レッドはそう言って笑った。

普段の蠱惑的《こわくてき》な笑みではない。仕事に情熱を捧《ささ》げる凛《りん》とした笑みだ。この二つの顔を持つ男、あるいは女《おとこ》は、そうそういないだろう。この酒場に嵌《は》まる客がいる理由もニックはなんとなくわかってしまった。

「おう、頑張ってくれ。今度またレオンに面会に行かなきゃいけないし、差し入れでもしておく」

「あら、何か用でもあるの？」

「まだ色々と約束があってな」

「ふぅん……。一応聞くけど、裁判に関わる話じゃないわよね？」

「多分関わらないとは思うが、後でちゃんと説明するよ」

「ならいいわ。ともかく仕事の話はこれくらいにしましょ。ほら、あっちも盛り上がってるわよ」

レッドが指し示す方向を見ると、そこではティアーナとキズナが店員たちを捕まえてカード賭博を始めていた。素晴らしい役が出たのか、テーブルに摘まれたチップをもぎ取っている。対面に座っている女《おとこ》はヤケになったのか、悪態をつきながら酒を呷《あお》り始めた。

「次あたしよあたし！」

「イカサマやってんじゃないでしょうね？」

「やるわきゃないでしょ！　実力よ実力！」

「ふふふ、その通り。頭脳があってこそなせる技じゃぞ」

はぁ、とニックが眉をひそめながらティアーナとキズナの方へ向かった。

「お前らなぁ、パーティーだってのに何やってんだよ」

「え、いや、あたしは挑まれたからやってるのよ！　何も知らない素人をカモにしてるとかじゃないわよ！」

ティアーナが慌てて首を横に振る。

が、ニックは何かしていることを見抜いていた。その隣にいるキズナをじろりと見る。

「いや、その……場に出たカードを覚えて確率を教えてるだけじゃぞ？　イカサマではないわ」

キズナが口笛でも吹きそうな顔でニックに弁明する。

呆れたニックが、キズナをひょいと担いで席から無理矢理《むりやり》外させた。

「こ、これ、何をするのじゃ！」

「素人相手にカウンティングはダメだろ。そうじゃなくて、普通に楽しもうぜ」

「金銭ではなく誰が酒を飲むかで賭けておるから倫理機能に引っかからないんじゃよ！　たまにはこういう遊びもしたいのじゃ！」

「そうよそうよ、みんな割と好き勝手やってるし」

ニックが周囲を見れば、確かにティアーナの言う通りみんな好き勝手にどんちゃん騒ぎに興じている。ニック自身あまりこういう場は得意ではないが、今まで静かにしていた鬱憤もあるのだろうと思い、溜め息をつくだけに留《とど》めた。

「ニックさん、アフターに抜け出すのはまだ駄目ですよ」

「しねえよ!?」

そんなアンニュイな気配を悟ったのか、ゼムがニックに声を掛けてきた。

「おや、そうでしたか。誰か連れ出したい子がいるなら手伝いますが……」

「いいからお前も楽しめ」

「ええ、そうします。休んだらまた仕事がありますし」

「仕事？　バイトでもすんのか？」

ニックは、パーティーとしての仕事の予定は立てていない。気になってゼムに尋ねた。

「ナルガーヴァさんがいなくなって、建設放棄区域《ガーベージコレクション》も少々混乱しているようです。彼が治療途中の患者だけでも面倒を見ておこうと」

「そりゃ大変だと思うが……一人で大丈夫か？」

「適当なところで近くの神殿に押し付けますよ。というか、本来そこに常駐するべき神官がいるんですが、怖がってこれ幸いとばかりにナルガーヴァさんに押し付けてるような状況でしたので」

ゼムは建設放棄区域《ガーベージコレクション》を何度も往復する内に、奇妙な状況だと感じた。

それは《浄火》を執り行う神官が出入りしているはずなのに、ナルガーヴァを問題視している様子がないことについてだ。

《浄火》は神官の一部だけが使用できる専門的な技能である。それがなされているということは、神殿の人間が問題なく出入りしていることになる。にもかかわらず、ナルガーヴァが自分の部屋を確保して診療をしていた。ナルガーヴァは話の筋だけで言えばナワバリを荒らしていると言っても過言ではない。それが問題とならなかったのは、神殿が《浄火》以外の活動をサボタージュしている。その事実にゼムは気付いたのだ。

「ま、ほどほどにいじめてやれよ」

「ええ」

ニックが意地悪く笑うと、ゼムも頷《うなず》いた。

丁度そのときのことだった。

「あっ！」

酔っ払った女《おとこ》が、配膳を手伝ってるレイナにぶつかって転んだ。

そして転んだ先が悪かった。

いつぞやのように、ゼムがレイナを受け止める格好になってしまった。

「あっ、すっ、すみません、すぐどきます！」

レイナが青い顔をして狼狽《ろうばい》し始めた。

ゼムから離れようとして更にべちゃっと転ぶ。

ニックもはらはらして状況を見守った。

「いいえ、気になさらず。大丈夫ですか？」

だが、当のゼムの方は涼しい顔をしてレイナを立たせて気遣う素振りさえ見せた。

ぶつかった方の女《おとこ》がすかさず二人に詫《わ》びるが、「無礼講ですよ」と言ってレイナと女《おとこ》に飲み物を注ぐ。

「あ、ありがとう……ございます」

レイナは、一歩下がって丁寧に礼を言った。

「いえいえ」

「その……今のことだけじゃなくて、友達のことも」

「会えましたか？」

「はい！　ちょっと元気なかったけど……」

ゼムたちが助けた中に、レイナが探していた行方不明の子も存在していた。

死んでしまったマーサという少女以外は全員が健康そのもので、黄鬼病を感染させられたり、あるいは怪しい薬を飲まされたり……ということはなかった。

子供たちに事情を聞くと、どうやらマーサという少女はスリの才能に長《た》けており、ナルガーヴァが厳重に仕舞《しま》っていた、あるものを盗んだのだそうだ。

それは、黄鬼病の患者に使ったガーゼであった。マーサはそれに不用意に触った結果、ナルガーヴァを激怒させ、どこかへ連れていかれてしまった……ということらしい。

そんな子供たちの話をまとめるうちに、ナルガーヴァの不審な点が浮かんだ。

それは、ナルガーヴァは子供を誘拐しておきながらも子供を利用した実験は極力避けていたことだ。運悪く感染してしまったマーサについてだけ念入りな治療と経過観察を進めており、他の子については迂闊《うかつ》に感染してしまわないよう厳重な対策をしていた。

誘拐された子供を押し込めていた住居についても、消毒などの対策が徹底されていた。ナルガーヴァが神経質なまでに掃除を子供に命じており、家が綺麗《きれい》にされていれば菓子や玩具《おもちゃ》を与えていた。掃除が行き届いていないときは自分で手本さえ見せた。

ナルガーヴァは誘拐犯でありながら、子供からは恨まれてはいなかった。むしろ、死んだことを悼む子供の方が多かった。

結局ナルガーヴァはなにを考えていたのか完全にはわからず、それこそがニックたちが証拠集めに走らされた理由でもあった。

冒険者ギルドでの書類上としては、「非道な人体実験を実行するまでは丁寧にケアをしていただけ」、「宝石商が宝石を大事にすることと同じであり、情状酌量の余地はない」という結論に至った。

ニックとゼムはただ単に、ナルガーヴァがその一線を超えられなかった、あるいは超えたくなかっただけだろうと思っている。

「でも、無事でよかったです。ゼムさんたちのおかげです。それを言いたくて……」

「ならばそれで結構。無茶《むちゃ》な冒険はしないように」

「粘水関のときもごめんなさい。何度も助けてもらっちゃいました。大人になったら、ちゃんとお返ししますから！」

「ええ」

ゼムが優しく微笑む。

レイナは一礼して、その場から去る。

そして無事にトラブルが回避されたことが周囲に伝わり、また喧噪《けんそう》が戻ってきた。

「お前、小さな女の子が平気になったのか？」

ニックが不思議そうに尋ねると、ゼムは小さく首を横に振る。

「いえ、今ちょっと吐きそうになりました。やせ我慢しました」

「おいおい、大丈夫か」

「大丈夫です。なんだか以前ほど酷《ひど》くはなくなったので」

「ならいいんだが」

「扉が開いて子供たちが助かった瞬間、情けなかった自分を許せる気がしたんです」

ゼムがぽつりと呟《つぶや》いた。

「僕は子供を助けたいなどと殊勝なことは考えていませんでしたよ。扉の前で叫んだのは、過去を清算したかったからです」

「みんな、そんなもんじゃないのか。誰だってガキだったし、情けなくて無様な姿をさらしたことだってある。そういう経験があるから弱い奴に優しくする。他人事《ひとごと》とは思えねえ。自分とまったく重ならない他人に優しくするなんて、オレぁ無理だね」

「ニックさんが言うと含蓄がありますね」

「うるせえや」

「余計な一言でしたね。さて、宴を楽しむとしましょうか」

ゼムはニックの憎まれ口をかわしながら、店の女《おとこ》たちの輪に入っていく。

その後ろ姿を見て、ニックは「ミナミの聖人」という名を思い出した。

陰謀を巡らせ人を殺す怪人ではなく、ゼムのような人間に与えられるべき名前だと思った。

ニックも、ゼムを見習って好きに楽しむことにした。まずは食い気を満足させようと再びカランのところへ行き、おすすめの料理をつまむ。未《いま》だにあれこれ騒いでいるキズナの口にデザートを突っ込み大人しくさせ、どっしりと腰を落ち着けて宴を楽しみ始めた。

こうして夜が更けていき、本当に仕事が終わったことを【サバイバーズ】の全員が実感していた。

人間不信の冒険者たちが世界を救うようです

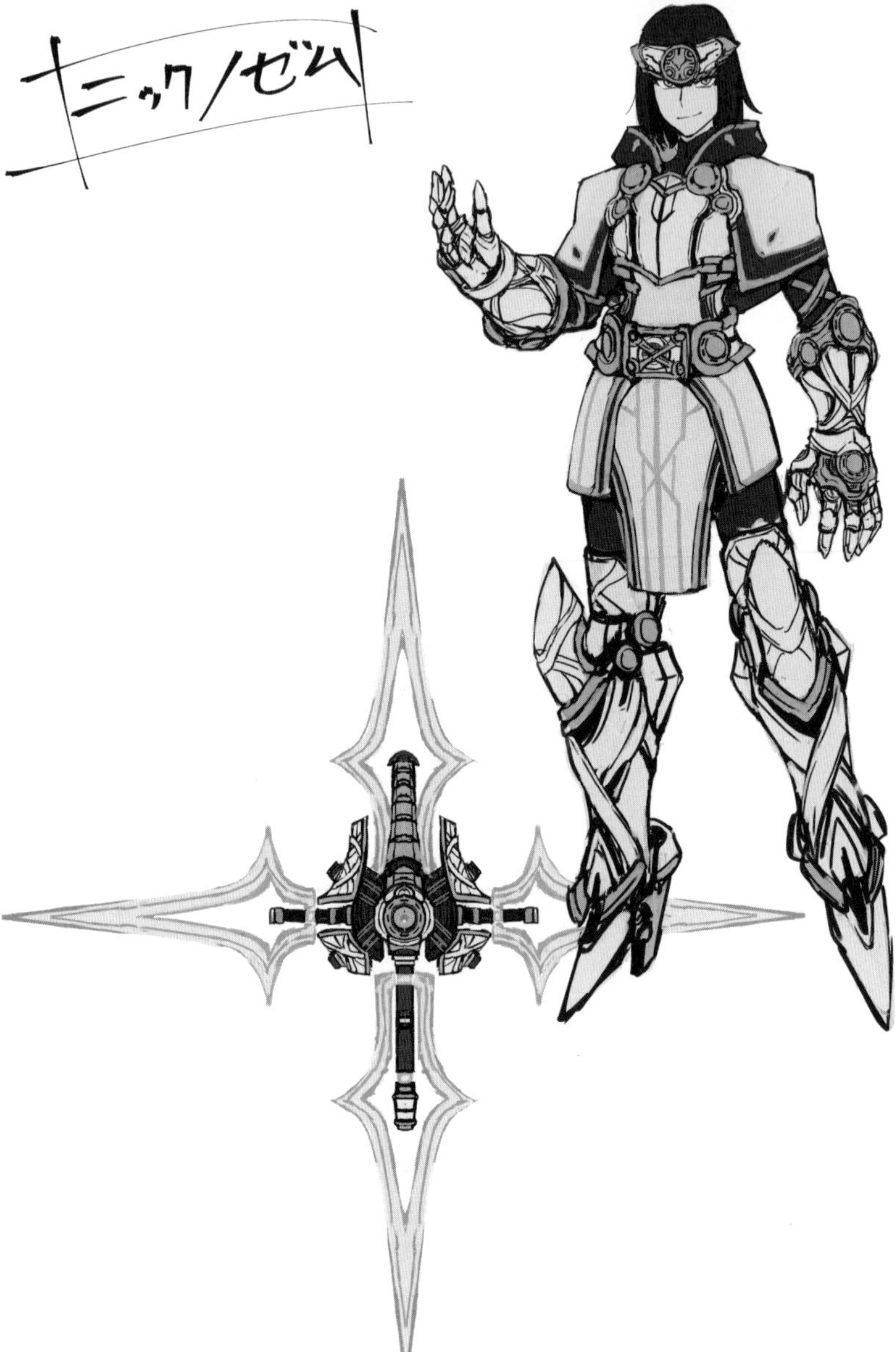
ナニックノゼム

迷宮都市にあふれる秘密と伝説をあばく月刊誌
Lemuria
聖王歴439年
夏月号
毎月発売
400ディナ
超古代文明滅亡の謎!
忘れ去られし聖剣を追え!!
黄鬼病研究の未来
五輪連山に残る魔神の痕跡
最終戦争の兆しはすでにあらわる!!
特別付録
夏眠祭で回るべき
グルメガイド
全力特集
怪奇!!
ステッピングマンの
正体とは!?

怪奇!! ステッピングマンの正体とは!!

迷宮都市テラネの日常には謎がはびこっている。

真夜中の街中を仕事帰りに歩いていたFさん（当時十二歳）は、気付けば暗闇に引き込まれ、拘束されていた。

無我夢中であがき、自身に危害を加える存在をなんとか確認しようとする彼女だが……。

そこにはなにもなかった。

正確には見えているのに、その姿を認識することができない。

そしてFさんの脳裏によぎったのは、とあるウワサの怪人――ステッピングマン。

自身の理解を超えたおとぎ話のような存在に対して、もはや出来ることはなにもなかった。

体は恐怖に震え、もう生きて帰れないのかと全てを諦めかけたその時！

目の前に割って入る新たな者があった。

その影は目にもとまらぬ素早さで、見えないはずのなにかに攻撃を加え、Fさんを救い出したという。

気付けば自身を襲った謎の存在はいつの間にかいなくなり、裏路地に残されていたのは自身と、己を護ってくれた影のみ。

月夜に照らされたその影をよく見てみると、それは自身に妖艶な笑みを向ける美女であった。

無骨なコートをまとい長い髪を揺らす美女は、Fさんに一礼をし、凄まじい動きで夜の街中を飛び去って行ったという。


また記者は信頼できる街の情報通から、近年、街にはびこっているという違法な闇取引の情報を手に入れた。

そこでは自身の姿を隠すという宝珠が出品されていたと関係者は語る。

これらの情報から考えられるのは、ステッピングマンとは摩訶不思議な宝珠を使う恐るべき武芸者ではないかということだ。

さらには、怪人から子供を間一髪助けた美女とは、巷でひそかに噂になっているパラディンではないか――。

有力な証言を手に入れた記者は、迷宮都市に潜む怪人の謎を引き続き追うのであった。

Written by Olivia Tylor

MFブックス

人間不信の冒険者たちが世界を救うようです～ミナミの聖人編～ 3

2021年 8月25日 初版第一刷発行
2022年 12月10日 第二刷発行

著者 富士伸太
発行者 山下直久
発行 株式会社KADOKAWA
〒102-8177 東京都千代田区富士見2-13-3
0570-002-301（ナビダイヤル）
印刷・製本 株式会社広済堂ネクスト
ISBN 978-4-04-680696-3 C0093

企画 株式会社フロンティアワークス
担当編集 齋藤 傑（株式会社フロンティアワークス）
ブックデザイン Pic/kel（鈴木佳成）
デザインフォーマット ragtime
イラスト 黒井ススム

本シリーズは「小説家になろう」（https://syosetu.com/）初出の作品を加筆の上書籍化したものです。

この作品はフィクションです。実在の人物・団体・事件・地名・名称等とは一切関係ありません。